瓯海文艺纪事

1982—2023

温州市瓯海区文学艺术界联合会　编

文化发展出版社
Cultural Development Press
·北京·

图书在版编目（CIP）数据

瓯海文艺纪事 ：1982—2023 / 温州市瓯海区文学艺术界联合会编 . — 北京 ：文化发展出版社，2024. 8.
ISBN 978-7-5142-4417-5

Ⅰ . I209.955.4；J120.96

中国国家版本馆 CIP 数据核字第 2024QT7917 号

瓯海文艺纪事 1982—2023

编　　著　温州市瓯海区文学艺术界联合会

出 版 人：宋　娜
责任编辑：朱　晴　　　　　　责任校对：岳智勇
责任印制：邓辉明　　　　　　封面设计：吴梦涵
出版发行：文化发展出版社（北京市翠微路 2 号　邮编：100036）
网　　址：www.wenhuafazhan.com
经　　销：全国新华书店
印　　刷：三河市华东印刷有限公司

开　　本：880mm × 1230mm　1/32
字　　数：195 千字
印　　张：9.5
版　　次：2024 年 8 月第 1 版
印　　次：2024 年 8 月第 1 次印刷

定　　价：72.00 元
I S B N：978-7-5142-4417-5

◆　如有印装质量问题，请电话联系：19931677990

前 言

瓯海，古为瓯地，因《山海经》中“瓯居海中”的记载而得名。

瓯海南临瑞安，北靠鹿城，东接龙湾，西毗青田，丘陵之地，塘河成片，物华天宝，地沃民康，是温州山水精华的所在。这片古老的土地孕育了纸山文化、琦君文化、大罗山文化、绿文化、侨文化等文化品牌，涌现了山水诗鼻祖谢灵运、永嘉学派代表陈傅良、华人文坛恒星琦君等一批文化名人，打造了中国龙舟文化之乡、中国楹联文化区等一批文化金名片。“琦君散文奖”“中国校园文学奖”“中国当代对联文化奖”等一批重量级文艺奖项落户瓯海。

瓯海，1981 年建县，1992 年撤县设区。四十二年间，瓯海呼应改革开放的大趋势，经济快速发展，城市化进程不断加快，完成了由乡村到城镇、由城镇到城郊、由城郊到城区的大步迈进，城市建设发生了翻天覆地的变化，成为温州大都市的核心城区。

文艺是经济社会发展的风向标，是城市发展的精神面貌。本书旨在呈现瓯海这一方水土的气象，展现瓯海经济社会发展过程中瓯海人的精神面貌，触摸优秀的传统文化在瓯海大地上生生不息传承的脉搏。

本书以民间文艺家、藏书家、原瓯海区文学艺术界联合会副主席林长春先生的日记为基础整理而成。此次文艺纪事，不分大事小事，是为承前启后，是为传承瓯海乃至温州文化发展的脉络。这种别样的志书文本，像一本文艺字典，映照出文艺的千姿百态，契合了文艺春华秋实的发展情状。这些文艺点滴，是瓯海大地上开出的烂漫花朵，是每个瓯海人心灵浇灌出来的精神之树。

在此感谢冯强生先生的指导，感谢林长春先生长期写日记的习惯，以及瓯海区各文艺家协（学）会的供稿。

（周吉敏）

目 CONTENTS 录

瓯海县设立

1981年12月12日 国务院发文〔(1981) 191号〕批准设立瓯海县。

1982年2月8日 浙江省委发文〔(1982) 22号〕公布建立中共瓯海县委，县人民政府同时组建。

瓯海县辖原温州市郊区梧埏、永强、三溪、藤桥、泽雅五个区，瞿溪、梧埏、永中三个镇，周岙、西岸、北林垟、古耸等二十四个公社。

因无县城，人才匮乏，基础薄弱，文艺骨干均来自乡镇基层，至1991年温州市瓯海县文学艺术界联合会成立前，县内各类文艺活动及各文艺协会的成立都是在县文化局、文化馆主导下开展的。

1982 年

3 月 王学钊等人参加温州市群众艺术馆举办的全市业余美术骨干培训班，为期一个月，王学钊的国画《深山造屋》参加浙江省首届工人农民美术展。

8 月 王秀权的诗歌在《春草》第四期发表。

8 月 瓯海县娄桥乡棉织厂（乡办企业）成立瓯海娄桥剧团，厂长吕立飞任团长，其女为主要演员，排演传统剧目《盘夫索夫》《混天珠》等。

10 月 林长春的寓言作品《青鱼的悔悟》，在《瓯海》（总第五期）发表。

是年，刘时梁的美术作品《屈原九歌图》，获温州地区工艺美术展览会“白鹿杯”奖。

1983 年

3 月 13 日 瓯海县林长春、王秀权、陈美霞、贾金弟等五位作者，在温州市文学艺术界联合会、温州广播电台联办的“青春诗会”中，联袂获奖。其中林长春的长诗《啊，林则徐》获一等奖，揭开了建县以来文学创作活动的序幕。

3 月 15 日 温州市瓯剧团在农历二月民俗节日期间，在泽雅祠堂上演多场瓯剧。

4 月 永强文化站召开建县以来首次文学创作座谈会。温州市著名作家何琼玮、吴明华进行指导，油印刊物《永强文艺》面世。

5 月 温州市文学协会未名诗社成立。瓯海县李启林、冯强生、陈叶葳等人成为诗社成员，李启林当选副社长。

6 月 “温州民间文学丛书”之一——《梦桂与紫罗女》，由温州市群众艺术馆、温州市民间文艺研究所印行。瓯海县多人的作品被收入该书中。

7 月 瓯海县文化馆编发瓯海首份铅印小报《瓯海文艺》，为不定期报纸，冯强生主编，共办三期。

8 月 30 日 瓯海县文化馆在泽雅乡文化中心举办业余作者创作座谈会。

10 月 20 日 林斤澜文学讲座在雪山招待所（雪山饭店）

举行，瓯海县文化局、县文化馆为协办单位。瓯海县众多文学爱好者与会。

11 月 林长春的寓言作品《燃烧的星星》《瞎眼疗法》《石头》发表于《三月》第六期。

是年，瓯海县文化馆创作的大型舞蹈《瓜熟人醉》，参加全市文艺调演，获创作二等奖、表演三等奖。导演为著名舞蹈家黄豆豆的父亲黄沪。

1984年

1月 《瓯海文艺》第二期印行，收入各类文学作品。

1月 《瓯海歌声》由瓯海县文化馆印行。

4月18日至22日 温州市政府教卫体办公室发文通知，召开全市文学创作会议。瓯海县多人与会，参加作品讨论交流。

4月 瓯海县举办首届工农画展，并对展出的作品进行评奖。

7月 白鹿轻音乐团组织节目，代表瓯海县参加温州市庆祝中华人民共和国成立三十五周年文艺演出。

9月 瓯海县文化馆主办的《瓯海文艺》"国庆特刊"印行。

10月 温州市群艺馆主办的《园柳——国庆三十五周年征文专辑》印行，收入瓯海县多位作者的作品。

12月 刘时梁的彩石镶嵌作品《黑松与杜鹃》，作为浙江省代表团访问日本的礼物，赠送给日本石卷市。

1985 年

4 月 20 日　瓯海县文化馆召开文艺创作座谈会，温州市文学艺术界联合会的何琼玮、吴天林等作家到会指导。此后，瓯海县文化馆决定不定期召开全县业余作者作品研讨会等活动。

9 月 16 日　瓯海县文化局发文《关于瓯海县青年越剧团建立团委会、艺委会及领导人员任命报告的批复》，正式批准成立瓯海县青年越剧团。

11 月 7 日　瓯海县青年越剧团更名为瓯海县越剧团。

1986年

1月1日 梧埏文化馆举办瓯海县首届书法作品展，林剑丹等市书法家协会名家致贺。

2月15日 王学钊的个人书画展在梧埏文化馆举办。

2月 瓯海县永强区举办书法展，吴明哲等人举行书法篆刻讲座。

3月 《中国民族民间器乐曲集成　浙江卷瓯海县分卷》，由瓯海县文化馆“民器集成”小组印行。

4月1日 瓯海县政协委员书画展在温州市工人文化宫举办。

6月 瓯海县“七五计划和反盗窃斗争”文化宣传队，在文化馆馆长朱维亮的带领下下乡巡回演出。

10月 瓯海县精神文明演唱团组织文艺节目，由朱维亮带领下乡巡回演出。

是年，吴明哲获温州市文学艺术基金会文艺工作银鹿奖；刘时梁的彩石平磨漆器《拙政园》，获浙江省“四新”产品金鹰奖；朱维亮作词、张立虎作曲、张德良演唱的《时代山歌》，参加全省文艺调演。

1987年

2月 瓯海县第一个文艺协会——瓯海县书法协会正式成立，吴明哲担任主席，同时发起举办瓯海、乐清、永嘉三县书法联展。

3月18日 温州市首届小说大赛评奖结果揭晓。林长春、陈革新合作的小说《裁缝街风波》获佳作奖。

3月 月初，瓯海歌舞团从温州出发，先到台州、玉环，再经绍兴、嘉兴、杭州，然后到上海、苏州、无锡、南京、徐州，又入山东临沂、日照、青岛等地演出。下半年又到江西、湖北、广东、福建等省演出。其中，在广东省汕头市，由该市某演出公司承包一个月，下半年共演出五十五场。

4月 瓯海县政协委员书画展在市文化宫举办，展出吴明哲、吴佐仁、王学钊三人的书画作品。

5月22日至25日 瓯海县文化局、县文化馆举办作品创作加工会，全县有关作者参加创作作品讨论交流。

7月21日 瓯海县民间文学集成办公室成立。

8月 瓯海县书法协会在三溪区文化馆举办书法展览。

11月 瓯海县茶山镇举办香山书画展，著名诗人唐湜、马骅等人参加开幕式。

是年，瓯海县农民诗人李启林，获温州市文学艺术基金会首届新时期文艺工作银鹿奖。

1988年

10月 瓯海县歌舞团的歌手徐歌声，参加在深圳举行的全国爵士鼓比赛，获“十大鼓王”称号。

10月 瓯海县书法协会组织作品，参加在市文化馆举办的“罗山书画展”。

是年，吴明哲加入浙江省书法家协会；王学钊的国画作品《泼墨山水》参加温州市书画展。

1989年

4月 在县文化局的全力支持和组织下，瓯海县书画展在杭州西泠印社举办，著名书法家沙孟海为书画展题名。该书画展在省城引起较大反响。浙江省文化厅、省博物馆有关领导，浙江美术学院、杭州师范学院师生及港台人士前往观摩。

5月24日 瓯海县文学工作者协会成立大会在瓯海宾馆召开，首批会员共四十余人。李启林、王秀权、程绍国、林长春、朱茂昌、李岳松、项有标、李玉宇为文学工作者协会理事会理事。选举李启林为主席，王秀权为副主席，程绍国为秘书长。分别聘请原县委书记徐国林、原文化局副局长冯强生为名誉主席和顾问。中共瓯海县委宣传部发文，批复同意成立瓯海县文学工作者协会。

6月19日 瓯海县摄影工作者协会成立。

9月 瓯海县美术工作者协会成立，吴佐仁担任主席，同时举办“庆祝建国四十周年美术展”，一百多幅会员作品在县文化馆展出。

10月 吴佐仁的国画作品《梅花》，获温州市“庆祝建国四十周年美术展”创作奖。

12月15日 温州市“庆祝建国四十周年文艺征文大赛”

评奖结果揭晓，瓯海县程绍国的中篇小说《人生一段美好时光》、李启林的组诗《致海难者及其父亲》获优秀文学奖；林长春、陈革新的短篇小说《大红店老板》，章方松的散文《星空之美》，获文学征文奖。

12 月 郁宗鉴主编的《温州市故事卷》，由中国民间文艺出版社出版。

12 月 全昌顺主编的《瓯海县故事歌谣谚语集》，由瓯海县民间文学集成办公室、瓯海县文化馆印行。

12 月 温州市青年文学工作者协会成立，为温州市文学艺术界联合会团体会员，瓯海县林长春、陈美霞、项有标等人当选理事。

12 月 《瓯海文学》创刊，由瓯海县文化馆主办，为不定期文学期刊。创刊号由冯强生担任主编，程绍国为执行主编。从第二期起，聘请著名学者、作家王季思和刘征为名誉顾问。

是年，柯练武的漆画《永昌堡》，获温州市首届装饰画大奖赛一等奖；吴明哲获温州市文学艺术基金会文艺工作银鹿奖。

1990年

1月1日至3日 瓯海县美术工作者协会组织八位作者的十幅美术作品，参加“温州市九县（市）美术作品联展”，进行巡回展出。其中，吴佐仁的国画《春》，张霜的漆画《万年青》获优秀奖；王学钊的国画《茶山秋色》获佳作奖；卢亦虎的漆画《故乡的腊冬》获鼓励奖。

1月 瓯海县朱银者的小说《猎装》发表于《未来作家》第一期。

3月8日 温州市文化局潘忠乐带队，组织作家和老同志到泽雅镇采风。

4月15日 瓯海县摄影协会组织骨干会员，到泽雅镇新开发的风景区进行采风拍摄创作活动。

5月4日 瓯海县书法协会第二届第一次会议在县文化馆召开，吴明哲当选主席。

6月10日 瓯海县泽雅镇第一个民间组织的书画社——七重岩书画社成立，首批会员共有四十余名，林健夫为社长。

6月17日至21日 杨涵、葛克俭、单眉月等十二人，到瓯海县泽雅镇等地采风，创作一批以瓯海自然风景和社会生活为题材的速写、国画、水彩画及文学作品。

6月20日 “看今朝”瓯海风采艺术影展在温州市展览馆开幕。这次影展由瓯海县人民政府、温州市摄影家协会、温州日报社、温州市展览馆主办，十五家明星企业协办。

7月7日至9日 瓯海县美术协会组织其会员到泽雅镇进行采风活动。

7月17日 浙江摄影出版社的王锦秋、陈忠宝等一行，与温州市摄影家协会、瓯海县摄影协会组成采风团，到泽雅镇进行采风活动。

8月19日 瓯海县文物馆颁布首批文物保护单位名单：西坑烈士墓、寺前桥、永宁桥、分水城、老鼠山新石器时代遗址、樟岙南朝窑址、四连碓、普明寺、五美园、汤和庙、王瓒家庙、张天麟家庙、双岙石胜观摩崖造像、“第一山”摩崖题刻、姜立纲墓。

8月 画家、学者杨涵的散文《为泽雅宣名》，发表于《江南》第四期。

9月 潘振恺的短篇小说《碓坑》，发表于《温州文艺》第三期。

10月 张霜的漆画《目标》，入选浙江省第二届体育美术作品展；张霜的版画《无题》入选“90温州版画展”，并被评为优秀作品。

12月 郁宗鉴主编的《温州市歌谣谚语卷》，由浙江文艺出版社出版。

12月 林南山、潘德清合著的《瓯海潮踪——瓯海英烈列传》，由浙江省瓯海县民政局印行。

是年，朱茂昌获温州市第二届文学艺术基金会文艺工作银鹿奖。

1991年

1月1日　瓯海县在市文化馆举办书画展，展出书法美术作品九十余幅。

1月6日　温州市"海螺杯"征文大赛评奖结果揭晓，并在鹿城礼堂举行颁奖大会。瓯海县陈美霞的诗歌、黄永熙的散文获二等奖，林长春的散文获创作奖。

1月　黄松光、林长春主编的《泽雅风光》，由泽雅七重岩书画社、泽雅风光开发协会印行。

3月　林长春的散文《水碓依然传古声》发表于《风景名胜》第三期。

4月　温州电视台组织召开"浙江山水行"拍摄任务讨论会。

5月3日　泽雅风景区被浙江省政府批准为省级风景名胜区。

5月21日　中共瓯海县委发文〔县委（1991）20号〕《关于成立县文学艺术界联合会筹备领导小组的通知》，并任命南泉洁为组长，副组长为黄培拉、郑朴，成员为郑金寿、陈叶葳、何世鹏、潘步康、厉益仁、王顺吉、陈咏兰。

5月29日　瓯海县文学艺术界联合会筹备领导小组，拟定《关于要求成立瓯海县文学艺术界联合会并召开县第一次文学艺术工作者代表大会的请示报告》，并呈交中共瓯海县委、瓯海县人民政府。

5月31日至6月2日　温州电视台风光摄制组到瓯海县泽雅风景区拍摄风光旅游专题片。

6月7日　中共瓯海县委宣传部发文〔浙瓯宣（1991）21号〕，同意县文学协会、书法协会、摄影协会、美术协会四个社会团体复查登记并报县民政局准予办理登记手续。

6月30日　温州市“七一”摄影艺术展览，在市展览馆展出。周笑中的《心愿》，周斐列的《夕阳伴牛归》，沙开胜的《抒情之路》，郑高华的《撤》《今非昔比》，郑金寿的《风采》《科技带头人》《农家乐》《水为媒》一共九幅作品入选参展。

6月30日　瓯海县“七一”影展在县人民大会堂展出。

6月30日　由浙江省委宣传部、省摄影家协会、省群众艺术馆联合举办的“当代共产党员风采和省重点工程影展”，在省展览馆举办。瓯海县郑金寿、郑高华的四幅作品入选展出。

6月　瓯海县文化馆与瓯海县文学工作者协会联合主办的《瓯海文学》第二期印行，收录了骆寒超、董楚平、王季思、刘征等人的作品。

7月1日　为纪念中国共产党成立七十周年，瓯海县各级党组织和社会群团广泛开展知识竞赛、事迹报告会、演讲比赛、文艺演出和表彰先进等纪念活动。

7月12日　《今朝瓯海》创刊，由瓯海县委宣传部、瓯海县委党校主办，不定期设有文艺副刊。

7月16日　温州市“瓯税杯”摄影大奖赛在市工人文化

宫举办。瓯海县沙开胜的《寄托》获三等奖，郑高华的《飞机到我家乡》、郑温生的《期望》获优秀奖，周斐列、沙开胜、赵一原三人的作品获鼓励奖。

7月 1991年国际硬笔书法大奖赛评奖结果揭晓，瓯海县藤桥中学学生朱胜勇的作品获优秀奖。

7月 经中国摄影家协会浙江省分会资格评审委员会评审通过，瓯海县郑金寿、郑高华被吸收为省级会员。

7月 李启林的诗集《海难者之舞》，由长城（香港）文化出版公司出版。

8月14日至16日 瓯海县文化馆、瓯海县文学工作者协会联合举办泽雅笔会，李启林、朱茂昌、吴明哲、程绍国等二十余人参会，并在泽雅镇等地采风走访、创作研讨。

10月 《福建文学》第五期刊发瓯海县农民诗人李启林的诗歌创作专题评论。

10月 吴明哲的篆刻作品、传略和照片，编入《当代篆刻大辞典》。

11月8日至9日 瓯海县文学艺术界联合会第一次代表大会召开，大会选举黄培拉为文学艺术界联合会主席，陈泳兰、厉益仁、李启林、吴明哲为副主席，陈泳兰兼任秘书长，吴佐仁为副秘书长。

11月16日至19日 北京市和浙江省五十多位摄影家，来瓯海县进行“瓯海一周摄影创作”活动。

11月 厉益仁、吴明哲主编的《瓯海县革命文化大事记》，由瓯海县革命文化史料征集办公室印行。

12月10日 温州市“瓯税杯”征文大赛评奖结果揭晓，

瓯海县项有标、张崇华共同完成的报告文学《大地作证》获一等奖，黄永熙的散文《春水》获佳作奖。

12 月 21 日 林斤澜文学创作专题讲座在瓯海县政府大楼六楼举行。

12月27日 林斤澜一行到泽雅镇等地进行采风创作活动。

12 月 瓯海县文学艺术界联合会会刊《瓯海》杂志创刊，创刊号为“瓯海建县十周年文学”专刊。

1992 年

1 月 28 日 浙江省民政厅发文〔(1992) 38 号〕〔(1992) 39 号〕，同意将原属鹿城区的景山街道和新桥镇划归瓯海县管辖；同意撤销瓯海县所属的永强、梧埏、三溪、藤桥、泽雅五个区公所，改为县直管乡镇。

1 月 《浙江画报》第一期，刊出“泽雅探胜”风光专题。

3 月 9 日 国家民政部发文〔(1992) 24 号〕，经国务院批准，同意撤销瓯海县，设立温州市瓯海区（县级）。瓯海区辖 16 个乡、17 个镇和 1 个街道办事处。

4 月 29 日至 5 月 8 日 杨涵、冯增荣、张候权、葛克俭、单眉月等人，到泽雅风景区参加美术摄影采风创作活动。

4 月 瓯海区文学艺术界联合会组织举办多种活动，区音乐舞蹈协会到楠溪江风景区、区摄影协会到灵昆镇、区文学工作者协会到茶山镇，开展各类采风创作活动；区美术协会、区书法家协会在温州市工人文化宫联合举办书画作品展览。

5 月 15 日 摄影家邵家业率队到泽雅镇采风创作。

5 月 23 日 瓯海区举办纪念《在延安文艺座谈会上的讲话》发表五十周年书法、美术、摄影展。

5 月 瓯海区文学艺术界联合会在雪山饭店举办文学笔

会，邀请《西湖》杂志社编辑王蔚前来进行创作指导。

5月 仇雪峰的作品《百花齐放》，入选浙江省篆刻展。

6月 林长春的散文《“龙车”日夜转悠悠》，发表在《风景名胜》第三期。

7月12日 瓯海区举办建党七十一周年美术书法展。

9月26日至28日 瓯海区文学艺术界联合会在雪山饭店举办文学创作座谈会，特邀骆寒超做专题讲座，《西湖》杂志社编辑与会。

10月23日 瓯海区第一个村办文化娱乐中心在永中镇镇南村落成开业。

12月 吴明哲主编的《温州瓯海革命文化史资料汇编》，由温州市瓯海区文化局、温州市瓯海区革命文化史料征集办公室印行。

12月 瓯海区泽雅中学创办雁来红文学社。

是年，朱茂昌、李启林、吴明哲获温州市第三届文学艺术基金会文艺工作银鹿奖；全年刊行《瓯海》四期；聘请林斤澜、骆寒超、莫洛、唐湜为《瓯海》杂志顾问。

1993年

2月15日 温州市瓯海区1990—1992年文学艺术创作百花奖颁奖仪式举行。本届“百花奖”共有六人获得一等奖，十二人获得二等奖，十五人获得三等奖。

3月 仇雪峰的篆刻作品参加上海朵云轩和温州市文化宫联合举办的书法篆刻联展。

3月 灵昆镇女画家刘少微的作品《最爱家乡三月晴》，获“银海杯”全国书画印大展赛银海杯奖。

4月 彭福云的书法作品获“银河杯”全国青少年书法比赛优秀奖。

5月25日 国家广播电视总局一行八人，到郭溪镇任桥村拍摄大型纪录专题片《父老乡亲》中的部分镜头。

5月 林建炜的书法作品参加浙江省青年书法家协会展览。

5月 周乐光的散文获第二届“华夏杯”征文优秀奖。

6月 刘少微的国画作品《月梅图》，入选《当代书画篆刻大全》。

6月 为纪念中国共产党成立七十二周年，瓯海区委宣传部、区机关党委、区文化局、区广播电视局和南白象镇联合举办“南白象杯”党员卡拉OK大奖赛。

8月 周荣光、林志文、林长春等人的多篇旅游文化专题散文，收入《温州风光揽胜》，由中国城市出版社出版。

9月3日 瓯海区景山街道在区文化馆举办“庆祝国庆欢度中秋”卡拉OK大赛。

9月 仇雪峰的篆刻作品，入选由东瓯印社和温州市工人文化宫联合举办的纪念毛泽东诞辰一百周年书法篆刻展。

9月 李启林的诗集《妈妈的黄昏》，由四川大学出版社出版；诗集《幸存者之恋》由花山文艺出版社出版，为“诗神丛书”之一。

9月 林长春的散文《潭泳》，获“中国补心杯大赛”优胜奖，并收入《跨世纪彩虹》，由云南人民出版社出版。

9月 潘相锋的作文获全国青少年“迎奥运展风采作文大赛”新秀奖，并入选《全国青少年优秀作文选》。

10月 纪念毛泽东诞辰一百周年的特刊《瓯海文学》，由瓯海区文化馆印行。

11月4日 天柱寺风景区经省市专家考察审定，成为温州市首家市级风景区。

11月16日 茶山风景名胜区总体规划通过省市会审。王学钊等人参与基础材料、前期文化文字准备工作。

11月 黄克荣的诗歌《一个村庄一群人》，获《女友》杂志举办的全国诗歌大奖赛佳作奖。

11月 程绍国的小说《逝者如斯》，获《中国作家》“江轧杯”优秀短篇小说奖。

11月 《浙江山水行》由浙江摄影出版社出版，其中收入瓯海区泽雅镇风景图片、文字介绍等。

12月1日 瓯海区举办文化干部美术书法技能比赛，并进行评奖颁奖活动。

12月25日 瓯海区在区人民大会堂举办纪念毛泽东诞辰一百周年文艺会演。

12月 仇雪峰的书法作品入选温州市文学艺术界联合会主办的市美术书法摄影展。

12月 黄克荣的散文《五四纪事》，获全国青少年作文大赛新秀奖。

12月 潘永坤的科普文艺集《坚甲利兵——兵器史略》，由北京燕山出版社出版。

12月 著名诗人艾青为《瓯海文学》题词“伊甸园”，用于诗歌专栏。

1994年

1月1日 辉煌十一年——瓯海建县设区成就摄影展，在温州日报社宣传橱窗专题展出。

1月6日 “腾飞中的瓯海”摄影展，在温州市工人文化宫展出，反映瓯海改革开放以来的建设成就。

1月12日 张立虎谱曲的《谁叫我是渔家女》，获浙江省第四届音乐舞蹈节一等奖。

1月12日 郑金寿、张立虎获温州市文艺创作奖励基金会第三届文艺工作银鹿奖，吴明哲获丰收奖。

1月12日 潘桥镇民间艺术家林珍存制作的《敦煌新韵》问世，为全国最大的彩石镶嵌艺术品。该作品长8.32米，高2.25米，由八扇屏风组成，共有四十八个人物形象，背面为唐诗《春江花月夜》，由书法家汪庭汉提供墨本。

2月12日 藤桥镇山根岭脚村青年蔡益清，在由中央人民广播电台“四三九播音室”和中国银行北京分行联合举办的“金钱的位置”有奖征文活动中获三等奖。

2月12日 永兴镇青年教师黄光良的摄影作品《退休教师的晚年》，获1993年全国首届教育工作者书画摄影大赛铜牌奖。

2月 章方松的《中国上古文化与气功起源》由学林出

版社出版。

3月24日 苏琼在广西举行的首届中国民歌大赛上演唱的温州民歌《对鸟》获得铜奖，为本届赛会浙江省唯一获奖者。

3月 黄克荣的诗歌《挚》，入选《跨世纪彩虹》一书。

4月26日 瓯海区多位民间文艺家参加温州市民间文艺家协会第三次代表大会，瓯海区朱茂昌、李旭贤当选理事。

4月29日 南白象镇举行白象古塔重建奠基仪式，中国道教协会常务副秘书长黄信阳一行十七人，专程从北京抵温参加。

5月24日 黄光良的摄影作品《毕生》，入选第十七届全国摄影艺术展。

6月5日 永中镇第一小学吴声亮的书法作品，获得1994年“土地杯”全国首届书法篆刻艺术大赛三等奖。

7月15日至19日 瓯海区文化馆与区音乐舞蹈协会，举办1994舞蹈小品培训班。

7月22日 永中镇中心小学教师何国千的硬笔书法作品，在中国现代文化学会艺术部组织的评选活动中获铜奖。

8月15日至19日 瓯海区文化馆与区音乐舞蹈协会举办瓯海声乐培训班。

8月 吴佐仁的书法作品集《一沙书法》，由上海书画出版社出版。

9月27日 瓯海区在区人民大会堂举行“颂祖国爱家乡建家园歌咏比赛”，全区各乡镇有关单位代表队参加歌咏比赛。

9月 中央人民广播电台主办全国“迎国庆　颂新歌”评选活动，瓯海区音乐舞蹈协会张立虎谱曲的《挑海鲜的姑娘》获二等奖。

10月1日 瓯海区摄影协会组织会员分批参加全省、全市“国庆一日”大型摄影创作活动，之后参加温州市工人文化宫为期一周的摄影展览。

11月19日 温州市路线教育宣传队，在瓯海区永兴镇进行宣传演出。瓯海区音乐舞蹈协会组织节目，参加路线教育宣传演出。

11月22日 朱茂昌创作的新故事《爱民匾》，在山西大同举办的“塞北箭杯”首届全国新故事大赛中获优秀作品奖。

11月28日 瓯海区青年歌手孙小丹、史小祺、金小秋，同时获得温州市1994“山村杯”通俗唱法大赛一等奖。

12月20日 永中镇小学教师项有标和李爱玲、三垟宪四小教师叶洪焕和学生余玲的作品，在由《人民教师》等六家杂志举办的“我的作文教改探索”和“少年生活大观”全国作文大赛中各获二等奖。

12月22日 章方松的小说《法名》，在中国国际文学艺术作品博览会上，获得文学类三等奖。

12月 柯练武的美术作品《山居》，入选全国第八届美术展，获浙江省优秀作品奖。

12月 何国千的书法作品，获1994烟台国际硬笔书法家精品展银质奖，并入编《国际硬笔书法家大辞典》。

12 月　永中镇中心小学六名学生在“中华杯”全国小学生硬笔书法大奖赛中获奖。其中王余余和王超超分获中高年级组和低年级组二等奖；王阳阳获中高年级组三等奖；吴声亮、王颖捷、潘超超获优秀奖。

12 月　林长春加入温州市儿童文学学会。

1995年

1月17日 瓯海区文化馆与区音乐舞蹈协会组织节目，在区政府六楼会议厅举办新春联欢会。

1月19日 瓯海区文化馆与区音乐舞蹈协会组织节目，在建行大楼举办军民联欢会。

1月20日 瓯海区文学艺术创作奖励基金会成立，首批筹集资金十一万元。

1月 彭福云的书法作品入选“人生寄语”台历。

2月 瓯海区吴佐仁、仇雪峰、吴子直等人创作的书法作品，参加温州市青年书法家协会在市工人文化宫举办的书法探索展。

3月 朱茂昌的作品集《朱茂昌新故事选》，由安徽文艺出版社出版。

4月 朱茂昌的作品集《朱茂昌新故事选》首发式暨研讨会在瞿溪镇政府四楼会议室举行。市区有关领导、作家、学者等各界人士与会。永嘉县、瑞安市文学艺术界联合会派员参会。

4月 共青团瓯海区委组织举行“十路人才百名精英”评选活动，苏琼、仇雪峰、程绍国、柯练武等人榜上有名。

5月27日 瓯海区委宣传部、区教育局举办“胜利之歌”会演，纪念抗日战争胜利五十周年。

6月6日 项有松、项莉颖表演的小品《苦果》，参加温州市宣传《中华人民共和国母婴保健法》文艺调演，获得一等奖。

6月29日 温州市总工会、市文学艺术界联合会、市电视台等单位联合举办“爱祖国 爱家乡 爱岗位”诗歌演讲比赛。瓯海区刘丹静创作、孙小丹演讲的《山水母亲，我的家乡永强》，获演讲一等奖；张立虎作曲、阮元松作词、史小祺演唱的《我的家乡担鲜女》获新歌二等奖；瞿炜创作、林振朗诵的《祖国，我永远的祖国》获三等奖。

6月30日 由瓯海区文化局、区总工会主办，瓯海区文化馆、区音乐舞蹈协会承办的“爱国之声”文艺会演，在区人民大会堂上演。

7月8日至9日 瓯海区文化局、区文化馆在泽雅镇举办全区文化站干部培训会；区音乐舞蹈协会组织节目到山区进行演出。

7月18日至19日 瓯海区文化局在泽雅镇召开全区文化工作会议。瓯海区文化馆、区音乐舞蹈协会组织节目到泽雅老区进行演出。

8月6日 谢乐燕编排的群舞《道情圆舞曲》，参加温州市乡村舞蹈比赛，获得一等奖。

8月7日 瓯海区文化馆与区音乐舞蹈协会举办1995声乐培训班，聘请浙江省艺术学校教师胡素银执教。

8月8日 瓯海区文化局、区文化馆派员到海滨镇宁村，参与指导“七月十五”民俗节日活动。

8月15日至16日 温州市儿童文学年会在瑞安市桐溪风景区召开，朱茂昌等瓯海代表与会。

8月22日 瓯海区举行“胜利之歌”歌咏大会，庆祝抗日战争胜利五十周年。

8月28日 温州市纪念抗日战争胜利五十周年歌咏比赛在温州大戏院举行，瓯海区瞿溪镇合唱队获得二等奖。

9月7日 瓯海区文学工作者协会举行换届会议，程绍国当选主席，徐秀莉为副主席，潘进楷为秘书长。

9月19日 “三垟杯”新闻摄影赛启幕，活动由《温州日报》新闻部、温州市摄影家协会和三垟乡政府联合举办。来自全国各地的三十多位摄影家到三垟乡进行摄影采风创作活动。

9月19日至20日 瓯海区文学艺术界联合会第二次代表大会召开，选举产生第二届文学艺术界联合会委员，黄培拉当选主席，吴明哲为副主席兼秘书长；郑金寿、金爱云、张立虎、吴佐仁、程绍国为兼职副主席；刘丹静、仇雪峰、沙克胜为副秘书长。

9月 林长春加入温州市民俗学会。

10月2日 瓯海区文学工作者协会组织文学工作者到泽雅风景区进行采风创作活动。

10月5日 由瓯海区文化局、区文化馆主办，区音乐舞蹈协会承办的“瓯海革命老区慰问演出”在双潮乡上演。

10月21日 谢乐燕编排的群舞《道情圆舞曲》，参加浙江省首届“泰隆杯”乡村舞蹈比赛，获得二等奖。

10月29日 瓯海区举办“金瓯文化周”活动，邀请北京文学艺术界知名人士二十多人到瓯海采风。参加者有汪曾祺、林斤澜、邵燕祥、唐达成、蓝翎、赵大年、陈建功、母国政、孙铁青、权希军、谷叶等人。

11月13日 周顺海主编的《赤胆忠心高亮风节》一书出版，并在瓯海区委会议室举行新书发行仪式及座谈会。

11月21日 温州电视台“万家灯火”栏目播出林长春的《收藏文化》专题片。

11月23日 瓯海区文化局、区文化馆及区音乐舞蹈协会组织节目，到上成乡参加“路线教育宣传文化晚会”演出。

12月8日 张立虎谱曲的《谁叫我是渔家女》，在南昌市举办的全国第五届群星奖比赛中获创作银奖和辅导银奖。

12月28日 瓯海区人民武装部、区文化局在区文化馆召开创作会议，讨论编排文艺作品，组成“瓯海区民兵后花园建设文艺宣传队”。

12月 李岳松的散文《心恋》，参加首届“相思杯”全国诗文大奖赛获佳作奖，并被收入《相思潮》结集印行。

12月 林成益、叶宝生主编的《民族魂：历代爱国者的故事》，由二十一世纪出版社出版。

1996 年

1 月 8 日 温州市文学艺术界联合会在永嘉县桥头镇召开市、县、区文学艺术界联合会联席会议，瓯海区文学艺术界联合会被评为先进单位。

1 月 11 日 由瓯海区人民政府主办，区文化馆、区音乐舞蹈协会承办的“三胞联谊会”在瓯昌饭店举行。

2 月 1 日 瓯海区文学艺术界联合会召开首届文艺创作奖励基金会颁奖大会。程绍国、吴明哲、吴佐仁、张立虎、谢乐燕、黄光良等人，分别获文学、书法、美术、音乐、舞蹈、摄影金鸥奖。

2 月 4 日 瓯海区文化馆、区音乐舞蹈协会组织节目，参加“东海长堤电视吉尼斯”大型活动，并在沙城镇、永兴镇、海滨镇、天河镇一带的堤塘上表演节目，现场观众达万余人次，并在正月初六（2 月 24 日）“周天娱乐城”专题节目中播出，浙江卫视同步播放。

2 月 15 日 瓯海之春文艺晚会在温州师范学院育英大礼堂举行。

2 月 瓯海区摄影协会与金温铁路温州段指挥部联合举办“铁路杯”摄影比赛。

3 月 8 日 瓯海区文化局、区文化馆等组成文艺轻骑队——后花园文艺宣传队，到各乡镇巡回演出。首场演出在西岸乡举行。

3月28日 瓯海区文化工作会议在区政府大楼六楼召开。

3月 潘振恺的报告文学《路碑》《绷紧创业之路》，入选报告文学集《一代风流》，由新华出版社出版。

3月 林长春加入中国散文诗学会。

3月 《瓯海》春卷刊行，本期为“瓯海旅游专刊”，封二刊出汪曾祺及林斤澜的《瓯海修堤记》。

4月9日 瓯海区第二轮“后花园”文艺演出开始，首场演出在茶山镇举行。

4月20日 李岳松的散文《夜晚的思念》，在中国研究院当代文艺研究室举办的“当代文学艺术创作研讨会”上获二等奖。

4月21日 瓯海区广播电视局、区文学艺术界联合会组织拍摄《瓯海风情》，在温州电视台、瓯海有线电视台播出。

4月30日 为庆祝“五一”国际劳动节，瓯海区举行系列活动，其中有乡镇企业之星歌咏大赛等。

4月 王璞编著的《罗东诗编》，由温州市永昌镇旅游开发领导小组印行。

5月1日 《瓯海区文学艺术界联合会简讯》创刊，为打字油印文本，反映瓯海文学艺术界文化活动信息。

5月4日至5日 瓯海区文化局、区文化馆在雁荡山风景区举办作品加工会。

5月21日 林长春的随笔《金装烟》，在《联谊报》刊出。

5月30日 郑一增的书法作品入选浙江省首届中青年书

法展。

5月31日 瓯海区文化馆、区幼儿园联合举办“庆六一家园联欢文艺演出”。

5月 瓯海区开展以“献爱心赠好书建书架”为主题的“书架子”工程建设活动。区文学艺术界联合会组织有关人士多次捐书助力“书架子”建设。

5月 王学钊、卢元榜的书法作品，在浙江省农民书法比赛中获二等奖。

5月 瓯海区文学工作者协会九名会员在《温州文学》发表关于瓯海区旅游系列作品。

6月1日至9月20日 瓯海区举办首届幼儿书画大赛。幼儿书画作品参赛评奖后，将会在瓯海区政府大楼六楼进行颁奖仪式，同时举办展览。

6月2日 温州市民俗学会召开“温州市首届灯彩民俗颁奖大会”，同时发行《温州市民俗学论文集》。

6月8日 温州市召开收藏协会成立大会，瓯海区林长春、潘丁盛等人成为首批会员。

6月10日 俄罗斯国际形体名模表演团，在温州市体育馆推出集舞蹈、形体、健美、时装表演于一体的大型文体节目。瓯海区文学艺术界联合会设立购票点，每张票一百元。

6月19日 瓯海籍歌星吴涤清向母校陈庄小学捐助人民币二十万元，用于危房改建。

6月22日 温州市举办“纪念第六个全国土地日活动”综艺演出，瓯海区音乐舞蹈协会组织节目参加演出。

6月23日 瓯海区文学工作者协会组织会员到永中镇堤

塘等地进行采风创作。

6月26日 由瓯海区人民政府主办，瓯海区文化馆、区音乐舞蹈协会承办的“全国杨梅科研生产协作研讨会（瓯海）”文艺联欢会举行。

7月3日 温州市音乐家协会在瓯海区政协会议室举行全市音乐工作会议。

7月26日 潘志勇的摄影作品《戏台下》，获1996中国首届戏曲国际摄影大奖赛优秀奖。

8月15日 瓯海区文化馆举办1996舞蹈培训班。

8月22日 中国电视艺术家协会《邓小平》摄制组，到瓯海区西岸乡黄坑村等地拍摄古村落外景。

8月 瓯海区摄影协会郑高华等人，接待八名马来西亚摄影家到泽雅镇进行采风创作。

9月20日 瓯海区文学艺术界联合会组织成立《可爱的瓯海》编委会。

10月8日 在温州市第八届音乐舞蹈节上，张立虎谱曲的《家乡的竹斗笠》和《中国梅花》分别获得一等奖、二等奖；歌手苏琼、孙小丹获一等奖；谢乐燕编导，赵梦霄、史春苗和南燕表演的《家乡的桂花黄了》获创作表演一等奖。

10月11日 瓯海区委宣传部、区教育局、区文学艺术界联合会联合召开《可爱的瓯海》编写会议。

10月15日 温州市收藏协会首次展览在市工人文化宫开展。瓯海区林长春以“祖国万岁”为主题，展出烟标组合藏品，为温州同类藏品首次展出。

10月18日 由瓯海区文化局、区文化馆主办，区音乐舞蹈协会承办的第九个“老人节”慰问演出暨第八届音乐舞蹈节汇报演出举行。

10月23日 在温州市委宣传部、市总工会、市经委、市文化局和市文学艺术界联合会联合举办的“奥得利杯”首届企业文化艺术十佳单位评选中，瓯海区房地产开发总公司获“企业文化艺术最佳单位”。

10月25日 瓯海区举行学习贯彻中共十四届六中全会精神暨精神文明建设千人动员大会，表彰“十杯”竞赛先进个人和单位。其中，瓯海区广播电视局获“两为杯”金杯，区文化馆获银杯，区新华书店获铜杯。

10月30日 温州市委宣传部、温州市精神文明建设委员会举办“书架子工程建设大家谈”活动，瓯海区文学艺术界联合会派员参加座谈，交流经验体会。

10月 林伟昭主编的《仙门村志》，由《温州市场报》编辑部印行。

11月21日 瓯海区书法家协会举行第三次全体会员大会，选举产生第三届理事会。黄国光当选主席，林建炜等人为副主席，仇雪峰为秘书长。聘请吴明哲为名誉主席，吴佐仁为首席顾问。林朝恩、彭福云等人为常务理事。

12月13日 瓯海区美术协会举行第三次全体会员大会，选举产生第三届理事会。冯强生当选主席，王学钊等人为副主席，柯练武为秘书长。胡长寿、王珠润、李岳松为常务理事。

12月24日至26日 中（国）日（本）江南农耕民俗文化联合考察团一行二十二人，对瓯海区西岸乡黄坑村、泽雅镇周岙村进行田野考察。

12 月 29 日 瓯海区文化馆、区音乐舞蹈协会组织节目，参加温州电视台在温州师范学院育英大礼堂举办的“春之声”迎 1997 元旦电视文艺晚会。

是年，王学钊被邀为浙江省农民书画研究会理事。

1997年

1月2日 瓯海区文学艺术界联合会批复〔瓯文学艺术界联合会字（1997）3号〕，同意成立瓯海区诗词学会，并同意其成为区文学艺术界联合会团体会员。

1月8日 张立虎谱曲的《中国梅花》《家乡的竹斗笠》《杨梅酸酸杨梅甜》，参加在北京举行的首届中华青少年文艺作品大赛。

1月21日 浙江省“新歌曲”比赛结果揭晓，苏琼演唱的《中国梅花》获一等奖，孙小丹演唱的《家乡的竹斗笠》获二等奖。

1月28日 周荣光编著的《跨越第三步》，由香港天马图书有限公司出版。该书发行所得的五万元书款，全数捐赠新桥中心小学图书馆，用于购置图书。

2月17日 瓯海区音乐舞蹈协会承办“旅法华侨贺岁联欢会”。

3月5日 温州市第四届文艺基金会颁奖晚会在温州师范学院育英大礼堂举行，瓯海区张立虎获文艺工作金鹿奖，朱茂昌、项有松获文艺工作银鹿奖。

3月6日 瓯海区文学艺术界联合会在中国建设银行大楼会议室举办1997新春茶话会。

3月18日 瓯海区音乐舞蹈协会组织节目，参加瓯海区人大、政协两会汇报演出。

4月1日 张立虎等人创作，孙小丹、苏琼等人演唱的《家乡的竹斗笠》《中国梅花》《杨梅酸酸杨梅甜》，收进《大地星辉》录音磁带盒，由北京普教音像出版社出版。

4月24日 由瓯海区文化局、区文化馆主办，区音乐舞蹈协会承办的“庆五一 迎回归”文艺演出，首场演于藤桥电影院。

4月28日 王学钊受聘瓯海区文化馆，担任美术艺术指导工作。

5月1日 瓯海区委机关报《瓯海报》试刊发行。

5月5日 瓯海区文化局、区文化馆组织人员到温州江心屿参观“迎香港回归展览”。

5月7日 郑高华的作品《秋色》、郑鹏的作品《暮归》，入选香港大众摄影学会第27届国际影展。

5月8日 瓯海区上戍乡举办“迎回归”卡拉OK演唱赛。

6月6日 瓯海区文化局、区文化馆、区音乐舞蹈协会组织节目，参加“迎回归”文化下乡演出。

6月14日至17日 温州市举办“迎回归”职工书法美术展览，瓯海区多人参展。其中，仇雪峰的篆刻作品获三等奖，并被选送参加在宁波、金华等地举行的“迎回归”全省职工书法美术巡回展览。

6月18日 瓯海区音乐舞蹈协会组织节目，参加在区政府大楼六楼举行的“海外交流协会联欢会”。

6月23日 泽雅镇举办“庆七一 迎回归”文艺演出。

6月26日 中共瓯海区委宣传部、区文学艺术界联合会举办“迎香港回归书画展”，在区政府大楼六楼展出。

6月27日 瓯海区举办“庆七一 迎回归 展宏图 创大业”文艺会演。

6月 瓯海区书法、美术协会举行“庆七一 迎回归 迎十五大”书画作品大赛。

7月1日 王学钊等人的国画作品，参加在温州市工人文化宫举办的“温州市庆回归美术作品展”。

7月21日 瓯海区举办“心连心 创新业”三胞联谊晚会。

7月28日 纪念中国人民解放军建军七十周年暨表彰“十佳”子弟兵拥军优属先进单位大会，在瓯海区人民大会堂召开。瓯海区音乐舞蹈协会承办“军民联欢”文艺演出。

7月 吴明哲主编的《瓯海》，由瓯海区委宣传部、区教育局、区文学艺术界联合会联合印行。

8月1日 瓯海区音乐舞蹈协会组织节目，参加瓯海区人民医院正式开业暨落成典礼文艺演出。

8月8日 瓯海区音乐舞蹈协会组织节目，参加温州市铁路全线铺通文艺演出。

8月12日 瓯海区文化馆、区摄影协会的周斐列调任区人民大会堂经理。

8月14日 瓯海区音乐舞蹈协会组织节目，参加在温州师范学院育英大礼堂举办的“温州市亮丽万家”文艺晚会。

8月21日 瓯海区音乐舞蹈协会组织节目，参加温州市反腐倡廉文艺会演，选送的节目《反腐倡廉建家园》获优秀表演奖。

8月27日 瓯海区文学艺术界联合会召开全委会，黄培拉辞去主席职位，王宁当选主席，陈可林为常务副主席。

8月29日 瓯海区文化局、区文化馆、区音乐舞蹈协会组织节目，参加在温州师范学院育英大礼堂举办的“温州市新农村新家庭”文化会演。

8月 林长春的散文《门前溪坝》，参加浙江省文化和旅游厅社文处、《浙江日报》文化周刊部联合举办的征文大赛，获三等奖。

9月4日至7日 瓯海区文化局、区文化馆、区音乐舞蹈协会组织节目，参加浙江省第五届音乐舞蹈节。

9月8日 谢乐燕编舞，赵梦霄、戴婷婷、周吉敏等四十人表演的群舞《道情渔鼓舞》，参加第六次全国万里边疆文化长廊建设现场会——浙江“东海明珠”文化工程大型文艺演出。

9月 徐秀莉的散文集《一路风景》，由安徽文艺出版社出版。

10月1日 茶山弘一大师纪念馆揭幕，展出弘一大师驻锡茶山宝严寺的事迹及有关著作和书画作品。

10月12日 瓯海区诗词学会在永中镇召开成立大会，王兴森当选会长，何国祥、周荣光、章方松为副会长，王国乾为秘书长，董建烽为副秘书长。

10月18日至24日 瓯海区文学艺术界联合会副主席陈可林参加浙江省文学艺术界联合会干部学习党的十五大精神研讨班。

10 月 22 日　张立虎谱曲的《家乡的竹斗笠》，获第四届“五个一工程”奖。第八届“全国广播新歌”评选活动结果揭晓，张立虎谱曲、苏琼演唱的《杨梅酸酸杨梅甜》获银奖。

10 月 28 日　瓯海区教职工艺术团成立，由区教委副主任吴银桂担任团长，区文化局副局长张立虎任副团长、艺术总指导。

10 月　仇雪峰及林朝恩的书法作品，获浙江省“温泉杯”书法大赛入选奖。

11 月 14 日　徐秀莉的散文集《一路风景》在温州水心饭店举行首发仪式暨座谈会，吴军、马骅等文艺界知名人士参加。

11 月 15 日　《温州晚报》举办的“回望五年”征文大赛评选结果揭晓，林长春的散文《亭外断桥边》获二等奖。

11 月 20 日　在浙江省第五届音乐舞蹈节上，张立虎谱曲的《乡下的女人》《向往江南》分别获创作一、二等奖；苏琼、孙小丹分别获演唱一、二等奖；谢乐燕编导的舞蹈《家乡的桂花黄了》获创作二等奖。

11 月 22 日　瓯海区文化馆、区音乐舞蹈协会组织节目，参加在茶山镇举行的“党的基本路线教育宣传演出”。之后，在梧埏、三垟等乡镇巡回演出。

11 月　张利安的书法作品入选全国第二届正书大展。

12 月 5 日　永昌镇博物馆获浙江省文物处批准开办，为浙江省第一个乡镇级博物馆。

12 月 11 日　瓯海区举行大型画册《瓯海》首发仪式暨区文化建设研讨会。温州市文学艺术界联合会负责人、区委区政府有关领导及文化文艺界人士代表参加会议座谈。

12月19日 林长春获“连续三年组织编辑本县（市、区）馆、站大事记，参加全省群众文化活动大事记年编工作”二等奖。

12月24日 瓯海区教育艺术团组织节目，首场演出于泽雅镇，之后到临江镇、瞿溪镇等地巡回演出。

12月 仇雪峰及林朝恩的书法作品，获纪念毛泽东全国书画作品大展铜奖。

12月 李旭贤的民间文化论文，入选《村落文化论文集》，由浙江省群众文化学会、浙江省群众艺术馆印行。

12月 朱茂昌的童话《鹞鹰风筝的故事》，发表于《中外童话》第十二期。

12月 仇雪峰的书法作品入选第二届浙江书法大展。

1998年

1月5日　瓯海区文学艺术界联合会常务副主席陈可林，参加温州市文学艺术界联合会在温州水心饭店召开的各县（市、区）文学艺术界联合会工作会议，汇报交流工作情况。

1月8日　温州市文化界人士郑孟津、陈步麟、戈悟觉、叶大兵、洪瑞钦等人，与瓯海区多位文化界人士，前往藤桥镇岩雅山风景名胜区采风创作，并参加景区开放典礼。

1月22日　林剑丹、汪廷汉、胡天羽、陈出新、吴永龙等书法家，到瓯海区永中镇送文化下乡，现场书写百副春联。

1月24日　瓯海区音乐舞蹈协会组织人员，参加文化下乡活动，到文成县等地演出。

1月　仇雪峰的篆刻作品入选第四届全国篆刻艺术展。

1月　卢元榜的行书条幅，获1997浙江省“春风”农民书画比赛优秀奖。

2月10日　瓯海区摄影协会组织会员到安徽黄山风景区进行艺术采风，并在区人民大会堂举办“黄山雪韵”摄影展览。

2月10日　瓯海区文化局、区文化馆、区音乐舞蹈协会组织节目，参加“瓯海区宣传党的十五大精神文艺下乡演出”，首场演于海滨镇，之后到各乡镇巡回演出。

2月16日 温州市文学艺术界联合会组织县（市、区）文学艺术界联合会领导、负责人赴瓯海区灵昆镇进行文化考察活动。

2月18日 瓯海区文学艺术界联合会派员参加《温州日报》举办的“瓯越文化丛书”座谈会。

2月26日 温州市文学艺术界联合会第四届第五次全会在瓯海区召开。温州市文学艺术界联合会十大协会，各县（市、区）文学艺术界联合会有关领导及瓯海区文学艺术界联合会七大协会的主要负责人参加会议，并交流工作情况。

2月 张利安的书法作品，参加全国第七届中青年书法篆刻作品展。

3月21日至28日 瓯海区文学艺术界联合会的陈可林，随温州市文学艺术界联合会考察团赴云南昆明、西双版纳等地，参加为期一周的民俗民风文化考察活动。

4月5日 瓯海区摄影协会张洪林的作品《秋波》，获《中国摄影报》月赛优秀奖。

4月11日 瓯海区摄影协会召开第三届会员代表大会。经选举产生第三届理事会，郑高华当选主席，张洪林、沙开胜、周斐列、黄光良为副主席，沙开胜兼任秘书长。

4月 潘步康任瓯海区宣传部副部长、瓯海区文学艺术界联合会主席。

5月3日 瓯海区诗词学会在天柱寺老干部休养院召开会议，就诗词学会的工作与发展进行讨论部署，并举行诗词知识讲座，共同探讨诗艺。

5月8日 瓯海区文学艺术界联合会及相关协会派员参

加温州市第三届曲艺会演预备会。

5月15日 瓯海区“携手共奔二十一世纪职工文艺会演”在区人民大会堂上演，此活动由瓯海区机关党工委主办，瓯海区文化馆、区音乐舞蹈协会承办。

5月20日 瓯海区永中镇举办“庆祝六一文艺会演”。

5月20日 全国部分省市区文学艺术界联合会组织联络工作研讨会在温州召开。翌日下午，各地文学艺术界联合会负责人，作家、画家、学者等二十多人到瓯海区参观访问。

5月22日 瓯海区永兴镇举办“1998中小学生文艺会演”。

5月23日 瓯海区海滨镇举办“纪念改革开放二十年暨庆六一文艺会演”。

5月 诗词学会何国祥的《千家诗选译》，由西南师范大学出版社（现为西南大学出版社）出版。

5月 诗词学会郑通主编的《天柱风光》，由香港天马图书出版公司出版。

6月18日 章方松调入瓯海区文学艺术界联合会工作。

6月19日 瓯海区文化局、区文化馆、区音乐舞蹈协会组织节目，参加在藤桥镇举办的“瓯海区6·26禁毒宣传文化下乡演出”。之后，分别到娄桥镇、瞿溪镇、南白象镇、梧埏镇、永兴镇、永中镇等地巡回演出。

6月30日 由瓯海区文化局主办，区文化馆、区音乐舞蹈协会承办的“瓯海庆七一联欢文艺演出”举行。

7月3日 温州市文学艺术界联合会名誉主席吴军、主席刘文起等一行十余人，到瓯海区藤桥镇岩雅山风景名胜区采风，并现场创作书画作品，即兴赋诗。

7月3日 瓯海区文学艺术界联合会的章方松参加区民政局召开的社会团体管理工作会议。

7月31日 瓯海区文学工作者协会第三届代表会议召开，徐秀莉当选主席，林长春为副主席，许志红为秘书长，并聘请周荣光继续担任顾问。

7月 李岳松主编的《石鼓山公园》，由藤桥镇石鼓山公园建设领导小组印行。

7月 卢田丰编写的《我的家乡》，由瓯海区茶山镇教育办公室、茶山中学学生家长委员会印行。

8月7日 瓯海区文学艺术界联合会常务副主席陈可林，参加温州市文学艺术界联合会举办的干部理论学习班。

8月11日 应浙江省文学艺术界联合会邀请，中日民俗考察团抵瓯海，日本民俗文化研究学者桥谷英子等人，在市文学艺术界联合会、市民间文艺家协会、瓯海区文学艺术界联合会有关人士的陪同下，考察了永中镇张璁宗祠、永昌堡有关古迹。之后在藤桥镇上寺西进行为期两天的民俗文化考察。

8月11日 瓯海区书法家协会召开常务理事会，增设叶永和为书法家协会副秘书长。

8月17日至21日 瓯海区文化馆举办声乐、舞蹈培训班，聘请市、区有关专家前来执教指导。

9月9日 瓯海区文学艺术界联合会邀请市文学艺术界联合会有关领导和有关协会负责人，对瓯海区“工行杯”反腐倡廉书画摄影作品进行初评，并将优秀作品送往市里，参加温州市“工行杯”反腐倡廉书画摄影大奖赛。

9月10日 温州市文学艺术界联合会、市无线电管理处联合举办温州市“无线杯”散文大奖赛，瓯海区徐秀莉、林长春的散文获三等奖，潘振恺的《天职》获特别奖。

9月10日 瓯海区文学艺术界联合会的陈可林随温州市文学艺术界联合会代表团，到大连、青岛等地，参加考察城市精神文明建设成就和城市规划建设中的文化品位及采风活动。

9月13日 瓯海区音乐舞蹈协会召开会员代表会议，进行换届选举，分设音乐工作者协会、舞蹈工作者协会。张立虎为音乐工作者协会主席，谢乐燕为舞蹈工作者协会主席。

9月24日至27日 温州市纪委、市文学艺术界联合会联合举办“工行杯”反腐倡廉书画摄影大奖赛展览。瓯海区书法家协会王学元的作品获二等奖，叶永和、张弛的作品获优秀奖。瓯海区美术协会柯练武的作品获二等奖，王学钊的作品获三等奖，陈海峰、陈宇的作品获优秀奖。瓯海区摄影协会郑金寿、沙开胜、黄光良的作品获优秀奖。

10月13日 著名画家周沧米一行，到瓯海区泽雅镇进行采风创作。

10月16日 瓯海区民间文艺工作者协会在藤桥镇召开第一次会议，选举产生第一届领导班子。李岳松当选主席，李长飙为副主席，王剑峰为秘书长，郭丽微、林正华为副秘书长。

10月20日 瓯海区庆祝老人节大会暨全区老干部文艺会演在区人民大会堂上演，活动由瓯海区委组织部、区委宣传部、区委老干部局、区文化局主办，区文化馆、区音乐工作者协会、区舞蹈工作者协会承办。

10 月 26 日 “十月的阳光”大型文艺晚会在温州市体育场举行，区音乐工作者协会张立虎为晚会的第三部分“拥抱大海”创作主题歌和其他音乐。

10 月 仇雪峰、林朝恩的篆刻作品入展西泠印社首届国际篆刻书法作品大展。

11 月 18 日 王学元的书法作品，入选第二届全浙书法大展，并在杭州展出。

11 月 21 日 中共瓯海区委宣传部、区环保局、区文学艺术界联合会联合举办 1998“瓯海杯”——浙江省“热爱我们共有的家园”主题摄影艺术公开评选活动。

11 月 林长春、陈革新合著的文集《双河留影》，由中国文学艺术出版社出版。

11 月 朱茂昌的童话寓言故事选《春天的梦》，由陕西人民教育出版社出版。

12 月 3 日 大连瓦房店市文学艺术界联合会负责人林丹来瓯海进行采风参访。

12 月 3 日至 6 日 瓯海区文化局举办瓯海区文化干部摄影培训班。孙毅主讲摄影课程，并到江心屿、茶山、大罗山等地进行创作活动。

12 月 12 日 瓯海区诗词学会与鹿城区同晖学社开展联谊采风活动。

12 月 15 日 瓯海区摄影协会主席郑高华，连续十年被评为温州日报社“积极摄影通讯员”，并获特别奖。

12 月 18 日 温州市第九届音乐舞蹈节在温州大戏院开幕。瓯海区文学艺术界联合会、区文化馆、区音乐工作者协会、区舞蹈工作者协会组织代表队，编排节目参加各项比赛。

12 月 23 日 仇雪峰的作品获全国第四届篆刻艺术入选奖。

12 月 25 日 瓯海区文学艺术界联合会的章方松出席在乐清市雁荡山召开的温州市文学艺术界联合会工作会议，汇报交流瓯海区文学艺术界联合会工作情况。

12 月 26 日 瓯海区委宣传部、区文学艺术界联合会及区摄影协会联合在区政府大楼举办 1998 瓯海摄影作品展。

12 月 26 日至 29 日 瓯海区文化局、区文化馆、区音乐工作者协会、区舞蹈工作者协会组织代表队，到衢州市江山市参加“虎山杯”浙江省青年歌手大赛。

12 月 28 日 瓯海区委宣传部、区文学艺术界联合会及区摄影协会联合举办瓯海区乡镇改革开放二十年成就摄影展，并在各乡镇出一期宣传展。

1999年

1月17日 由瓯海区书法家协会主办，温州忠义集团协办的瓯海1999迎春书法展在区人民大会堂展出。

1月 瓯海区文化馆主办的《瓯海文学》刊行。

1月 瓯海区委宣传部、区文学艺术界联合会、区摄影协会联合举办瓯海1999新春摄影艺术展览。

2月2日 浙江省文化局、省旅游局、浙江大学、东南大学及温州市瓯海区有关部门领导、专家四十多人，汇聚瓯海区政府大楼六楼会议厅，对省级文物保护单位永昌堡的保护和发展规划进行会审。

2月8日 瓯海区音乐工作者协会、区舞蹈工作者协会组织节目，参加在杭州举行的1999浙江文艺界新春团拜会。

2月9日 温州电视台“万家灯光”栏目，播出徐秀莉的散文《岁月流痕》。

2月10日 瓯海区摄影协会在温州市工人文化宫举办为期一个月的“黄山雪韵”摄影展。

2月18日 瓯海区摄影协会组织会员到江西省三清山风景区进行摄影艺术创作采风。

2月23日 温州电视台“万家灯火”栏目，播出陈可林的散文《难忘的接见》。

2月27日 瓯海区文化局、区文化馆、区音乐工作者协会、区舞蹈工作者协会组织节目，进行计划生育文艺下乡巡回演出。

3月2日 温州电视台“万家灯火”栏目，播出吴吟泉的散文《小巷琐记》。

3月3日 瓯海区文学艺术界联合会的陈可林、章方松参加温州市文学艺术界联合会第四届全委会，并交流工作情况。

3月7日 瓯海区永中镇举办庆祝三八国际劳动妇女节文艺演出。

3月9日 瓯海区音乐工作者协会及区舞蹈工作者协会举办区人大、区政协文艺联欢活动。

3月17日 瓯海区委宣传部主持区文学艺术界联合会换届筹备工作会议。

3月29日 瓯海区文学艺术界联合会的章方松参加浙江省文学艺术界联合会工作会议。

4月3日至4日 浙江省“瓯海杯”通俗歌曲大奖赛，在瓯海区举行，张立虎谱曲、孙小丹演唱的《家乡的竹斗笠》获一等奖，史小祺演唱的《千古绝唱》获三等奖。

4月8日 瓯海区文学工作者协会组织文学工作者，到潘桥镇岷岗风景区进行采风创作活动。

4月9日 瓯海区摄影协会组织会员到楠溪江风景区进行摄影创作采风活动。

4月11日 瓯海区美术协会到茶山镇进行采风创作活动。瓯海区诗词学会在永中镇举行古体诗词创作活动。

4月20日 温州市文学艺术界联合会名誉主席吴军、主席刘文起、副主席沈无国鋆等一行十人，到瓯海区茶山镇五美园采风。

4月26日 瓯海区多位民间文艺家，参加温州市民间文艺家协会第三次会员代表大会，瓯海区朱茂昌、李旭贤当选理事。

4月28日 首届“瓯海区十大优秀青年”评选结果揭晓，区舞蹈工作者协会主席谢乐燕上榜。

4月29日 《温州日报》刊出瓯海区摄影组照《春之韵》等作品。

4月 李岳松加入浙江省民间文艺家协会。

5月4日 郑一增的书法作品入选浙江省青年优秀书法作品展。

5月6日 温州和平解放五十周年纪念暨瓯海景德寺修复落成典礼，在温州解放和平谈判纪念地——瓯海景德寺举行。有关领导和文艺界人士及附近村民四百余人参加仪式，并参观瓯海革命史展览和郭溪改革开放二十一年展览。

5月11日 温州市文学艺术界联合会组织吴军、刘文起、张桂生、陈又新、邵焕敬、林白、吴正平等人，到瓯海区潘桥镇岷岗风景区采风。

5月13日 瓯海区文学艺术界联合会召开第二届委员会议，通报瓯海区文学艺术界联合会第三次代表大会筹备工作情况。温州市文学艺术界联合会主席刘文起出席会议并讲话。

5月15日 瓯海区民间文艺工作者协会召开第一届会议第二次理事会，汇报相关事项内容，决定启动《瓯海名胜故事选》（暂定名）征稿工作。

5月16日 瓯海区书法家协会郑一增、王辉、潘建飞的书法作品，谢利疆的篆刻作品，入选浙江省青年优秀作品展。

5月 周荣光的散文集《缕缕青丝情》、徐秀莉的散文集《岁月沧桑》，由作家出版社出版。

6月16日 瓯海区文学艺术界联合会第三次代表大会在区政府大楼六楼会议厅召开，进行换届选举。夏岳谦当选主席，章方松当选副主席兼任秘书长。由夏岳谦、章方松、王兴森、冯强生、张立虎、李岳松、郑高华、徐秀莉、黄国光、谢乐燕组成瓯海区文学艺术界联合会第三届常委会。

6月17日 郑高华的作品《秋》、周笑中的作品《姑嫂情》，入选澳门摄影学会第十届国际影展。

6月18日 “楠溪江杯”全国即时摄影大奖赛在永嘉县举办。瓯海区周笑中的《楠溪江之夜》获三等奖，王会进的《过年》、黄光良的《晨牧》获优秀奖。

6月22日 黄岩市文学艺术界联合会代表团到瓯海区进行为期两天的文化考察采风活动，并就如何开展群众音乐创作进行探讨交流。

6月26日 瓯海区书法家协会组织五十件书法作品，参加温州市永嘉、平阳、乐清、瓯海、瑞安五县（市、区）书法联展。瓯海区文学艺术界联合会副主席章方松参加联展开幕式。

6月 郑高华的作品《网鱼》，入选香港中华摄影学会第四十届国际沙龙影展。

6月 李岳松主编的《岩雅秀水》，由岩雅山风景名胜区管理处、瓯海区民间文艺工作者协会印行，之后由香港天马出版有限公司出版。

7月15日至19日 瓯海区文化馆、区音乐工作者协会、区舞蹈工作者协会联合举办1999舞蹈小品培训班。

7月22日 章方松参加永中镇张璁宗祠举行的《张璁年谱》首发式。

7月 瓯海区王兴森、王学钊、王乾芬、柯练武、陈志宇、王辉等人的书法绘画作品，被建德市文学艺术界联合会"新安江书画展"收藏。

7月 瓯海区摄影协会举办"瓯海一日"摄影比赛活动。

7月 沙开胜的作品《雪峰山影》、叶剑平的作品《竹海春色》，入选葡萄牙第二十五届国际影展。

8月4日 瓯海区委宣传部在泽雅镇小学礼堂举办"欢迎日本教育访华团"文艺联欢会。日本教育访华团一行十三人，与瓯海区教育界、文艺界人士及泽雅小学师生、村民一起参与活动。

8月6日 瓯海区民间文艺工作者协会在双潮乡举办采风活动，并邀请市民间文艺家协会顾问洪瑞钦到会讲座。

8月9日 瓯海电视台"人生写真"栏目，播出郑高华的《捕捉瞬间的永恒》专题片。

8月10日 徐秀莉的散文《小河永远的记忆》，入选"春笋杯"全国诗歌散文大奖赛。

8月15日 瓯海区音乐工作者协会主席张立虎，当选浙江省音乐家协会理事。

8月15日至19日 瓯海区文化馆、区音乐工作者协会、区舞蹈工作者协会联合举办瓯海声乐培训班。

8月18日 瓯海电视台“人生写真”栏目，播出林长春的《漫步文学》专题片。

8月18日 瓯海区摄影协会举办瓯海“家具市场杯”摄影一日赛活动。

8月23日 瓯海电视台“人生写真”栏目，播出瓯海区美术协会副主席王学钊的《农民画家王学钊》专题片。

8月28日 章方松、徐秀莉、林长春等人参加温州市作家协会换届选举会议，章方松当选市作家协会理事。

8月30日 瓯海电视台“人生写真”栏目，播出瓯海区书法家协会主席黄国光的《墨河飘香》专题片。

8月 周斐列的摄影作品《苗家女》，入选中国摄影协会国际部优秀摄影作品展。

8月 章方松的散文集《松风絮语》、林长春的散文集《春野泽草》，由安徽文艺出版社出版。

9月2日 章方松随同市文学艺术界联合会采风团，到湖南湘西、张家界等地进行文化采风考察。

9月3日 由张立虎谱曲、孙小丹和柯佳演唱的《家在温州真好》，获浙江省“婚育新风进万家”文艺会演一等奖。

9月13日 柯练武创作的磨漆画，入选浙江省美术展。

9月21日 瓯海区文学艺术界联合会及区书法家协会、区美术协会举办庆祝全国政协五十华诞书画展；瓯海区委宣传部举办“高歌颂中华”歌咏比赛。

9月25日 周笑中的摄影作品《青山银花》入选香港恩典摄影学会国际幻灯片展览。

9月27日 瓯海区委宣传部在区人民大会堂举行“颂祖国 爱家乡 建家园”歌咏比赛。

9月 仇雪峰的篆刻作品及书法作品分别获“西湖杯”首届“赵孟頫奖”全国书画大赛成人组银奖和优秀奖。

10月1日 《瓯海报》（试刊）以周报形式发行，设有不定期文艺文学栏目。

10月5日 瓯海区文学艺术界联合会顾问陈可林随同温州市文学艺术界联合会，到丹东参加全国第三次沿海城市文学艺术界联合会工作研讨会。

10月8日 瓯海区委常委、宣传部长、区文学艺术界联合会主席夏岳谦，区政协副主席、区文学艺术界联合会副主席章方松，参加区四套班子“三讲”教育活动。

10月10日 王学钊的国画《杨梅丰收》，参加全国农民书画展。

10月16日 张利安的书法作品入选中国书法家协会主办的“1999中国书法”年展。

10月18日 王辉、谢利疆的篆刻作品，入选由西泠印社主办的全国第四届书法篆刻艺术展。其中，王辉的篆刻作品获优秀奖。

10月20日 张利安、王学元的书法作品，入选中国书法家协会主办的全国第三届楹联大展。

11月4日 瓯海区诗词学会在天河镇举行现场诗歌创作活动和艺术研讨会。

11月16日 瓯海区委宣传部、瓯海区文学艺术界联合会、瓯海区文学工作者协会组织创作系列文学作品集。程绍国的长篇小说《九间的歌》由中国文联出版社出版，徐秀莉的短篇小说集《岁月沧桑》和周荣光的散文集《缕缕青丝情》由作家出版社出版，林长春的散文集《春野泽草》和章方松的散文集《松风絮语》由安徽文艺出版社出版。

11月17日至21日 瓯海区音乐工作者协会、区舞蹈工作者协会组织节目，参加全国第九届“群星奖”(重庆)演出。由张立虎谱曲、孙小丹演唱的《家乡的竹斗笠》获铜奖。

11月19日 温州市路线教育宣传队在瓯海区永兴镇进行宣教演出。瓯海区音乐工作者协会、区舞蹈工作者协会组织节目参加路线教育宣传演出。

11月20日 瓯海区摄影协会何光德的摄影作品《节日礼花》，获全国农民旅游节铜牌奖。

11月22日 瓯海区书法家协会仇雪峰的篆刻作品，获由浙江省书法家协会主办的“赵孟頫杯”全国书画大赛银奖。

11月30日 瓯海区委宣传部在永昌镇举办“创东海明珠 迎澳门回归”文艺演出。

12月13日 瓯海区人大召开座谈会，同时举行《瓯海人大》画册首发式，部分文艺界人士与会。

12月18日 著名温州籍作家林斤澜到泽雅镇、藤桥镇等地采风考察。

12月19日 瓯海区委宣传部组织节目参加温州市庆祝澳门回归祖国“国土情”文艺晚会；瓯海区书法家协会王学元的书法作品，入选中国书法家协会主办的全国第七届书法篆刻展。

12 月 21 日 温州市文学艺术界联合会召开第五次代表大会，瓯海区文学艺术界联合会派员参加。夏岳谦、章方松当选温州市文学艺术界联合会第五届委员会委员。

12 月 29 日 “新世纪之光”火炬接力仪式在瓯海区景山文化广场举行，区机关干部职工及文艺界代表参加火炬交接仪式。

12 月 30 日 瓯海区委常委、宣传部长、区文学艺术界联合会主席夏岳谦，参加瓯海区博物馆开馆仪式。

该馆坐落于瓯海区永中镇河泥荡公园，馆内拥有书画、陶瓷器品、古代瓦当、民俗物件、革命文物、农耕文化物件等三千五百余件。

12 月 王学元的书法作品，入展“世纪之交千人千作——全国第七届书法篆刻展”。

2000年

1月8日 瓯海区摄影协会与区公安局联合举办“公安杯”摄影比赛，周笑中的摄影作品《警惕的目光》获一等奖。

1月27日 瓯海区音乐工作者协会、区舞蹈工作者协会组织节目，参加区老干部联欢会。

1月 周笑中主编、沙开胜撰文的《瓯海摄影》，由瓯海区摄影协会印行。

2月18日 陈可林参加温州市文学艺术界联合会工作会议，汇报交流工作情况。

2月20日 瓯海区音乐工作者协会、区舞蹈工作者协会组织节目，在岙底乡林路村举办文化扶贫演出。

2月29日 温州市书法家协会第四届会议第二次理事会在瓯海宾馆召开。

3月1日 章方松参加在永嘉县上塘镇举行的温州市2000年度文学艺术界联合会工作会议，并交流工作情况。

3月8日 瓯海区音乐工作者协会、区舞蹈工作者协会组织节目，参加温州市“好日子之夜”文艺晚会。

3月8日 瓯海区召开庆祝国际劳动妇女节九十周年纪念大会暨“五洲杯”巾帼携手新千年文艺会演。

4月1日 瓯海区文学艺术界联合会被评为1999年度温

州市文学艺术界联合会工作先进单位。

4 月 5 日　瓯海区文学工作者协会与区广播电视局新闻电视专题部，联合举办电视文学创作研讨会。

4 月 8 日　第九届全国青年歌手电视大赛浙江赛区决赛在宁波市镇海区举行，施丽君获浙江省“宁波港杯”大赛铜奖。

4 月 11 日　瓯海区音乐工作者协会、区舞蹈工作者协会组织节目，参加在温州雪山饭店举行的浙江省党风廉政建设联欢会。

4 月 12 日　温州市文学艺术界联合会举行“《五十年文学作品集》丛书”首发式，瓯海区王璞、朱茂昌、李岳松、徐秀莉、程绍国、林长春等人的文学作品分别被收入相关文集。

4 月 27 日　瓯海区音乐工作者协会、区舞蹈工作者协会组织节目，参加瓯海区第二届“建行杯”十大歌手大奖赛。

4 月 30 日　瓯海区委宣传部、区司法局组织召开普法文艺创作座谈会。

5 月 10 日　王昕、王天津、王斌等六人的书法作品入展“温州市新人新作展”。

5 月 16 日　瓯海区文学艺术界联合会参与温州市文学艺术界联合会拍摄制作的《温州历史十大文化人》光盘，章方松参加撰写《谢灵运与温州山水》一书。

5 月 18 日　瓯海区摄影协会周斐列的摄影作品《溪水柔情》获“红石梁杯”全国摄赛二等奖。

5 月 19 日　瓯海区美术协会在区文化馆举办美术创作新趋势研讨会。

5月19日至20日 瓯海区音乐工作者协会、区舞蹈工作者协会组织节目，参加浙江省2000年广场艺术节。

5月20日至30日 瓯海区音乐工作者协会、区舞蹈工作者协会组织节目，到茶山、藤桥、灵昆、郭溪、新桥、景山等乡镇街道进行“两思”教育文艺巡回演出。

5月28日 瓯海区音乐工作者协会的黄笑琼参加浙江省第二届“虎山杯”青年歌手大赛，获银奖。

5月30日至6月1日 瓯海区民间文艺工作者协会派员参加在苍南举办的温州市第一期民俗学知识培训班。

6月2日 瓯海区摄影协会、区文学工作者协会联合组织会员，到泽雅镇、西岸乡等地参加为期一周的“西部纪实采风”活动。

6月3日至20日 瓯海区音乐工作者协会、区舞蹈工作者协会组织节目，进行“计划生育宣传”，到灵昆、郭溪、新桥、景山、临江等乡镇进行巡回演出。

6月5日 瓯海区音乐工作者协会、区舞蹈工作者协会组织节目，参加温州法院系统“天平颂”文艺会演。

6月9日 瓯海区文学艺术界联合会举行第二届瓯海文学艺术奖创作评选筹备工作会议，区文学艺术评选委员会和各协会负责人参加讨论。会议通过了评选金瓯文学艺术创作奖的有关要求和评选范围等内容，并制定了瓯海自费出版文艺专著资金补助的意见初稿。

6月16日 瓯海区文学艺术界联合会制定《关于瓯海区自费出版文艺创作和文艺理论研究专著给予经费补助的意见》。

6月19日 瓯海区文学艺术界联合会组织人员，参加沙城文化节暨第三届读书节文艺晚会。

6月20日至24日 瓯海区文化局、区文化馆举办文化干部美术培训班。

6月24日 瓯海区文学艺术界联合会组织文艺界人士，到沙城镇参加沙城文化节。

6月30日 瓯海电视台“瓯越风情”栏目，播出朱茂昌的专题片《编织春天的梦》。

6月 瓯海区民间文艺工作者协会的李岳松、林长春、王剑峰等人到平阳县参加温州市民间文艺家文艺采风活动。

6月 李岳松的散文集《岩雅秀水》，由香港天马图书有限公司出版。

6月 《瓯海文学·2000年卷》由瓯海区文化馆印行。

6月 浙江省“大徐杯”青少年书法大赛评选结果揭晓，瓯海区陈佐的作品获青年组二等奖，王斌的作品获青年组三等奖，王珠的作品获青年组优秀奖；谷震宇的作品获少年组优秀奖。

7月4日 经瓯海区直属机关工作委员会〔温瓯机(2000) 41号〕文件批复，成立瓯海区民间文艺工作者协会临时党支部。李岳松为临时党支部委员会书记。〔温瓯机(2000) 43号〕文件批复，瓯海区文学工作者协会、区书法家协会、区音乐工作者协会、区摄影协会、区诗词学会成立临时党支部。〔温瓯机(2000) 44号〕文件批复徐秀莉、黄国光、张立虎、郑高华、王兴森为各协会临时党支部委员会书记。谢乐燕、冯强生为各协会政治指导员。

7月15日 《温州书坛》刊登瓯海区书法家协会会员书法作品二十多幅。

7月17日至18日 瓯海区摄影协会叶剑平的作品《戏到窗外》《春耕》，张洪林的作品《牧童》，项绍雄的作品《渔火》，入选印度第四十二届达姆国际沙龙摄影比赛。

7月22日 瓯海区美术协会在永昌镇博物馆举行理事扩大会议，筹备十大美术精品展。

7月 瓯海区瞿溪镇十一岁学生王洁，在全国第七届新人大赛中获“全国十佳少年歌手”称号。

8月15日 瓯海区音乐工作者协会、区舞蹈工作者协会组织节目，参加温州市江心屿文艺晚会。

8月16日 瓯海区摄影协会张洪林的作品《秋》、项绍雄的作品《渔火》，入选上海第五届国际影展。

8月23日至26日 瓯海区音乐工作者协会、区舞蹈工作者协会举办舞蹈培训班。

8月29日 瓯海区音乐工作者协会、区舞蹈工作者协会组织节目，参加温州市声乐大赛，均获一等奖。

9月8日 瓯海区书法家协家会黄国光的书法作品，入展西泠印社国际书法篆刻展。

9月9日 周斐列、周笑中、项绍雄的摄影作品，入选香港第四十一届国际沙龙摄影比赛。

9月22日 《王学钊书画集》首发式在温州市工人文化宫举行。

10月9日 沙开胜的作品《风采》，获温州市“服博会杯”摄影大赛三等奖。

10月10日 郑高华的作品《瓯江帆影》，叶剑平的作品《崎岖》，吴胜建的作品《滩涂夕照》，张洪林的作品《金秋时节》《拾贝》等，入选新加坡第十届国际沙龙摄影比赛。

10月12日 叶剑平的作品《竹海春韵》，获《温州年鉴》“菱华杯”三等奖。

10月22日 纪念弘一大师诞生一百二十周年活动，在茶山镇宝严寺举行。

10月24日 朱茂昌的寓言作品《千里马的苦恼》，获第四届（1998—1999）金江寓言文学奖。

10月25日至27日 浙江省民间文艺家协会主席陈德来、秘书长王恬，市民间文艺家协会秘书长潘一钢等三十多人组成考察团，到永昌堡进行民间文化采风考察。

10月28日 国家文物局副局长张柏一行，到瓯海区考察申报第五批全国文物保护单位的永昌堡。

10月 李岳松的散文集《石鼓竹韵》，由中国文学艺术界联合会出版社出版。

10月 王兴森的篆刻作品集《王兴森印存》，由香港天马图书有限公司出版。

10月 《瓯海》季刊第三期《三垟专辑》印行。

11月2日 高华的作品《报迷》，获全国第二届“横店风采”摄影比赛二等奖。

11月8日 瓯海区书法家协会的吴佐仁创办“大雅堂”画廊。

11月8日 瓯海区音乐工作者协会、区舞蹈工作者协会组织节目，参加“千年科普大行动”文艺会演。

11月14日 瓯海区文学艺术界联合会召开第二届金瓯文学艺术创作奖评选委员会和各协会主席负责人会议。会议审定了第二届金瓯文学艺术创作奖金奖七名，银奖十四名，铜奖二十九名；通过了自费出版文艺专著资金补助有关作者和作品集名单。

11月15日 周笑中的作品《模特系列》，获浙江省“济民杯”摄影比赛三等奖。

11月15日 瓯海区文学艺术界联合会派员参加在温州市图书馆举行的邵度九十诞辰纪念会暨《邵度摄影集》首发仪式。

11月24日 郑高华的作品《楠江梦幻》和周笑中的作品《山娃戏鸭》，获美国世界摄影家国际影艺联盟勋章奖。

11月28日 瓯海区文学艺术界联合会副主席章方松，参加温州市第一家企业文学艺术界联合会——温州发电厂文学艺术界联合会成立大会。

11月 周迎嫦主演的小品《山道弯弯》，获第八届“广厦杯”中国人口文化奖小品短剧一等奖。

11月 黄国光的书法作品入选西泠印社第二届国际篆刻书法作品大展。

11月 林长春加入浙江省民间文艺家协会。

12月6日 黄国光的书法作品入选中国书法家协会主办的“全国篆刻家作品展”。

12月8日 瓯海区委宣传部、区文学艺术界联合会、区文明办联合举办“瓯海区文明之花”摄影艺术大奖赛。

12月14日至16日 瓯海区文学艺术界联合会副主席章

方松，参加浙江省文学艺术界联合会第五次代表大会。

12 月 21 日 瓯海区音乐工作者协会十余人，参加中国音乐学院院长金铁霖教授在温州举办的声乐讲座学习班。

12 月 23 日 瓯海区总工会组织举办“职工喜看瓯海变化”摄影比赛，周笑中的作品《心中的偶像》获特等奖。

12 月 24 日 瓯海区多位民间文艺家，参加在温州市图书馆举行的浙南谱牒收藏研究中心成立暨读者座谈会。

12 月 25 日 郑高华的作品《撒网》，入选浙江省“花园杯”新农村摄影赛。

12 月 29 日 瓯海区在新桥广场举行“跨进新世纪 歌颂新时代”文艺晚会。

12 月 30 日 瓯海区美术协会柯练武、林生、冯茂辉的美术作品入选温州市青年画展。

12 月 30 日 瓯海区音乐工作者协会、区舞蹈工作者协会组织节目，参加温州第十届音乐舞蹈节，获九个一等奖。

12 月 黄国光的书法作品入选由中国书法家协会、中国建设文化艺术协会书法委员会主办的中国建设书画精品大展。

12 月 王兴森主编的《瓯海诗词》创刊号，由瓯海区诗词学会印行。

12 月 张利安的书法作品入选中国书法家协会第二届中青年书法篆刻家作品展。

12 月 仇雪峰的篆刻作品，张利安、王辉、郑一增的书法作品，入选温州·安徽青年书法联展。

2001年

1月1日 瓯海区摄影协会组织会员，参加“雁荡曙光杯”迎接二十一世纪第一缕阳光摄影大奖赛。郑高华的作品《世纪日出》获一等奖，沙开胜的作品《金色人潮》获二等奖，黄有林的作品《世纪夕阳》获优秀奖。

1月5日 瓯海区委宣传部举行第二届金瓯文学艺术奖颁奖活动。

1月12日 苏琼民歌独唱音乐会在温州东南剧院举行，这是瓯海歌唱家首次举办个人演唱会，之后，其又在杭州举行独唱音乐会。

1月17日 瓯海区书法家协会组织会员，到泽雅山区为村民免费书写春联。

1月 林长春主编的《文明格言500条》，由瓯海区文明办、瓯海区妇女联合会印行。

1月 项有仁的小说集《花生上市》，由中国文联出版社出版。

1月 王会进、张玉兰编著的《诗韵拼音检字》，由广西民族出版社出版。

1月 丽岙华侨京剧社成立，社长为王成强，该京剧社为丽岙归国华侨联合会所属业余文艺社团。

2月3日 瓯海区文化局、区文化馆、区音乐工作者协会、区舞蹈工作者协会组织节目下乡，首场演于泽雅镇周岙村，之后到藤桥镇、永中镇、娄桥镇、梧埏镇等地巡回演出。

2月4日 瓯海区多位民间文艺家在茶山镇召开《大罗山志》编辑筹备会。

2月8日 瓯海区书法家协会、区美术协会会员参加“永中明珠广场文化”活动，现场赠送图书资料、书法绘画作品等。

2月9日至11日 瓯海区音乐工作者协会、区舞蹈工作者协会组织节目，参加“瓯海区科学文艺下乡”活动，到娄桥镇、天河镇、梧埏镇等地巡回演出。

2月12日 温州市文学艺术界联合会授予瓯海区文学艺术界联合会“2000年度市级先进文学艺术界联合会”称号。

2月22日 瓯海区召开文化工作会议，授予梧埏镇省级“东海文化明珠”称号。

2月27日 瓯海区音乐工作者协会、区舞蹈工作者协会组织节目，参加瓯海区庆“两会”科普文艺晚会演出。

2月 徐秀莉的散文集《日子天天过》，由黄山书社出版。

3月9日 瓯海区诗词学会在永中镇召开理事扩大会议，并交流诗词创作等工作情况。

3月10日至11日 瓯海区音乐工作者协会、区舞蹈工作者协会组织节目，参加宣传“三个代表”重要思想文艺下乡活动。

3月20日 林长春主编的《文明格言500条》在梧埏镇举行首发式。

4月13日 全国首届“泽雅杯”山溪游钓邀请赛开幕式暨文艺晚会在泽雅镇拉开帷幕。温州市歌舞团和瓯海区文学艺术界联合会及摄影、音乐、舞蹈、民间文艺家协会等有关会员参加各项活动。

4月21日 施丽君参加在苏州举行的“爱我中华杯”江浙沪青年歌手大赛，获二等奖。

4月 林朝恩的篆刻作品入选第三届全浙书法大展。

4月 在瞿溪琦君故居筹建琦君文学馆。

4月 郑通编著的《东雁诗篇》，由中国文联出版社出版。

5月8日 瓯海区委组织部、区委宣传部、区文学艺术界联合会、区文化局，联合发起纪念建党八十周年大型书画展览作品征集活动。

5月9日 瓯海区委宣传部任命区舞蹈工作者协会主席谢乐燕为瓯海区文化馆馆长。

5月17日 娄桥镇举办“婚育新风进万家”文艺演出活动。

5月22日 在浙江省第三届歌曲新作大赛上，由张立虎谱曲的歌曲《担鲜女》获创作金奖，瓯海代表选手林小佳获演唱金奖。

5月 温州市2000年度“五个一工程”评选结果揭晓，张立虎谱曲的歌曲《担鲜女》获金奖，瓯海区广电中心摄制的《邵度》专题片获金奖。之后，《邵度》获由中国广播电视学会组织举办的2000年度“中国文化荟萃”二等奖。

5月 叶剑平主编的《茶山》，由长城出版社出版。

6月8日 瓯海区音乐工作者协会、区舞蹈工作者协会组织节目，参加温州市残疾人艺术会演。

6月9日 瓯海区文学艺术界联合会、区文化局联合举办的纪念建党八十周年大型书画展在温州市工人文化宫开幕，共展出书法作品一百幅，美术作品八十幅。其中，王学钊、柯练武、冯茂辉的作品入选浙江省庆祝建党八十周年美术作品展；陈海峰、陈志宇、张圣维等人的作品入选温州市庆祝建党八十周年美术作品展。

6月13日 施丽君参加在广西举行的“蓝田杯”第二届全国乡村青年歌手大赛，获三等奖。

6月15日 瓯海区文学艺术界联合会组织会员参加茶山杨梅节活动，参与茶山旅游文化研讨会。

6月19日至24日 瓯海区音乐工作者协会、区舞蹈工作者协会组织节目，参加温州市反腐倡廉文艺宣传巡回演出。

6月28日 瓯海区委宣传部举办纪念建党八十周年大型广场文化晚会。

6月 王学钊、季守武的书画作品，获“纪念雷锋诞辰六十周年全国书画大赛”三等奖，王学钊的作品《红梅》被选入大赛作品集。

6月 瓯海区摄影协会黄光良的作品《农家仔》，获第二十六届国际摄影沙龙摄影勋章奖。

6月 黄永熙的散文集《泉迹》，由远方出版社出版。

6月 《温州市文学艺术界联合会50年》印行，其中收入多组瓯海区文学艺术界联合会文化活动图片。

7月10日 瓯海区音乐工作者协会、区舞蹈工作者协会组织节目，参加瓯海区纪念“711世界人口日”广场文艺演出。

7月11日 经国务院批准，瓯海区永昌堡和泽雅四连碓造纸作坊，被列入第五批全国重点文物保护单位。

7月16日至27日 林长春、沙开胜等人随团，到九寨沟、黄龙、峨眉山、长江三峡等地采风。

7月18日 朱茂昌、林长春、潘丁盛合作的论文《永昌堡的民间文学》，获温州市新世纪村落文化建设征文比赛二等奖。

7月30日 “庆八一军民鱼水情”慰问演出由瓯海区文化馆、区图书馆主办，瓯海区音乐工作者协会、区舞蹈工作者协会协办。

7月31日 瓯海区音乐工作者协会、区舞蹈工作者协会组织节目，参加在苍南举行的“浙江省第四次地方财政收入双亿元县（市）会议”文艺晚会。

7月31日 瓯海区音乐工作者协会、区舞蹈工作者协会组织节目，参加瓯海区庆祝建军七十四周年军民文艺联欢会。

7月 瓯海区文学工作者协会与区广电局电视专题创作组，组织人员到茶山镇、岷岗村等地进行文化考察，并拍摄专题片。

8月3日至7日 瓯海区音乐工作者协会组织节目，参加在南京举行的全国第二届“蒲公英奖”决赛。瓯海区少年艺术学校器乐合奏《猴子捞月》获创作银奖和表演银奖。

8月16日 瓯海区文学艺术界联合会派员参加“新世纪温州童谣”征集活动座谈会。

8月20日至24日 瓯海区音乐工作者协会、区舞蹈工作者协会举办2001年声乐舞蹈培训班，学员三十余人。

8月21日 温州市市辖区行政区划调整。临江、藤桥、上戍、双桥、岙底等乡镇和梧埏的四个村划入鹿城区。

永中、天河、沙城、灵昆等镇划入龙湾区。瑞安市丽岙镇、仙岩镇划入瓯海区。瓯海区各协会、学会随之进行调整或重组。

8月27日至31日 瓯海区美术协会、区书法家协会参与举办温州市乡镇美术书法培训班，学员三十余人。孙光奇、戴宏海、陈出新、汪廷汉、马亦钊等人执教指导。

8月 林朝恩的书法作品入选“广宁杯”新安江全国书法大赛。

8月 温州市书法家协会编写的《温州书法作品选》，由上海书画出版社出版。瓯海区入选作品的作者有史从忠、吴明哲、吴佐仁、郑一增、林朝恩、黄国光（书法部分）；仇雪峰、王兴森、吴明哲、林建炜、黄国光（篆刻部分）。

9月4日 瓯海区音乐工作者协会、区舞蹈工作者协会组织节目，参加温州市新女性新生活健康文艺展演。

9月21日 瓯海区文学艺术界联合会组织会员，参加在瓯海宾馆召开的瓯海奇云风光旅游开发座谈会。

9月27日 多位文艺文化界人士参加在泽雅镇石桥村举行的“泽雅四连碓国宝竖牌暨全国溪钓基地”挂牌仪式。

9月 仇雪峰、吴直编辑的《金瓯墨海——瓯海书法作品集》，由世界华人艺术出版社出版。

9月 《琦君文学馆资料汇编》（第一辑），由琦君文学馆筹备小组印行。

9月 瓯海区文化局主办《瓯海文化简讯》创刊号。

9月 国鼎京剧社成立，此为新桥街道国鼎社区业余文化社团。

10月5日 瓯海区文学艺术界联合会、区广播电视局组织区摄影协会、区文学工作者协会等文艺文化界人士，到泽雅奇云山进行采风创作，并拍摄风光专题片。

10月8日至11日 浙江省第十六次书学研讨会在瓯海举办，中国书法家协会副主席、浙江省书法家协会主席朱关田等五十余人与会。会议宣读多篇学术论文，并讨论《浙江书法二十年》《浙江现代书法名家评传》撰写大纲等。

10月11日 瓯海区文学艺术界联合会组织文艺文化界人士，参加温州市民间艺术一百年展览暨画册首发式。

10月12日 瓯海区音乐工作者协会、区舞蹈工作者协会组织节目，参加温州市松台广场大型文艺晚会演出。

10月15日 瓯海区音乐工作者协会、区舞蹈工作者协会组织节目，参加温州市海坛广场京剧票友演唱会。

10月18日 瓯海区音乐工作者协会、区舞蹈工作者协会组织节目，参加温州市首届艺术节演出。

10月22日 琦君文学馆开馆。琦君亲临瓯海三溪中学，在校园内的琦君故居为琦君文学馆剪彩，并正式对外开放。

10月26日至29日 瓯海区文学艺术界联合会、区文学工作者协会组织会员，随市文学艺术界联合会到苍南县参加温州文学创作研讨会。

10月28日 琦君为《瓯海》杂志题词。

11月3日 瓯海区音乐工作者协会、区舞蹈工作者协会组织节目，参加温州商会百年庆典大型文艺晚会。

11月5日 瓯海区书法家协会会员为三垟瑶池文化长廊撰写对联。

11 月 5 日 瓯海区音乐工作者协会、区舞蹈工作者协会组织节目，参加在瓯海区举行的“全国十市（区）人大常委会联席会议”联欢会。

11 月 9 日 瓯海区音乐工作者协会、区舞蹈工作者协会组织节目，参加温州市“119 消防”文艺晚会演出。

11 月 10 日 周笑中的摄影作品《雪山神韵》，获浙江省乡镇美术书法摄影大赛优秀奖。

11 月 19 日 瓯海区音乐工作者协会、区舞蹈工作者协会协办“崎云风情”文艺晚会。

11 月 26 日至 28 日 瓯海区多位民间文艺家参加在景宁畲族自治县举办的杭州、丽水和温州联合畲乡文化采风活动。

11 月 郑高华的摄影作品《瓯江帆影》，入选新加坡第十七届国际沙龙摄影比赛。

11 月 章方松的散文集《池上楼笔记》，由远方出版社出版；其散文集《苔痕阶绿》，由北岳文艺出版社出版。

11 月 林长春的散文集《岭上白云》，由远方出版社出版。

11 月 新桥镇三浃老人协会京剧社改为国鼎京剧社。

12 月 28 日 《瓯海报》停刊，从 1997 年 5 月 1 日创刊，共出 183 期。

12 月 周迎嫦主演的小品《山道弯弯》，获全国第十一届群星奖戏剧比赛金奖。

12 月 朱茂昌的寓言集《老虎打武松》，由少年儿童出版社出版。

2002年

1月11日 温州市舞蹈家协会工作会议在瓯海区文化馆举行，会间举办文艺联欢晚会。

1月27日 朱茂昌的寓言集《老虎打武松》，在温州市儿童文学学会第七次会员大会上发行。朱茂昌当选温州市儿童文学学会副会长。

1月28日 景山街道在净水村举办宣传“三个代表”文艺演出。

1月 瓯海区音乐工作者协会、区舞蹈工作者协会组织节目，参加“三个代表”重要思想文艺宣传队，并到泽雅、丽岙、仙岩等乡镇进行巡回演出。

1月 林朝恩的篆刻作品入选湖南省书法家协会主编的《首届书画小作品集》。

1月 程绍国的散文集《双溪》，由远方出版社出版。

2月4日 瓯海区民间文艺家协会协办温州市民间文艺家迎春联欢会。

2月5日 瓯海区书法家协会在茶山镇宝严寺举行迎春书法笔会暨座谈会，与会者创作五十多幅书画作品，供宝严寺弘一大师纪念馆收藏。

2月13日至18日 瓯海区摄影协会组织会员，赴安徽黄山进行艺术摄影创作采风。

2月14日 《浙江日报》刊出陈成虎的专题报道《琴棋书画，各有所好——瓯海涌现二万“爱好型”农民》，该专题报道了二万余农民文体爱好者，涉及棋类、歌咏、舞蹈、健身、摄影等十余种。

2月26日 瓯海区广播电视中心选送的电视专题片《车手日记》，获温州市2001年度广播电视优秀作品社教类一等奖。

2月26日 瓯海区音乐工作者协会、区舞蹈工作者协会组织节目，参演温州市元宵文艺晚会。

2月 瓯海区文学艺术界联合会的章方松调任龙湾区人大常委会副主任。

3月1日 瓯海区妇女联合会、区文化局、区体育局联合举办健身舞表演活动，全区四百余人组成十三支妇女代表队参加。

3月5日 瓯海区音乐工作者协会、区舞蹈工作者协会组织节目，参演瓯海区“学《纲要》见行动——参与全国文明城市创建志愿者大联动”；参演在区人民大会堂举行的“景山之春”文艺晚会。

3月10日 郑高华的摄影作品，入选香港大众摄影学会举办的第三十三届国际沙龙摄影比赛。

3月 周笑中、叶剑平等人的摄影作品，组成《茶山风光》邮资明信片（一套六枚）出版发行。

4月10日 郑高华、周斐列、周笑中、叶剑平、黄存林、郑红平等人的十一幅摄影作品，入选奥地利第十届国际沙龙摄影比赛。

4月28日 林长春由瓯海区文化馆调任瓯海区文学艺术界联合会工作，担任副主席兼任秘书长。

4月28日 瓯海区书法家协会十二名会员的六幅书法、六方篆刻作品，在《浙江书法简讯》第一期刊出。

4月 李永汉的小说集《桂花巷》，由漓江出版社出版。

5月1日 苏琼获温州市第七届“十大优秀青年”称号。

5月1日 瓯海区委宣传部、区文学艺术界联合会、区摄影协会联合举办“庆五一”——黄山之行摄影作品展，展出郑高华、沙开胜、周斐列、郑红平、卢建勋、周笑中等人的黄山艺术采风创作作品。

5月23日 瓯海区文学艺术界联合会派员参加温州市“隆重纪念毛主席《在延安文艺座谈会上的讲话》发表六十周年座谈会”，会间展示近年创作艺术作品集。

5月25日 瓯海区文学艺术界联合会派员参加“泽雅四连碓造纸作坊”全国文物保护单位立碑揭幕仪式。

5月29日 瓯海区文学艺术界联合会召开全委扩大会议，通报交流近期文学艺术界联合会和各协会的活动情况，讨论区域调整之后的工作计划。

5月31日 瓯海区摄影协会叶剑平的作品《斗台》、郑高华的作品《张灯结彩》，分别获温州日报社、市旅游局、市摄影协会联合主办的“旅游杯”摄影大奖赛二等奖和三等奖。

5月 郑高华的作品《节日》、李鹤的作品《文化下乡》，获全国摄影爱好者摄影大赛佳作奖。

6月8日 温州日报社、瓯海区茶山镇政府、瓯海区摄影协会联合举办“建行杯”摄影大奖赛。

6月10日 郑高华、郑红平的摄影作品，入选菲律宾马尼拉多彩国际沙龙摄影比赛。

6月20日 沙开胜的摄影作品《九曲古栈道》，入选中国上海第六届国际摄影艺术展览。

6月24日至26日 瓯海区文学艺术界联合会派员参加洞头县文学艺术界联合会第三次代表大会及温州市文学艺术界联合会联谊会议。

6月 周建勇的画作《杨梅》，获“湘楚杯”全国书画大赛三等奖，并入选《中国当代书画艺术精英墨迹精赏》。

6月 朱茂昌、王学钊、潘素青等人搜集整理的多篇民间故事、歌谣，入选《温州民间文化丛书》，由华夏出版社出版。

6月 王学钊的诗文集《泉山砚语》，由香港天马图书有限公司出版。

6月 中共瓯海区纪律检查委员会、瓯海区委组织部、瓯海区委宣传部、瓯海区监察局、瓯海区文化局联合推出《高唱廉政歌　迎接十六大——瓯海区“村村有歌声”创作歌曲汇编》，供全区歌咏演唱选用。

7月1日 郑高华、沙开胜的摄影作品，入选马来西亚第二十五届国际沙龙摄影比赛。

7月15日 周笑中、郑红平的摄影作品，入选香港中华摄影学会第四十三届国际沙龙摄影比赛。

7月16日 瓯海区摄影协会组织会员赴平阳参加葡萄文化节摄影大赛，其中郑高华的作品《挑花了眼》获二等奖。

7月16日 瓯海区美术协会组织会员，参加浙江省乡镇美术书法摄影大赛，瓯海区陈志宇的作品获优秀奖。

7月30日 瓯海区书法家协会主席仇雪峰的书法作品，获由中国楹联学会、现代诗词馆、广西书法家协会联合主办的“当代诗联书法大展赛”二等奖。

7月31日 瓯海区音乐工作者协会、区舞蹈工作者协会组织节目，参加八一建军节大型文艺晚会及部队慰问演出。

7月 瓯海区书法家协会卢元榜的书法作品，获首届中国书画小作品大赛优秀奖。

7月 瓯海区音乐工作者协会特邀上海市音乐学院石林教授，来瓯海区对音乐工作者协会会员及音乐爱好者进行授课辅导，以提高其技能技巧。

7月 李长飙的散文集《追寻星光》，由中国文史出版社出版。

7月 林长春编著的《温州当代文学艺术书目》，由中国文献资料出版社出版。

8月21日 著名相声演员、安徽省亳州市蒙城县副县长牛群率考察团，到瓯海区招商引资，开展文化交流，并与瓯海区副区长夏岳谦签订两地合作意向书。

8月24日 瓯海区举办“高唱廉政歌　迎接十六大”大合唱比赛，全区十五支代表队参加比赛。

9月28日 周斐列、周笑中赴内蒙古等地进行采风创作。

9月29日 瓯海区音乐工作者协会、区舞蹈工作者协会组织节目，参加瓯海区人口与计划生育大型文艺晚会。

9月 瓯海区政协文史委员会和区书法家协会向瓯海区

看守所赠送四十幅书法作品。

9月 仙岩穗丰杨府山发现古代墓葬文物，经浙江省文物考古专家挖掘分析，为保持完整的商周土墩墓，出土文物分别收藏于浙江省博物馆、瓯海区文博馆。

10月6日 瓯海区书法家协会五位会员的作品，参加“诗书温州”书法展。

10月16日 郑高华的作品《四连碓造纸作坊》、叶剑平的作品《鸟瞰塘河》，获温州“水利杯”摄影大奖赛二等奖；周笑中的作品《水利灌溉古与今》获三等奖。

10月16日至17日 瓯海区文学艺术界联合会派员参加乐清市第四届文学艺术界联合会换届会议。

10月18日 瓯海区摄影协会郑红平的两幅作品，入选“国土杯”中国现代农村文化形象摄影大奖赛。

10月 在温州市第十五届音乐舞蹈节上，瓯海区选送的多项节目获奖。张立虎作曲、谢乐燕编导的《踏开浪花花》获创作一等奖；张立虎谱曲的《真心想妹莫错过》获音乐创作一等奖；赵梦霄、周素英、张茜等人获群舞表演一等奖；姜瑜、李伶俐获音乐表演三等奖。

10月 林长春、郑高华、周笑中、李鹤等人参与编写的《中国温州指南》，由方圆电子音像出版社出版。

11月1日 周笑中以“新桥全国创建文明工作先进镇”为题的十二幅摄影作品，在《温州日报》整版刊出。

11月5日 瓯海区摄影协会吴胜建的作品，获温州市“轻博会杯”摄影比赛三等奖。

11月28日 朱茂昌出席在郑州召开的中国寓言文学研

讨会。

11月29日 瓯海区宣传“十六大精神”文艺巡回演出，首场在泽雅镇周岙村拉开序幕，之后在九个乡镇陆续开展文艺演出。

11月 徐秀莉的报告文学《八度春秋铸法魂——追记瓯海区青年法官张晓东》，入选《文明之光》一书。

11月 王文碎主编的《爱国状元王十朋》，由黄山书社出版。

11月 叶剑平等人编导制作的光盘《安全生产责任重于泰山》，由浙江文艺音像出版社出版。

12月6日 中央电视台《走进温州》摄影组专程采访位于瓯海区的温州市东庄垃圾发电厂。

12月11日 瓯海区文化局在全区农村进行宣传党的十六大百场电影放映活动，上映二十多部革命传统教育故事片，并放映宣传党的十六大的幻灯片。

12月12日 瓯海区文学艺术界联合会派员参加温州市文学艺术界联合会系统学习党的十六大精神读书会。

12月13日至14日 瓯海区文学艺术界联合会、区文学工作者协会派员参加在瑞安市、文成县等地举办的温州文学周采风创作活动。

12月29日 叶剑平的摄影作品《寺前街馄饨》、周笑中的摄影作品《祥云浮五色 玛瑙映黄昏》，获“永大杯”全国摄影大赛铜奖。

12月29日 瓯海区多人的作品入选庆元旦“楠溪第一楼杯”首届温州市中青年书法篆刻作品展。

12月 瓯海区音乐工作者协会、区舞蹈工作者协会组织节目参加“十六大精神”文艺宣传队，到泽雅、丽岙、三垟、仙岩、梧埏、瞿溪、潘桥等乡镇进行巡回演出。

12月 郑高华的摄影作品获温州市“菱华杯”摄影大赛一等奖。

12月 苏琼获浙江省第十届青少年英才奖、全国公安系统文艺会演金奖。

12月 张立虎谱曲的《担鲜女》，获浙江省“五个一工程”奖。

是年，琦君出资一千美元，设立中学生“琦君文学奖”，每年评奖一次。琦君逝世后，其丈夫李唐基持续出资到2009年。全年刊出《瓯海》文学杂志四期；2002年度申报文艺创作和文艺理论作品专著经费补助，共计九种；刘时梁的篆刻作品入选“中日邦交正常化三十周年”书画展，并获优秀奖。

2003年

1月11日至12日 林长春参加浙江省文学艺术界联合会五届三次全委扩大会议暨全省文学艺术界联合会工作研讨会。

1月14日 瓯海区文学艺术界联合会派员随瓯海区委宣传部，到五凤垟乡参加扶贫活动。

1月16日 瓯海区音乐工作者协会、区舞蹈工作者协会组织会员，到泽雅镇进行文化扶贫演出。

1月17日 瓯海区音乐工作者协会、区舞蹈工作者协会组织会员，参加瓯海区政协迎春茶话会。

1月20日 郑一增加入浙江省书法家协会。

1月26日 由温州市民间文艺家协会主办，鹿城、瓯海、龙湾三区文学艺术界联合会联合举办的“温州民间文艺家迎春联欢会”在新长安大酒店举行。

1月 叶剑平的摄影作品《三维桥》，入选“双鹿杯”首届公路系统摄影比赛作品选。

1月 朱茂昌改编的《说岳全传》，由浙江少年儿童出版社出版。

1月 由瓯海区泽雅中学主办、周吉敏主编的《泽雅湖》杂志创刊。

2 月 7 日　瓯海区诗词学会会员参加温州市诗词学会召开的新春诗会。

2 月 26 日　瓯海区音乐工作者协会、区舞蹈工作者协会组织协办瓯海区党代会专场文艺演出。

3 月 5 日　瓯海区音乐工作者协会、区舞蹈工作者协会组织节目，参加在新桥镇举行的“庆三八　爱在春天”大型广场歌咏会。

3 月 5 日　瓯海区摄影协会举办摄影年会暨作品研讨会，与会人员三十余人。

3 月 6 日　在温州市文学艺术界联合会第五届大会第五次全委会上，吴宏儒、林长春当选市文学艺术界联合会委员。

3 月 7 日到 23 日　苏琼随温州歌舞团出访意大利、法国、荷兰等地，进行交流演出。

3 月 27 日　瓯海区音乐工作者协会、区舞蹈工作者协会组织会员参加瓯海“两会”文艺演出，与国家一级演员宋祖英同台演出。

3 月　林长春主编的《大罗山志》，由香港出版社出版。此书为温州首部记录大罗山人文历史、自然生态的大型志书。

3 月　徐秀莉的散文集《架起心灵沟通的桥梁》，由中国妇女出版社出版。

3 月　黄炳武的诗词集《女娲石》，由中国文学艺术出版社出版。

3 月　董学丰、黄应寿合著的《行草手册》，由长城出版社出版。

4月4日 瓯海区音乐工作者协会、区舞蹈工作者协会组织会员，参加“十六大主题教育”文艺宣传队，到郭溪镇进行演出。

4月7日至10日 瓯海区文学艺术界联合会派员参加温州市文学艺术界联合会组织的泰顺民俗考察活动。

4月17日 瓯海区政协组织新闻文艺组委员，到仙岩进行“山水旅游”专题调研活动。

4月24日 瓯海区音乐工作者协会、区舞蹈工作者协会组织会员参加温州党代会专场演出。

4月 彭福云的书法集《彭福云书法作品精选》，由香港出版社出版。

5月23日 瓯海区摄影协会在区委宣传部会议室召开汇报会，向有关领导汇报工作概况和近期活动计划。

5月 郑高华、周笑中、李鹤等人参加编写的《温州市实用地图册》，由西安地图出版社出版。

5月 温州瓯越浮雕镶嵌研究所成立，在南白象镇陈庄村挂牌，刘时梁任所长。

6月4日 瓯海区音乐工作者协会、区舞蹈工作者协会组织会员，参加在温州市海坛广场举行的抗非典演出。

6月9日 郑高华的摄影作品《光照梯田》，周笑中的摄影作品《秋林晨光》《焕然天地间》《沙漠舞者》，叶剑平的摄影作品《满载而归》，沙开胜的摄影作品《清凉的感觉》，郑红平的摄影作品《牧归》，同时入选香港大众摄影学会国际金桥第二十三届国际沙龙摄影比赛。

6月19日 瓯海区文学艺术界联合会同瓯海区新闻文艺

组委员，到茶山镇进行旅游文化调研。

6月20日 苏琼因公安文化建设工作表现突出，获浙江省公安厅授予的个人二等功荣誉称号。

6月26日 瓯海区音乐工作者协会、区舞蹈工作者协会组织会员，参演温州市广场文艺活动。

6月30日 瓯海区音乐工作者协会、区舞蹈工作者协会组织会员，参演瓯海区学习“三个代表”新高潮广场文艺晚会。

7月5日 瓯海区书法家协会第四次换届会议召开，仇雪峰当选主席，林朝恩、林建炜、彭福云、吴直为副主席，林朝恩兼任秘书长，郑一增为副秘书长。聘吴佐仁为名誉主席。

7月28日 瓯海区音乐工作者协会、区舞蹈工作者协会组织会员，参加苍南拥军演出。

7月30日 仇雪峰的书法作品，获中国楹联学会等主办的当代诗联书法大展赛二等奖。

8月6日 仇雪峰的书法作品入选首届敦煌国际书法艺术节“敦煌杯”全国书法大赛。

8月8日 瓯海区音乐工作者协会、区舞蹈工作者协会组织会员参加温州市“诚信的光芒”大型文艺晚会。

8月10日 瓯海区民间文艺工作者协会召开第一届第五次理事扩大会议，朱茂昌当选主席，李长飙为副主席，潘丁盛为秘书长。

8月13日 瓯海区委宣传部在温州市广电大厦演播厅举办文艺表演新秀大奖赛，来自全区各单位的二十多位文艺爱好者参赛。

8月13日至17日 瓯海区舞蹈工作者协会排练节目，参加温州市“芭拉芭拉”少儿舞蹈赛，获二等奖。

8月14日 瓯海区摄影协会、区建设局团委联合举办“瓯建杯”瓯海区建设系统摄影比赛。

8月23日 施丽君参加浙江省优秀歌手大赛，获金奖。

9月2日 瓯海区文学艺术界联合会派员参加温州市文学艺术界联合会2003年读书会。

9月5日 瓯海区音乐工作者协会、区舞蹈工作者协会组织节目，参加温州市首届城市社区优秀文艺节目会演暨选拔活动。

9月9日 郑红平的摄影作品《暴风雨来临之际》《水天一色》《渔舟唱晚》，在《中国摄影报》“百花苑”刊出。

9月16日 瓯海区文学艺术界联合会派员参加区妇联第四次代表大会。

9月22日 瓯海区音乐工作者协会、区舞蹈工作者协会组织节目，参加瓯海区人大文艺演出。

9月28日 朱茂昌的书法作品入选2003年中国曲阜国际孔子文化节。

9月29日 瓯海区音乐工作者协会、区舞蹈工作者协会排练的节目《社区就是我的家》，参加浙江省城市社区节目会演，获金奖。

9月 冯强生主编的《瓯海龙湾十家美术作品集》，由瓯海区、龙湾区文学艺术界联合会联合印行。

10月13日 由瓯海区人民政府主办的金瓯文化旅游节开幕，此为瓯海建县设区以来最大规模的综合文化活动。活动项目有开幕式、浙江千人团游瓯海、“永丰杯”现场摄影大赛、“情亲瓯海”文艺晚会、“天球杯”征文赛、书法展览、摄影展览等。

10月20日 瓯海区舞蹈工作者协会谢乐燕编导的舞蹈《踏开浪花花》，参加浙江省预备文艺演出，获创作奖。

10月29日 瓯海区文学艺术界联合会第三届第五次全委扩大会议在区政府四楼会议室召开，增补委员朱茂昌、吴宏儒、林朝恩、林长春、胡寿清、施丽君、潘丁盛；选举吴宏儒为主席，林长春为副主席，林长春兼任秘书长。

10月29日 苏琼参加在洞头县举行的第二届“绿园杯”体育节颁奖晚会，演唱《闪光的警徽》等歌曲。

10月30日 朱茂昌的书法作品，获“走进桃花源”全国书画大展优秀奖。

10月31日 瓯海区文学艺术界联合会派员参加瓯海区“读书进社区”活动。

10月 郑高华的摄影作品《温州全貌》，用于首届“世界温州人大会”会场背景屏幕。

10月 李延桂主编，叶剑平、周笑中、郑高华等人参与编辑的大型画册《塘河》，由瓯海区政协印行。

10月 谷斌臣的诗文集《静思斋笔记》，由香港出版社出版。

10月 陈玲玲、吴宏儒主编的《瓯海》，由中共温州市瓯海区委员会、温州市瓯海区人民政府印行。

11月2日 瓯海区文学艺术界联合会派员参加瓯海区政协组织的赴湘旅游文化考察团。

11月7日 郑高华的摄影作品《母女情》，入选第十届中国国际摄影艺术展览。

11月27日 瓯海区音乐工作者协会、区舞蹈工作者协会组织节目，参加瓯海区慈善总会成立演出。

11月28日 瓯海区音乐工作者协会、区舞蹈工作者协会协办景山社区广场文艺演出。

11月 王学钊、林长春编辑的《雅川艺文泉村集》，由方圆电子音像出版社出版。

11月 施丽君演唱的《母亲的叮咛》，获中国人口文化奖铜奖。

11月 徐秀莉的散文集《家里家外》，由中国妇女出版社出版。

12月3日 瓯海区音乐工作者协会、区舞蹈工作者协会组织节目，参加瓯海区委宣传部主办的“香猫杯”瓯海区法治之歌文艺会演。

12月11日 王学钊、柯练武等人的美术作品，参加温州市迎春画展。

12月12日 吴佐仁、郑一增等人的书法美术作品，参加温州书画院第五届书画展。

12月13日 瓯海区美术协会换届会议召开，选举王学钊为主席，黄德靖、柯练武、刘时梁为副主席，陈海峰为秘书长。

12月14日 瓯海区文学艺术界联合会、区旅游局泽雅分局联合举办“泽雅纸山文化”采风活动。

12月20日 瓯海区摄影协会第四届第一次会员代表会

议召开，选举叶剑平为主席，周斐列、沙开胜、周笑中为副主席，周笑中兼任秘书长，李鹤、郑红平、王建成、张文士、潘新和、黄存林为副秘书长。

12 月 21 日 赵梦霄等人编导参演的群舞《如火的青春》，获温州市第六届职业中等专业学校学生文艺会演一等奖。

12 月 21 日 瓯海区文学艺术界联合会组织会员，到茶山、瑞安等地慰问老文艺家。

12 月 27 日 瓯海区文学工作者协会第四届第一次代表会议召开，进行换届选举。徐秀莉当选主席，王英、徐彩琴、周乐光为副主席，徐彩琴兼任秘书长，林丹为副秘书长。

12 月 30 日 瓯海区音乐工作者协会、区舞蹈工作者协会协办瓯海区再掀宣传“三个代表”暨元旦文艺演出。

12 月 周迎嫦编导自演的小品《春夏秋冬》，获 2003 年温州市戏剧小品会演优秀演员奖及创作银奖。

12 月 王学钊的山水画作品，获“纪念毛泽东同志诞辰 110 周年艺术精品”奖，并入专集出版。

12 月 张立虎谱曲的歌曲《家在温州真好》，获温州市“五个一工程”奖。

12 月 周建勇的诗文集《香花畦》，由中国文学艺术出版社出版。

是年，瓯海区文学艺术界联合会编辑印行《瓯海》文学期刊四期；2003 年度瓯海区文学艺术界联合会上报出版补助文艺及其他专著图书十种。

2004年

1月9日 瓯海区政协书画院在瓯海宾馆举行成立大会，郑元兴当选院长，仇雪峰为秘书长。

1月9日 朱茂昌创作的相声《制造女人公司》，获温州市计划生育文艺作品一等奖。

1月12日 瓯海区文学艺术界联合会举办瓯海区计划生育“三下乡”活动，书画家书写绘作近百副春联和美术作品赠送泽雅山区村民。

1月14日 温州市民间文艺家协会及鹿城、瓯海、龙湾三区文学艺术界联合会，联合举办温州市民间文艺家迎春联欢会。

1月23日 瓯海区摄影协会组成采风团，赴张家界进行艺术采风。

1月 瓯海区摄影协会举办以“过年”为主题的摄影创作活动。

1月 林朝恩的书法作品入选河南省首届书法篆刻大奖赛，获银奖，并入编《中国当代名家书画精品大典》。

1月 林长春的家庭获浙江省精神文明建设委员会颁发的“学习型家庭”荣誉称号。

2月7日 瓯海区摄影协会的周笑中，随同温州市摄影家代表团一行七人，赴日本进行中日文化交流和摄影采风活动。

2月13日 瓯海区文学艺术界联合会派员参加温州市文学艺术界联合会第五届第六次全委扩大会议，交流工作情况。

2月20日 瓯海区文学艺术界联合会、区教育局、瞿溪镇人民政府联合举办瞿溪二月会市文化节。活动内容有琦君文学研讨会、摄影比赛、现场书画创作及文艺晚会演出等。

2月 叶剑平的作品《三垟湿地》(图文集)，由长城出版社出版。该作品反映了三垟湿地的人文和自然风光。

3月1日至5日 在瓯海区人大第六届第二次会议、瓯海区政协第六届会议期间，区音乐工作者协会、区舞蹈工作者协会组织节目，联办三场联欢会文艺演出；区摄影协会为两会拍摄活动照片，并展出专题摄影展。

3月9日 瓯海区民间文艺工作者协会，经申请批准，易名为瓯海区民间文艺家协会。9月，正式对外使用改称。

3月12日 瓯海区文学艺术界联合会派员参加瑞安市文学艺术界联合会换届会议文化活动。

3月16日 瓯海区文学艺术界联合会及有关文艺协会代表人员参加瓯海文化大区建设座谈会，交流工作情况，提出建议，提及“文化百点”计划。

3月21日 瓯海区文学艺术界联合会、区文学工作者协会组织会员，到永中镇听取林斤澜文学讲座。

3月24日 瓯海区文学艺术界联合会及有关协会、学会负责人，参加瓯海区2003年度社团年检和换证登记工作会议。

3月28日 郑高华的摄影作品《温州风貌》，由香港银河出版社出版。

4月4日至12日 香港摄影学会的摄影家张淑欢、何根强、周伟英等人前来瓯海区采风。

4月8日 瓯海区文学艺术界联合会、区政协书画院、区美术协会、区书法家协会等单位，在茶山街道宝严寺开展文化调研。

4月15日 周笑中等人的摄影作品，在温州市展览馆展出。

4月25日 瓯海区文学艺术界联合会、区文学工作者协会多人，参加在温州书城举行的叶辛作品研讨会。

4月27日 瓯海区文学艺术界联合会派员参加由温州市作家协会、温州海事局联合举办的“了解母亲江　拜谒母亲江”文化主题活动。

4月28日至5月4日 林长春参加温州市文学艺术界联合会采风团，并前往贵州参与苗族姐妹节，进行文化交流采风活动。

4月 姜善真的诗词获第一届“炎黄杯”全国中老年书画诗词摄影大赛诗词类银奖。

4月 姜善真的诗词集《求真诗笺》，由中国文学艺术出版社出版。

4月 李永汉的小说集《桂花巷》，由漓江出版社出版。

4月 黄勤荣的书法集《黄勤荣硬笔书法》，由中国国际文化艺术有限公司出版。

5月1日 瓯海区书法家协会、区美术协会在茶山街道举办书画现场创作活动。

5 月 26 日　瓯海区委宣传部召开有关四连碓申请世界文化遗产问题事项前期准备工作讨论会，区文化局、区旅游局、区文学艺术界联合会等代表参与讨论。

5 月 27 日　瓯海区音乐工作者协会、区舞蹈工作者协会组织节目，参加“强强之歌”企业文艺会演。

5 月　刘周晰的诗文集《雁影萍踪》，由香港天马图书有限公司出版。

6 月 3 日　瓯海区广播电视局组织文艺人士，到泽雅镇进行采风创作活动。

6 月 7 日　周笑中的作品《水乡夕照》《春到人间》，郑高华的作品《舞》，入选香港大众摄影学会主办的第三十四届国际摄影展。

6 月 9 日　瓯海区文学艺术界联合会、区民间文艺家协会派员参加在湖滨饭店举办的“温州·福州民俗文化研讨会”。

6 月 12 日　林长春被聘为浙江省新闻工作者社会监督员。

6 月 16 日　瓯海区诗词学会在茶山街道召开第二届第一次理事扩大会议，姜善真当选会长，胡寿清为副会长兼任秘书长。

6 月 20 日　瓯海区文学艺术界联合会组织区摄影协会、区美术协会、区诗词学会会员，到大罗山采风。

6 月　朱茂昌的书法作品，获“当代文人书画艺术北京邀请赛”优秀奖。

6 月　周迎嫦编导自演的小品《父女情深》，获温州市禁毒文艺演出一等奖。

7月1日 朱茂昌的书法作品，获“纪念丁玲诞辰100周年全国书画作品大展”优秀奖。

7月1日 瓯海区委组织部、区委宣传部、区文化广电局联合举办“七一颂”纪念中国共产党成立八十三周年大型文艺晚会，区音乐工作者协会、区舞蹈工作者协会组织节目参与演出。

7月9日 瓯海区舞蹈工作者协会第四届第一次理事扩大会议在瓯海宾馆召开，进行换届选举，产生新的理事会，谢乐燕当选主席，项炳晓、赵梦霄为副主席，项炳晓兼任秘书长，张茜为副秘书长。

7月9日 瓯海区音乐工作者协会、区舞蹈工作者协会组织节目，参加在梧田工业基地举行的“你在他乡还好吗”文艺演出活动。

7月9日 “关注母亲健康　关爱女孩成长”文艺演出，在梧田街道霞王村举行。

7月11日至17日 瓯海区文学艺术界联合会派员参加在浙江省党校举办的瓯海宣传理论骨干培训班学习。

7月21日 郑高华的摄影作品《渔歌唱晚》、周笑中的摄影作品《秋林牧歌》，入选中国上海第七届国际摄影艺术展览。

7月22日 温州市首届旅游歌曲大赛在洞头县举行，瓯海代表队施丽君演唱的歌曲获一等奖。

7月28日 瓯海区举办纪念建军七十七周年暨“十佳子弟兵、十佳军嫂、十佳拥军模范”表彰大会，区音乐工作者协会、区舞蹈工作者协会组织节目参加慰问演出。

8月2日至3日　瓯海区文学艺术界联合会派员参加苍南县文学艺术界联合会第四次代表大会。

8月9日　瓯海区文学艺术界联合会协助瓯海区旅游局，在《温州日报》开办“仙岩杯”瓯海风光散文大奖赛。

8月18日　瓯海区文学艺术界联合会派员参加温州市塘河文化座谈会，并承接温州市塘河历史文化研究项目课题部分调研内容。

8月20日　瓯海区文学艺术界联合会派员参加在温州大戏院举行的“温州市深化效能革命打造政府品牌”演讲比赛。

8月　李家琪的散文集《感怀集》，由大众文艺出版社出版。

8月　林长春加入中国近现代史史料学会。

9月7日　瓯海区举行“廉政文化进校园教育读书赠书”活动，区文学艺术界联合会多次赠送各类书刊。

9月8日　瓯海区音乐工作者协会、区舞蹈工作者协会组织会员参加庆祝第二十个教师节文艺演出。

9月10日　瓯海区文学艺术界联合会及各相关协会组织节目，参加第七届艺术节温州分会场各类演出活动。

9月18日　瓯海区音乐工作者协会、区舞蹈工作者协会组织节目，参加温州市首届城市社区舞蹈大赛。

9月26日　瓯海区文学艺术界联合会、区民间文艺家协会与区旅游局仙岩分局，联合举办仙岩采风活动。

9月28日　瓯海区音乐工作者协会、区舞蹈工作者协会组织节目，参加温州市第十二届音乐舞蹈节。

9月29日 瓯海区文学艺术界联合会派员参加温州市文艺界领导干部、创作骨干“三项学习教育”培训班。

9月29日至10月10日 瓯海区摄影协会组织摄影家赴贵州省都匀市等地，参加中国第六届摄影艺术节各类采风活动。

9月 施丽君参加的女声小组唱《香香花为媒》，获全国第十三届群星奖。

9月 仇雪峰的书法作品入选第四届全浙书法大展。

9月 杨泽民的长篇小说《过河卒子》，由作家出版社出版。

9月 章方松的散文集《琦君的文学世界》，由三民书局股份有限公司出版。

9月 朱璧金参与昆曲音乐整理和作曲的昆曲曲谱，被收入《中国昆曲精选剧目曲谱大成》，由全国政协京昆室编，上海音乐出版社出版。

10月1日 中国科学院学部委员、中华诗词学会名誉会长霍松林一行，到仙岩镇穗丰村等地采风，并给穗丰公园授牌“温州诗词创作基地”。

10月11日 朱璧金为昆曲《杀狗记》作曲，获温州市第九届戏剧作曲奖。

10月10日 朱茂昌的寓言集《老虎打武松》，获第三届中国寓言文学研究会“金骆驼奖”三等奖。

10月15日 瓯海区文学工作者协会多人参加温州市作家协会第五次代表大会。

10月17日 钱利永的书法作品，获温州市“情亲民族同胞　共奔美好明天”书画大赛优秀奖。

10月18日　朱茂昌的书法作品，获“清江杯”全国书法大赛铜奖，并入选《中国诗词书法选集》。

10月21日　周笑中的摄影作品《伴着夕阳归来》，获全国第二十一届中国摄影艺术展优秀作品奖。

10月27日　联合国教科文组织、中国民俗摄影协会授予瓯海区泽雅、茶山、仙岩三个风景名胜区“国际民俗摄影创作基地”称号，一百二十多名摄影家参加在泽雅镇举行的授牌仪式。

10月　王学钊的散文集《梅泉随话》，由香港天马图书有限公司出版。

10月　林朝恩的书法作品，入选由宁夏回族自治区书法家协会主办的“吉泰杯”建设大银川书画大赛，并获佳作奖。

10月　林长春加入中国寓言文学研究会。

11月8日　瓯海区委宣传部、区文学艺术界联合会举办黄松光的作品集《话说温州人》《叙说温州事》首发式。

11月12日　瓯海区文学艺术界联合会派员参加温州市温瑞塘河历史文化研究课题开题会议，并承担塘河文化书目提要课题项目。

11月19日至21日　温州市第五届文学周由温州市文学艺术界联合会、温州市作家协会主办，瓯海区、龙湾区文学艺术界联合会协办。文学周主要活动有文学创作研讨会、“壹玖文学沙龙”联谊活动、徒步穿越大罗山采风、参访大学城、永昌堡采风等。

11月20日　郑高华的摄影作品《温州龙舟》，获“温瑞塘河杯”摄影大奖赛民俗风情类一等奖；摄影作品《海上渔村》，入选区政协主办的“中华情——政协委员摄影作品展”。

11 月 30 日 瓯海区广播电视局组织人员到泽雅镇采风，拍摄纸山文化专题片。

11 月 瓯海区吴佐仁、黄国光、仇雪峰、彭福云、吴直等人的书法作品入选“温州绍兴书法篆刻联展”，并收入《温州作品集》。

11 月 刘时梁的彩石镶嵌作品，参加中国工艺美术大师作品暨工艺美术精品展。

12 月 10 日 瓯海区文学艺术界联合会派员参加温州市文学艺术界联合会第三次学习会，特邀请中国文学艺术界联合会副主席、文艺理论家仲呈祥作专题报告。

12 月 14 日 瓯海区音乐工作者协会、区舞蹈工作者协会组织会员，参加“未成年人思想道德建设”文艺宣传队，到泽雅镇西岸村等地进行巡回演出。

12 月 21 日 郑高华的十二幅泽雅风光照片，由瓯海区旅游局泽雅分局制作为《泽雅风光千年纸山》活页台历。

12 月 23 日 林长春加入浙江省作家协会。

12 月 24 日 温州市民间文艺家协会第五次会员代表大会召开，进行换届选举，林长春当选副主席，朱茂昌、潘丁盛为理事。

12 月 27 日 温州市美术家协会第六次会员代表大会召开，进行换届选举，王学钊、陈海峰当选理事。

12 月 29 日 沈国崇、陈锦荣创作的民间故事，分别获得由温州电视台举办的首届“温州话讲故事”电视大赛二等奖。

12 月 29 日　周迎嫦编导自演的小品《家事》，获浙江省小品节目比赛表演一等奖，创作三等奖。

12 月 31 日　瓯海区政协书画院、区温瑞塘河综合整治工程建设指挥部、区文学艺术界联合会联合举办的“瓯海区塘河文化书画展”在温州市展览馆开幕，一百多位书画家的一百六十多幅作品参展。

12 月　朱茂昌的书法作品，被收入《世界遗产杯国际书画大展优秀作品集》，并获一等奖。

2005年

1月18日　徐秀莉、林长春等人被评为“瓯海区第五轮专业技术拔尖人才”；施丽君、周乐光等人被评为“瓯海区第三轮优秀青年专业人才”。

1月19日　瓯海区摄影协会召开年度理事会，总结经验，制订活动计划。

1月30日　瓯海区文学艺术界联合会、区民间文艺家协会与温州市民间文艺家协会联合举办温州市民间文艺家迎春联欢会。

1月26日　瓯海区文学艺术界联合会派员随队到泽雅镇五凤垟村进行扶贫慰问。

1月30日　瓯海区美术协会组织会员在温州书城挥毫创作，为市民送春联。

1月31日　瓯海区政协举办迎春联欢会，区书法家协会、区美术协会在会场展出多幅书画作品；区音乐工作者协会、区舞蹈工作者协会组织节目参加演出；区摄影协会派员拍摄活动照片。

1月　陈人念主编的大型画册《郭溪》印行，收入周笑中、郑红平、吴胜建、郑高华、黄松光等人的摄影作品。

2月4日　瓯海区文学艺术界联合会派员参加景山街道

公益文化活动，并向居委会图书室赠送图书刊物。

2月10日 瓯海区摄影协会叶剑平一行九人，赴福建等地进行采风拍摄活动。

2月21日 瓯海区摄影协会在泽雅镇周岙十三挑灯之际，举办摄影比赛，百余人参加活动。

2月22日 郑高华的风光明信片《瓯海风光》《泽雅风光》，由国家邮政局发行。每套十枚，分别由仙岩、泽雅、三垟湿地等景区景点的图片组成。

2月28日 瓯海区摄影协会举行“双月会”艺术沙龙活动，五十余人参加作品欣赏艺术讲座，同时进行周岙十三挑灯摄影比赛评选。

3月8日 瓯海区音乐工作者协会、区舞蹈工作者协会组织节目，参加瓯海区人大、区政协两会联欢会演出。

3月10日 瓯海区摄影协会组织会员，参加瞿溪会市摄影奖赛活动。

3月21日 瓯海区摄影协会举办“民间风采杯”摄影比赛。

3月28日至31日 香港著名摄影家张淑欢、何根强、周伟英等一行，前来瓯海区采风，拍摄风光民俗照片。

3月30日 浙江省民间文艺家协会、温州市民间文艺家协会颁发“朱茂昌同志从事民间文艺工作五十周年纪念”荣誉证书，以表彰朱茂昌的民间艺术文化成就。

3月 瓯海区摄影协会周斐列的作品《温州风光》，获由《中国摄影》杂志社主办的“十杰年赛”优秀奖；郑高华的作品《亲子亲情》，获世界华人影赛优秀奖。

4月9日 瓯海区美术协会、区书法家协会在茶山街道举办美术书法创作研讨会，二十多人参加活动。

4月10日 瓯海区诗词学会第二届第一次代表会议在区政府大楼四楼会议室召开，进行换届选举，姜善真当选会长。

4月13日 张立虎谱曲的《小康中国》，由朱丹等人表演合唱，获浙江省第五届歌曲新作演唱大赛创作一等奖、演唱一等奖。

4月24日 瓯海区文学艺术界联合会、区民间文艺家协会、区美术协会等单位在茶山街道举行采风活动，并在文昌阁现场创作。

4月29日 瓯海区音乐工作者协会、区舞蹈工作者协会组织节目，参加瓯海区“五月花海”大型广场文艺演出。

4月29日 瓯海区民间文艺家协会派代表参加温州市民间文艺家协会在龙湾区举办的采风活动。

4月 温州市儿童文学作品选集《鸵鸟的飞翔宣言》，由当代出版社出版，其中收入瓯海区朱茂昌、林长春的多篇作品。

4月 温州市第六届文学艺术创作奖揭晓，瓯海区的张立虎获银鹿奖。

5月18日至19日 瓯海区文学艺术界联合会派员参加文成县文学艺术界联合会换届选举会议，并举行联合采风活动。

5月22日 瓯海区诗词学会举办诗词创作知识讲座，由温州市诗词学会的陈麟振主讲《格律诗词基本知识》。

5 月 28 日　中共温州市瓯海区委发文〔瓯干任（2005）32 号〕，提名周金平兼任瓯海区文学艺术界联合会主席，免去吴宏儒兼任的瓯海区文学艺术界联合会主席职务。

6 月 10 日　瓯海区书法家协会、区美术协会在仙岩镇穗丰公园举行创作笔会，与会者三十余人。

6 月 28 日　瓯海区音乐工作者协会、区舞蹈工作者协会组织节目，参加瓯海区纪念中国共产党成立八十四周年暨廉政文化大型文艺演出。

6 月 29 日　温州市政协书画社成立并举办书画展，瓯海区王学钊、吴佐仁、仇雪峰、林朝恩等人的作品参展。

6 月 30 日　由瓯海区纪委、区委宣传部主办，区文学艺术界联合会、区政协书画院、区审批中心协办，区书法家协会、区美术协会承办的“瓯海区反腐倡廉宣传教育书画展”举行开幕式，共展出书画作品一百一十三件。

6 月　林长春编著的《纸上塘河》，由人民日报出版社出版，为温瑞塘河历史文化资料汇编之一。

6 月　何文斌的诗词集《何文斌诗词选》，由银河出版社出版。

6 月　周迎嫦编导自演的《心眸》，获第五届温州市残疾人艺术会演表演一等奖，创作二等奖。

6 月　瓯海区举办“民营风采杯”摄影书法创作大奖赛，并结集印行。

7 月 4 日　仇雪峰的书法作品入选“三晋杯”首届公务员书法大展。

7 月 8 日　瓯海区音乐工作者协会、区舞蹈工作者协会组织节目，参加瓯海区纪念“711世界人口日”暨建设新型生育文化文艺演出。

7月20日 施丽君被评为“温州十大优秀青年岗位能手”。

7月23日 中国摄影家协会举办《中国摄影报》影友联谊会，在温州举行“利尔杯”影友作品展，瓯海区多位摄影者的作品参展。

7月28日 瓯海区音乐工作者协会、区舞蹈工作者协会组织节目，参加文化拥军慰问演出。

8月3日 《温州日报》“冠盛杯”生态瓯海摄影艺术大奖赛评选结果揭晓，叶子的《风雅水乡》获一等奖；郑高华的《湿地之夜》、郑红平的《春意》获二等奖；朱盛的《环保工业冠盛》、郑嫣然的《泽雅清洗业污染流程》、白志雄的《白象古塔新夜景》获三等奖。

8月9日 《今日瓯海》创刊，设有不定期文艺副刊。

8月12日 郑高华的摄影作品《湿地夜色》《锦绣大地》，在《浙江日报》“摄影长廊”专版发表。

8月18日 上海音乐学院瓯海籍学生徐杰，代表浙江省队参加首届中国星全国声乐、器乐大赛，获成年组中国星大奖，又获首届中国星全国声乐、器乐大赛民族歌王奖。

8月19日 瓯海区民间文艺家协会派代表参加浙江省民间文艺家协会第六届会员代表大会。

8月22日 瓯海区文学艺术界联合会派员参加温州市文学艺术界联合会第六届会员代表大会。

8月31日 瓯海区文学艺术界联合会第三届第六次常委

会在区委宣传部会议室召开，会议讨论了文艺创作的奖励办法及区文学艺术界联合会第四次代表大会有关事项。

8 月 仇雪峰的书法作品入选第五届中国书坛新人作品展览，并收入作品集出版。

8 月 《温州地方文献联合目录》，由北京图书馆出版社（现为国家图书馆出版社）出版，其中收入林长春几百条书目，多是有关瓯海文艺的书目。

9 月 21 日 瓯海区音乐工作者协会、区舞蹈工作者协会组织节目，参加“关注民工群体　共筑美好家园”文艺演出。

9 月 22 日 瓯海区音乐工作者协会、区舞蹈工作者协会组织节目，参加“共同的家园——服务新瓯海人文化活动”首场演出，之后在全区开展持续三个月的系列文化服务活动。

9 月 仇雪峰的书法作品入选西泠印社“首届中国书法大展”。

9 月 李永汉的长篇小说《逝去的饥饿》，由中国电影出版社出版。

10 月 8 日 瓯海区第三届文学艺术创作评奖结果揭晓，徐秀莉等八人获金瓯奖，李永汉等十四人获银瓯奖，徐彩琴等二十四人获铜瓯奖。

10 月 17 日 瓯海区文学艺术界联合会派员参加温州市民间文艺家协会、温州大学联合举办的民俗研究座谈会，交流温州地域民俗文化。

10 月 26 日 瓯海区文学艺术界联合会及相关协会多人，

参加温州市政协民意中间站，并在新桥街道大榕树下举办一期现场会，就塘河文化等交流畅谈。

10月30日 谢乐燕、项炳晓编导的舞蹈《天姿》，获浙江省第三届乡镇文艺会演现场决赛创作金奖和表演金奖。

10月 瓯海区叶樟林、周建、徐钢凌等人的书画摄影作品，获“温州市工商行政管理系统廉政文化建设书画摄影大赛”奖，并入选获奖作品集。

10月 王学钊的随笔集《画梅新语》，由香港天马图书有限公司出版。

10月 徐秀莉的散文集《生活是条河》，由中国民族摄影艺术出版社出版，为“温州墨池丛书”之一。

10月 朱璧金为永嘉昆剧《折桂记》谱曲，由永昆传习所印行。

11月7日 郑红平的摄影作品《绳恋》，获“轻博会杯”摄影大赛三等奖。

11月15日 王学钊、朱茂昌、刘时梁的书画作品，参加温州市画家美术作品展览及温州市美术家书法作品展览，并入选专集出版。

11月18日 2005年度瓯海区自费出版作品专著经费补助名单公布，九部文学、美术及其他作品集各获三千元补助金。

11月18日 茶山街道茶山村老人活动中心落成。瓯海区文学艺术界联合会及部分文艺家向活动中心图书室赠送图书，并现场进行书画创作。

11月19日 郑红平的作品《演出》《绳恋》发表于《温

州日报》。

11月30日 瓯海区文学艺术界联合会第四次代表大会召开，进行换届选举，周金平当选主席，林长春为副主席兼任秘书长，王学钊等二十二人为第四届委员会委员。

11月 姜善真主编的《瓯海诗词》(2005)，由瓯海区诗词学会印行。

11月 钱敏的诗词集《苦吟草》，由香港出版社出版。

12月1日至4日 瓯海区文学艺术界联合会派员参加在瑞安市举办的第六届温州文学周开幕式暨浙江南北作家对话会。

12月3日 浙江省第十五届电视"牡丹奖"颁奖晚会在温州市举行，瓯海区温州东方实业有限公司李中坚扮演邓小平，获"杰出演员奖"；李中坚参演的《邓小平在会昌》，获短篇电视一等奖和最佳美术奖。

12月6日至7日 瓯海区文学艺术界联合会派员参加在文成县举行的温州市文学艺术界联合会工作联谊会。

12月11日 瓯海区书法家协会、区美术协会组织三十多位艺术家，在三垟街道啸秋中学举行笔会，现场创作百余幅书画作品。

12月16日 吴佐仁和郑一增的书画作品，参加温州市书画院第六届书画展览，并收入作品集。

12月18日 瓯海区诗词学会在茶山街道举办笔会，四十余人参与。

12月25日至27日 瓯海区文学艺术界联合会与温州大学民俗研究所、温州市民间文艺家协会联合举办泽雅纸山文化调研活动。

12月28日 瓯海区文学艺术界联合会派员参加在龙湾区举办的“纪念张璁诞生530周年”文化研讨会。

12月 仇雪峰、林朝恩的书法作品，获2005年浙江省书法艺术小作品大赛优秀奖。

12月 吴佐仁、黄国光、王学钊、仇雪峰、林朝恩等人的书画作品，参加温州市政协书画展，并收入作品集。

12月 朱茂昌、刘时梁等人的理论文章，收入《民间文艺理论》，由西泠印社出版。

12月 刘时梁的彩石镶嵌平磨作品《小憩》《海棠依旧》，参加首届浙江省民族民间工艺美术博览会，获“天工杯”优秀作品奖。

12月 潘新新的美术作品《暮归》，入选浙江省第六届花鸟画展。

12月 黄周松的长篇小说《血色五色鸟》，由中国广播电视出版社出版。

2006年

1月7日 瓯海区文学艺术界联合会多人参加温州市文学艺术界联合会主办的第四期文艺家读书会。与会人员听取文化部文化科技司司长于平的主题报告《文化体制改革进程的艺术创作》。

1月10日 瓯海区文学艺术界联合会及相关协会多人，参加区委组织部等单位举办的新春团拜会。

1月17日 瓯海区文学艺术界联合会派员参加瓯海区委宣传部组织的赴泽雅镇五凤垟村进行扶贫慰问的活动。

1月 郑高华拍摄的《塘河风光》作为明信片印行，每套十枚，邮资每枚六十分。

1月21日 瓯海区音乐工作者协会、区舞蹈工作者协会组织会员，参加“文化进村送娱乐活动”慰问演出。

1月24日 瓯海区委宣传部、区文化广电新闻出版局、区文学艺术界联合会组织书法家、摄影家到潘桥镇陈庄村，举办文化进村娱乐活动，为当地四百余位老人拍照片，书写两百多副对联。

1月 林长春、金菊飞主编的《玫瑰飞翔》，由人民日报出版社出版。

1月 何克俭主编的《琦君散文选读》，由温州市三溪中学印行。

1月 瓯海区摄影协会徐钢凌的《异域风情》台历印行。

2月 瓯海区音乐工作者协会、区舞蹈工作者协会组织节目，参加瓯海区人民代表大会、区政治协商会议联欢会演出。

2月13日 瓯海区音乐工作者协会、区舞蹈工作者协会组织节目，参加2006新春温州市歌舞精品晚会演出。

2月22日 瓯海区文学艺术界联合会派员参加温州市文学艺术界联合会第六届第二次全委扩大会议，会上交流工作情况。

2月 林长春加入中国民间文艺家协会。

3月3日 瓯海区文学艺术界联合会组织节目，参加“玫瑰飞翔”——瓯海区纪念第96个三八国际劳动妇女节庆祝活动。

3月13日至15日 瓯海区文学艺术界联合会及相关协会多人，参加在泰顺举行的非物质文化遗产、民俗培训班。

3月18日 郑高华在温州市摄影家协会第五届第二次理事会上当选副主席。

3月22日 瓯海区文学艺术界联合会、区民间文艺家协会多人，协助区文化局在全区开展非物质文化遗产保护普查。

3月27日 瓯海区书法家协会、区摄影协会多人的作品参加“瓯越清风”反腐倡廉书画摄影作品展。

3月30日 瓯海区音乐工作者协会、区舞蹈工作者协会组织节目参加瓯海区反腐倡廉广场文艺会演。

3月 林长春编著的《温瑞塘河文献资料书目提要》，收入《温瑞塘河历史文化资料汇编》，由温州市温瑞塘河整治工程指挥部印行。

4月5日 瓯海区舞蹈工作者协会编排节目，参加温州市以“高山情怀”歌颂书记郑九万先进事迹为主题的文艺演出。

4月7日 苏琼参加浙江省委宣传部、省公安厅、省广电集团联合主办的“英雄颂——大型诗歌朗诵音乐会”，开篇独唱《闪亮的警徽》。

4月26日 林小盈调入瓯海区文学艺术界联合会工作。

4月26日 王学钊、柯练武、潘新新等人的美术作品，参加“尽精微　致广大”温州宁波小幅美术作品联展。

4月30日 瓯海区音乐工作者协会、区舞蹈工作者协会组织节目，参加“共同的家园　永远的青春——瓯海区纪念五四运动八十七周年”大型演出。

4月 黄永陵等人整理编校的《黄淮文集》，由中国社会科学出版社出版。

5月9日 瓯海区音乐工作者协会、区舞蹈工作者协会组织节目，参加在南白象街道举行的“共同的家园——服务新农村建设系列文化活动”文艺演出。

5月10日 瓯海区音乐工作者协会、区舞蹈工作者协会组织节目，参加温州市“大山情——郑九万先进事迹”文艺演出。

5月13日 浙江省残疾人艺术团“爱在人间　走进瓯海”文艺晚会，在瓯海区人民大会堂上演，省、市、区有关领导和观众一千多人观看表演。

5月14日 瓯海区美术协会在茶山街道举办采风活动，三十余人参加。

5月17日 瓯海区文学艺术界联合会、区政协书画院、区美术协会、区书法家协会组织会员，到茶山街道梅园社区，参加“锄把画笔两相宜”新农村文化建设书画活动暨茶山街道“共同的家园——服务新农村”系列活动启动仪式，并现场进行创作，留下一批书法美术作品。

5月24日 瓯海区政协书画院、区书法家协会、区美术协会组织会员，到苍南县桥墩镇参加书画创作笔会。

5月29日 瓯海区美术协会、区书法家协会多人的作品，参加瓯海区“参与禁毒斗争 构建和谐社会”书法、美术、征文比赛。

5月 叶剑平、周斐列、周笑中、沙开胜等人以“春”为主题的作品，集中在《温州瞭望》艺术长廊专栏中刊出。

5月 娄文溪主编的《品味人生》印行，全书收录了瓯海人大离退休老干部的回忆录诗文。

6月7日 瓯海籍著名作家琦君在台湾逝世。温州市台湾事务办公室、市作家协会，瓯海区政府、区台湾事务办公室、区台胞台属联谊会、区文学艺术界联合会等单位发唁电慰问琦君亲属。

6月14日 王增福等人的美术书法作品，入选首届新温州人美术书法摄影作品展览，并被收入作品集。

6月18日 瓯海区美术协会、区书法家协会及区民间文艺家协会、区诗词学会，在茶山街道洪崖景园举办创作笔会。

6月18日 上海第八届国际摄影艺术展评选结果揭晓，

瓯海区朱盛的《柿乡晨韵》获入选奖。

6月29日 瓯海区文学艺术界联合会派员参加“塘河文化课题成果”首发式，会上发行《温瑞塘河历史文化资料汇编》，其中收入了林长春编著的《纸上塘河》。

6月 黄国光、仇雪峰、林朝恩、林建炜、周斐列等人的书法美术摄影作品，在温州市反腐倡廉书画摄影展上展出，并被收入《瓯越清风》专集。

7月至9月 国家公安部政治部组织开展“公安文化基层行”活动，苏琼作为浙江省唯一代表参加文艺小分队，在甘肃、宁夏等地慰问演出。

8月1日 姜善真创作的诗词作品，获首届全国“功勋杯”诗词大赛金奖。

8月17日 瓯海区文学艺术界联合会举行第四届第二次全委会，进行换届选举，林小盈担任秘书长。

8月 《金江寓言文学奖1—6届获奖作品集》，由中国文史出版社出版，其中收入了朱茂昌的获奖寓言作品。

8月 仇雪峰、林朝恩主编的《瓯海书法十二家作品选》，由世界华人艺术出版社出版。

8月 黄国光、吴佐仁、仇雪峰、王学钊、林朝恩、刘时梁、潘新新、陈海峰等人的作品，入选“温州·宁德两市书画联展”，并被收入作品集。

8月 王学钊、王大普、谷斌臣、卢君仰等人的美术书法文学作品，获温州市建党八十五周年作品征集活动奖，并在《温州党建》第四期刊出。

8月 周吉敏加入浙江省民间文艺家协会。

8月 翁德汉的散文集《谁的眼泪在飞》，由时代文艺出版社出版；教育论文随笔集《教育是心灵的艺术》，由吉林大学出版社出版。

8月 王学钊的散文集《香山杂语》，由香港出版社出版。

9月1日 林莱霓的《追寻红色记忆》，发表在《温州日报》，获“暑期社会实践日记征文”优胜奖。

9月12日 瓯海区委统战部举行《凝聚》首发式，该书为大型画册，由周笑中主编。

9月8日至9月13日 “形象中国——百家报纸聚焦温州”全国旅游摄影大赛在温州举行，瓯海区多人的作品参赛。叶剑平、沙开胜、肖笛等人的作品在《温州日报》9月16日“瓯越艺术”栏目刊出。

9月15日 金瓯文化旅游节开幕式在瓯海区泽雅镇举行，各项文化活动有序展开。

9月22日 瓯海区文学艺术界联合会派员参加在洞头县举行的第七届温州文学周活动暨文学创作研讨会。

9月30日 魅力瓯海——书法美术摄影联展在温州市图书馆展厅举行开幕式。

9月 在温州市首届摄影节中，瓯海区叶剑平、周笑中、周斐列、徐钢凌、郑高华、沙开胜、李鹤、朱盛、郑红平、陈伟标等人的作品展出，并被收入《温州摄影作品集》，由中国文联出版社出版。

10月9日 瓯海区组织大合唱，参加温州市“长征颂”纪念红军长征胜利七十周年歌咏晚会，瓯海合唱团获金牌。

10月22日 “瓯越书风”温州市十一县（市、区）书法巡回大联展在乐清市开幕，瓯海区文学艺术界联合会及区书法家协会派员参加开幕式。

10月24日 瓯海区文学艺术界联合会派员参加温州市“我为图书馆捐好书”活动启动仪式，并捐赠图书与刊物。

10月27日 仙岩风景名胜区举办文化旅游活动。瓯海区文学艺术界联合会、区民间文艺家协会联合举行民间民艺非物质文化展览，同时在仙岩寺中展出。

10月29日 郑高华的摄影作品《求援》，在第十一届浙江省摄影艺术展上展出，获二等奖。

11月1日 苏琼等人参加在市东南剧院举行的警民和谐文艺晚会演出。

11月6日 瓯海区文学艺术界联合会派员参加“瓯越书风”文成展览。

11月8日 瓯海区音乐工作者协会、区舞蹈工作者协会组织节目，为庆祝第七个记者节暨瓯海新闻工作者协会成立献演。

11月14日 瓯海区文学艺术界联合会批复同意周吉敏为瓯海区文学工作者协会副秘书长。

11月 在温州市第十三届艺术节上，瓯海区选送的舞蹈《水碓古韵》，获创作表演一等奖；独唱《阳光月光星光》获创作表演一等奖；小品《防》获创作表演一等奖。

11月 周笑中的摄影作品《山乡人家》，获“报喜鸟杯”心印丽象全国原创摄影大赛三等奖，并入选《楠溪视界》影册。

11月 仇雪峰的书法作品入选第五届全浙书法大展，篆刻作品入选浙江省第二届篆刻大展。张弛的作品入选西泠印社首届扇面书展。

11 月 姜善真创作的诗词《满江红纪念抗日战争胜利六十周年》，获第四届“中华颂”老少文学艺术大赛金奖。

11 月 翁德汉的诗集《冬天最后一滴眼泪》，由作家出版社出版。

12 月 5 日 温州市首届建筑摄影大奖赛结果揭晓，郑高华的《雾锁鹿城》获一等奖，周笑中的《海岛人家》获三等奖，并被收入《温州市首届建筑摄影作品集》。

12 月 6 日 林长春被聘为首批温州市非物质文化遗产代表作名录评审推荐委员会委员。

12 月 8 日 瓯海区文学艺术界联合会及有关协会多人，参加黄淮纪念馆开馆仪式；参加温州市非物质文化遗产推荐名录评审会。

12 月 11 日 温州市民间文艺家协会石雕镶嵌分会成立，瓯海区刘时梁为秘书长。

12 月 12 日 瓯海区文明办印行 2007 年大型挂历，区美术协会、区书法家协会部分会员的作品被收入其中，封面为彭福云的书法作品。

12 月 18 日 瓯海区文学艺术界联合会派员参加娄桥街道娄桥村老人活动中心落成典礼，区书法家协会、区美术协会的艺术家赠送书画作品。

12 月 20 日 瓯海区选送声乐节目《亲亲大自然》，参加浙江省音乐新作演唱演奏大赛，获创作一等奖、表演二等奖。

12月 郑高华的瓯海特产题材系列照片被选为邮资明信片，由温州市邮政局、瓯海区农林渔业局印行。另有“瓯江两岸”系列照片由政协温州市委员会印为丁亥年贺年卡。

12月 郑高华的《温州湿地》获“振宁杯”浙江农村摄影书法大赛一等奖；《求援》获浙江省第十一届艺术摄影展银奖；《温州湿地》《网彩》分别获农业农村部东海渔区首届摄影大赛金奖、银奖。

12月 朱茂昌、瓯西等人的多篇寓言作品入选《狮王种草》，由群言出版社出版。

12月 瓯海区诗词学会王学钊、林朝恩、朱纯求、诸葛仁治、姜善真、卢元榜、钱敏、贾迪琨的诗词作品，入选《温州诗词》。

12月 姜善真在金瓯文化旅游节“瓯海区十大民间艺人”评比中，获“农民诗人”称号。

2007年

1月7日 瓯海区文学艺术界联合会派员参加温州市首届“十佳魅力乡村”评选，十组市民参观团到泰顺县参访两个乡村并评议。

1月11日 瓯海区文学艺术界联合会派员参加温州市文学艺术界联合会读书学习会。

1月12日 茶山泉川艺社在瓯海区茶山街道成立，其为瓯海区首个以农民艺术家为主体的艺术团体，首批会员五十余人。艺社推选王大普为社长。

1月13日 温州市水彩粉画大展开幕，瓯海区多人的作品参展。林新俊等人的作品被收入《温州水彩粉画大展作品选》。

1月16日 瓯海区文学艺术界联合会派员参加温州市委宣传部、市文学艺术界联合会举办的“温州文学现象”研讨会。

1月19日 温州市十一县（市、区）书法巡回大联展暨瓯海区“迎两会”书法美术摄影联展，在区政府大厅举办，展品三百二十余件。

1月23日 瓯海区人民代表大会、政治协商会议期间，区音乐工作者协会、区舞蹈工作者协会、区民间文艺家协会组织节目，参加联欢会献演活动。

1月30日 瓯海区美术协会召开年会暨理事会，增选潘新新为美术协会副主席。

1月 姜善真主编的《瓯海诗词》(2006)，由瓯海区诗词学会印行。

1月 李家琪的散文集《印痕集》，由华龄出版社出版。

2月9日 瓯海区委宣传部、区文学艺术界联合会组织区摄影协会、区书法家协会、区文学工作者协会、区诗词学会会员，到泽雅镇周岙村参加送文化下乡活动，为一百多位村民送春联拍照片。

2月10日 瓯海区书法家协会组织会员，在温州书城为读者赠送五百副春联。

2月10日 温州市民间文艺家协会及鹿城、瓯海、龙湾三区文学艺术界联合会联合举办温州民间文艺家迎春联欢会。

2月12日 卢元榜获温州市“迎新春 讲礼仪 促和谐”春联征集评选三等奖。

2月16日至3月4日 温州市民间文艺家协会及鹿城、瓯海区文学艺术界联合会与温州乐园联合举办“温州印象民俗大过年”活动，有捣年糕、做松糕、酿米酒、传统爆米花制作，各类民俗图片展出，书写春联，闹花灯，猜谜语等多项活动。

3月2日 瓯海区文学艺术界联合会组织各协会以各自的形式参与周岙十三挑灯民俗活动，弘扬传统文化。

3月15日 茶山泉川艺社书画展暨王大普主编的《茶山泉川艺社作品集》首发式，在茶山梅泉社区举行。

3月16日 瓯海区文学艺术界联合会派员参加温州市文学艺术界联合会第六届第三次全委扩大会议，并交流工作情况。

3月17日 瓯海区新春诗会暨诗词进校园活动在仙岩一小举行。瓯海区文学艺术界联合会赠书给学校，并在会上提出建设仙岩诗乡诗山的设想。

3月17日 琦君文学研讨会在三溪中学召开，同时举行第五届琦君文学奖颁奖典礼。

3月29日 《浙江日报》《钱江晚报》《今日早报》《浙江在线》四家媒体采访茶山泉川艺社。茶山泉川艺社代表参加浙江省农民“种文化”百村赛活动。

4月10日至11日 林长春、朱茂昌、潘丁盛参加在洞头县举行的温州市民间文艺家理事会及民俗知识培训班。

4月28日 历时十一个月的“唱响温州一首歌”评比活动揭晓，由吴文峰作词、张立虎作曲的《温州永远飞》，获一等奖。

4月30日 瓯海区音乐工作者协会、区舞蹈工作者协会组织节目，参加庆祝五一劳动节暨劳模表彰大会文艺演出。

4月30日 全国老干部采风团到瓯海区泽雅镇采风。

4月 郑高华的摄影作品《求援》、周笑中的摄影作品《伴着夕阳归来》，分别获由浙江省文化和旅游厅主办的浙江第二届群星优秀摄影作品大赛金奖、银奖。

4月 杨泽民的长篇小说《橛柄仗义》，由作家出版社出版。

4月30日至5月1日 温州市民间文艺家协会、瓯海区民间文艺家协会组织有关专家到瓯海区坑源村采风，进行民俗非物质文化遗产调研。

4月 林长春的诗歌《啊，林则徐》，入选《浙江诗典》，由浙江文艺出版社出版。

5月3日 温州籍画家杨涵一行，到泽雅镇采风并现场进行创作。

5月9日 瓯海区召开全区民间划龙舟活动管理工作会议，确定十二个龙舟准划水区域，确保活动安全文明有序开展。

5月15日 瓯海区政协书画院组织书画家到泽雅镇进行采风创作活动。

5月15日 瓯海区曲艺协会成立，林锡奎当选主席，伊冬金、陈国华、徐进顺为副主席，陈国华兼任秘书长，周迎嫦、高宇等人为副秘书长。

5月29日 瓯海区曲艺协会在郭溪镇任桥村举行曲艺演唱会。

5月29日 瓯海区文学艺术界联合会派员参加南白象街道六一儿童节慰问演出。

5月 茶山泉川艺社木方升、诸声龙创作的作品，获“红色经典”全国书法大赛金奖。

5月 仇雪峰、史从忠等人的书法作品，获温州市“聚人心　筑和谐　促跨越”统一战线书画展优胜奖。

5月 周连敬、严深的回忆录《回首人生路》印行。

6月9日 瓯海区举办首届农民文化艺术节，茶山泉川艺社等各社团及独立艺人，参加各项文艺活动，并代表瓯海区参加温州市首届农民艺术节开幕式。

6月9日 瓯海区曲艺协会组织节目，到南白象街道参加曲艺明星大会唱。

6月9日 瓯海区选送节目参加温州市首届农民文化节开幕式暨庆祝第二个“文化遗产日”文艺晚会。

6月12日 温州市农村美术书法摄影优秀作品展在市展览馆开幕，瓯海区王学钊、王大普、卢元榜等人的作品参展。

6月19日 王大普、卢元榜、徐晓林等人到绍兴兰亭，参加浙江省农民“种文化”百村赛，并获“柯桥杯”农民兰亭雅集书法大赛优秀奖。

6月20日 瓯海区民间文艺家协会多人参加仙岩文化活动。

6月20日至23日 林长春参加在宁波举行的全省文学艺术界联合会工作经验交流会。

6月21日 茶山泉川艺社举办“名家传艺术　农民种文化”研讨活动，市区美术、书法、民间文艺家等协会六十多人参与。

6月21日 瓯海区音乐工作者协会、区舞蹈工作者协会组织节目，参加瓯海区“倡导移风易俗　构建和谐社会”殡改文艺晚会。

6月22日到24日 温州市摄影家协会组织十二位摄影家赴香港采风，庆祝香港回归十周年，瓯海区郑高华、沙开胜等人随团而行。拍摄的作品在《温州日报》7月2日“东方之珠更加璀璨”专栏中发表。

6月25日至29日 瓯海区文学艺术界联合会派代表参加温州市宣传文化系统首期“四个一批”人才培训班。

6月29日 陈海峰等人的作品参加第二届新温州人美术书法摄影作品展，并入选作品集。

6月29日 瓯海区（新桥街道）举办温州市首届农民艺术节“乡村歌手大赛”。

6月 张俊士主编的《梧埏春秋》，由国际炎黄文化出版社出版，该书记录了梧田（旧称梧埏）的历史与现实，人文与自然。

6月 郑红平加入中国摄影家协会。

6月 林朝恩的书法作品获“纪念毛泽东发动秋收起义八十周年全国书画大赛”金奖，并入编《全国书画大赛获奖作品选》。

6月 林朝恩的诗歌《闹花灯》与散文《信而不美美而不信》，入选《当代诗歌散文精选·2007年卷》。

7月19日 瓯海区文学艺术界联合会第四届第三次全委扩大会议在瓯海宾馆会议厅召开，黄松光当选主席，并增选两名委员。

7月 《今日瓯海》扩版，设立文学文艺副刊，周吉敏负责副刊。

7月 张弛加入浙江省书法家协会。

7月 林朝恩的诗作入选“星光杯”第三届全国中华诗大赛；林朝恩的画作入选《现代书画艺术名家翰墨典藏》。

7月 贾迪琨的诗文《雅川集》，由中国文学艺术出版社出版。

8月11日至21日 瓯海区文学艺术界联合会组织大学生深入景区调研旅游景点，为编写《瓯海风光旅游》（导游词）准备基础资料。

8月23日 瓯海区文学艺术界联合会及相关协会多人，参加瓯海区政协文史委召开的纸山文化征稿讨论会。

8月23日 瓯海区文学艺术界联合会派员参加在瓯海宾馆召开的瓯海区征集地方文献座谈会。

8月 周笑中等人编辑的《道德力量——瓯海区农村道德模范风采》，由温州市瓯海区精神文明建设指导委员会印行。

8月 林朝恩的画作获“纪念艺坛巨匠齐白石海内外书画大赛”金奖，并入编获奖作品集。

9月12日至13日 温州市美术家协会晋京美术作品展动员大会暨第六届第四次理事扩大会议在瓯海区泽雅镇举行，与会者四十余人。经温州市美术家协会第六届主席提名、理事会通过，增补潘新新为理事。

9月18日 瓯海区文学艺术界联合会、温州市民间文艺家协会，在泽雅镇召开“温州民间地方神信仰调查论文”审稿讨论会。

9月21日 2007年金瓯文化旅游节在泽雅镇举行开幕式，内容包括纸山文化电视论坛、“触摸历史”——泽雅纸山文化体验、泽雅农家美食欢乐活动、激情漂流等系列活动。

9月27日 瓯海区文学艺术界联合会、区政协文史委组织会员，到泽雅镇调研纸山文化。

9月28日 瓯海区音乐工作者协会、区舞蹈工作者协会组织节目，参加在丽岙镇举行的“共同的家园美丽的乡村”演出活动。

9月 温州市委统战部举办“统一战线书画展”，瓯海区吴佐仁、仇雪峰、史从忠、彭福云等二十多人的书法美术作品参展，并被收入作品集。

10月19日 瓯海区文学艺术界联合会及区民间文艺家协会举行学习党的十七大精神座谈会和“瓯海文化丛书”选题讨论。

10月26日 瓯海区老干部晚晴合唱团，代表浙江省参加由文化部主办的“永远的辉煌”第九届中国老年合唱节大赛，获“黄河”金奖。

10月27日 瓯海区摄影协会徐钢凌的“鹤之仙姿”系列作品在《温州晚报》整版刊发。

10月29日 林长春代表瓯海区赴江苏常熟参加全国第二届“百县馆长论坛”学术研讨会，会间交流乡镇社区图书馆工作经验。

10月30日 瓯海区金瓯旅游节闭幕式文艺演出在大学城演艺中心举行。

10月 郑高华、周笑中、周斐列、李鹤、朱盛、陈伟标等人的多幅作品，被收入《温州建筑摄影》图册。

10月 瓯海区委宣传部举办第三届未成年人读书节，以“寻找美丽瓯海”为主题，举办征文比赛、优秀图书鉴赏等活动。

10月 徐高发主编的《古镇瞿溪》，由文化艺术出版社出版。

10月 林朝恩的书法作品，获金色年华全国书画作品北京邀请展金奖，并入编《金色年华——当代中国书画艺术作品集》。

10月 潘新新、刘时梁的画作入选浙江省“百花向阳”花鸟特展。

10月 郑高华的摄影作品《空中香港》《香港夜景》，获“美丽香港”摄影图片有奖征集活动纪念奖。

10月 “瓯海文化丛书”出版，第一辑包括《瓯海风光旅游》《瓯海历代诗词选》《瓯海民间故事》《瓯海歌谣》和《瓯海地方文献书目》。

11月3日 共同的家园 美丽的乡村——瓯海区宣传中共十七大精神专场文艺演出，在娄桥东风工业区举行。

11月7日 瓯海区文学艺术界联合会派代表参加温州市文学艺术界联合会举办的学习贯彻党的十七大精神座谈会及工作交流汇报会。

11月8日 鹿城、瓯海、龙湾三区民间文艺家组队，到瓯海奇云山采风调研。

11月11日 浙江省农民“种文化”百村赛获奖结果揭晓，瓯海区茶山村获群芳奖，王大普获能手奖，瓯海区委宣传部获组织奖。

11月11日 在首届温州旅游风光风情摄影作品收藏活动中，郑高华的摄影作品《三垟湿地》被列为“极品收藏”作品，并被收入专集印行。

11月16日 瓯海区文化局主办的瓯海美术书法作品展，在市展览馆展出。

11月17日 陈伟标的《海之韵》入选第十二届中国国

际摄影艺术展。

11月 林朝恩的诗词作品入选“太白山杯”全国诗词曲大赛，并入编大赛作品集《太白新咏》。

11月 仇雪峰的书法作品入选浙江省第二届反腐倡廉书画摄影展，获优秀奖。

11月 明人的散文集《有病呻吟》，由大众文艺出版社出版。

12月2日 电影《容情》在泽雅镇举行开机仪式，该影片是一部中国家庭伦理故事片，其中有很多瓯海区的镜头。

12月12日 2007年度温州市传统工艺美术保护发展项目补助公布，瓯海新桥潘成松石雕艺术工作室，获市财政奖励资金2万元；同时工作室林何超的作品《深山藏古寺》，获省级金奖，补助0.6万元；潘成松的作品《崛起》，获国家级银奖，补助0.6万元；陈学业的作品《八方聚财》获国家级优秀奖，补助0.2万元；林朝恩的作品《年年有余》获省级银奖，补助0.4万元。

12月15日 瓯海区曲艺协会在天都宾馆举办“学习贯彻党的十七大精神”作品加工会。

12月18日 森马职工艺术团成立，韩克林任团长，谢乐燕、施丽君为副团长。

12月18日 浙江省第一批非物质文化遗产项目代表性传承人公示，瓯海区五十九岁的刘时梁为“彩石镶嵌”项目的代表性传承人。

12月28日 “尽精微　致广大”温州宁波小幅美术作品联展在中国美术馆开幕。瓯海画家潘新新、柯练武、林新俊、张圣维的作品参展，并被收入《温州宁波小幅美术作品联展作品集》。

12月30日 瓯海老干部晚晴合唱团参加温州市新年合唱音乐会。

12月 林朝恩的书法作品获首届“威通杯”世界华人书画摄影大赛铜奖及“红色之旅书画作品井冈山邀请展”金奖。

12月 娄文溪主编的《纸山红色记忆》印行，本书为纸山革命回忆录，由多人的多篇文章结集而成。

12月 王学钊、卢元榜、朱茂昌的书画作品入选《永嘉寒兰》一书。

12月 周斐列获“中国摄影十杰”称号。

12月 黄周松的《先秦瓯族史考》，收入《长江文化论丛》，由中国文史出版社出版。

12月 王晓康主编的《纸山文化》专辑，由瓯海政协文史委印行。

12月 林长春等人获“浙江省文化示范户”称号。

2008 年

1 月 5 日至 6 日 中央电视台农业频道“致富经”栏目摄影组，到瓯海区泽雅镇石桥村拍摄专题电视片《豆腐鲞》。

1 月 9 日 瓯海区文学艺术界联合会全委扩大会议召开，讨论近期文化工作活动。

1 月 15 日 瓯海区文学艺术界联合会派员参加温州市民间文艺家协会会议，并交流讨论工作情况。

1 月 17 日 瓯海区文学艺术界联合会派代表参加瓯海文化大区建设座谈会。

1 月 18 日 茶山泉川艺社一周年庆祝活动在茶山街道举行。

1 月 19 日 瓯海区诗词学会十周年庆祝活动在瓯海宾馆举行。

1 月 25 日 瓯海区曲艺协会组织会员，在瞿溪镇溪头村进行“宣传十七大精神”曲艺演唱。

1 月 27 日 卢元榜创作的楹联“九斗应天机郭公妙算，七门循地利白鹿衔花”入选温州郭公亭楹联征集。

1 月 29 日 温州市民间文艺家协会与瓯海、鹿城、龙湾三区文学艺术界联合会联合举办温州民间文艺家迎春联欢会。

1月 施诚哲等人的油画作品入展温州油画写生展，并入选《温州油画写生展作品集》。

1月 姜善真主编的《瓯海诗词》(2007)，由瓯海区诗词学会印行。

2月3日 瓯海区文学艺术界联合会及区书法家协会组织会员，参加在温州书城举行的“喜迎新春送春联”活动，彭福云、叶永和等人现场挥毫写春联赠送给读者。

2月13日 瓯海区书法家协会、区诗词学会多人参加温州市新春诗会。

2月19日 周岙十三挑灯民俗节拉开帷幕，瓯海区文学艺术界联合会及相关协会会员，以各自方式参加各项文化活动。

2月21日 温州市文学艺术界联合会召开第六届第四次全委扩大会议，黄松光等人增选为市文学艺术界联合会委员。

2月27日 瓯海区文学艺术界联合会、温州市民间文艺家协会联合举办的采风活动在泽雅镇举行。

2月27日 瓯海区举办“两会”联欢会，区音乐工作者协会、区舞蹈工作者协会组织节目参加演出；区美术协会、区书法家协会、区摄影协会组织会员创作作品参加赈灾义卖。

2月29日 瓯海区文学艺术界联合会派员参加区委宣传部组织的福建杨家溪、嵛山岛采风活动。

2月 周吉敏的散文集《月之故乡》，由中国戏剧出版社出版。

3月3日 玫瑰颂——瓯海区举行纪念第九十八个三八国际劳动妇女节庆典活动。

3月8日 瞿溪“二月初一”会市开幕，各协会会员以各自方式参加民俗采风活动。

3月9日 瓯海区诗词学会组织会员到藤桥镇驿头村采风，并现场创作诗词对联。

3月24日 郑高华、沙开胜等人随“温州摄影家看台湾采风团”，到台湾进行为期一周的采风摄影创作活动。

3月25日 瓯海区文学艺术界联合会派员参加温州市广播电视台“求是”论坛，主题为“拯救母亲河 我们在行动”。

3月26日至28日 苏琮、施丽君参加温州民乐团“瓯江情 温州韵”活动，在北京演唱三场。

3月27日至28日 温州市民间文艺家理事会暨采风活动在泽雅镇举行，对纸山文化进行考察调研。

3月 王建成、郑高华、周笑中等人的多幅作品被收入《光影车间——温州市职工摄影作品选》，由中国工人出版社出版。

4月1日 “瓯韵书香——全民学习月活动”启动，围绕香满瓯海、我爱我家等主题进行，各协会会员参与各类活动。

4月3日 电影《警嫂》在瓯海宾馆举行首映式，此影片由作家李久强编剧创作，大部分镜头在泽雅镇取景。

4月6日 刘泽温主编的《大罗山佛国》，由宗教文化出版社出版，在仙岩寺举行首发式。

4月8日 瓯海区镜心书画院成立，吴狄彪为院长，内设书画、篆刻、摄影、综艺部门和东临印社。

4月10日 瓯海区曲艺协会组织会员，在丽岙镇下呈村以曲艺形式宣传村级换届有关规定精神。

4月13日 瓯海区文学艺术界联合会组织联合采风，到泽雅镇黄山、屿山、林岸等村落调研纸山文化。

4月15日 叶剑平的摄影作品《端粗石》，获温州市“寻找温州老行当”比赛三等奖。

4月16日 瓯海区文学艺术界联合会赠送图书，助力繁荣社区“我为社区捐书”活动。

4月26日 瓯海区举行首届“我爱我家”家庭读书竞赛活动启动仪式。

4月27日 郑高华、沙开胜、徐钢凌等人在台湾采风拍摄的照片，以“温州摄影人看台湾”为题，在《温州日报》“瓯越艺术”栏目整版刊出。

4月30日 瓯海区文学艺术界联合会及区美术协会、区书法家协会组织创作精品，参加温州第二届艺术博览会。

4月 林晓克、毛雅环主编的《前辈风雅》，由中国戏剧出版社出版。

4月 汪建锋、陈芳芳、潘理花主编的《第六届琦君文学获奖作品集》，由温州市三溪中学印行。

5月7日 全区基层宣传思想工作例会在瓯海宾馆举行，区文学艺术界联合会派员与会交流。

5月11日 茶山泉川艺社在茶山思乡楼建立创作基地。

5月12日 瓯海区文学艺术界联合会派员参加全区对外宣传联席扩大会议暨境内外记者采访接待工作培训会。

5月15日 瓯海区曲艺协会成立一周年庆祝活动及赈灾

募捐活动在丽岙镇白门村举行。

5 月 19 日至 22 日　瓯海区多位民间文艺家随温州市文学艺术界联合会，到福建、广东等地进行民俗非物质文化遗产内容考察采风。

5 月 20 日　瓯海区在区人民大会堂举办党的十七大专题报告会，区文学艺术界联合会及各协会负责人和多位艺术家与会，听取省委党校曹文彪教授“建设先进文化　构建社会主义核心价值体系”专题讲座。

5 月 21 日　温州市文学艺术界联合会举办书画作品赈灾义卖，瓯海区吴佐仁、仇雪峰、林朝恩、郑一增、潘新新等人的书法美术作品参加义卖活动。

5 月 28 日　瓯海区举行“携手同行”赈灾义演及 2008 年中小学艺术节闭幕式。

5 月 29 日　瓯海区文学艺术界联合会召开全委扩大会议，讨论推进文化建设相关事项。

5 月 31 日　温州市民间划龙舟活动开幕，市区有关领导到塘河沿岸查看民间划龙舟活动管理工作。瓯海区 2008 年经批准下水竞划的龙舟共有 411 只。

5 月 31 日　瓯海区诗词学会组织会员至泽雅镇进行采风创作。

5 月 31 日　温州市举办摄影精品、工艺美术精品赈灾义卖活动，瓯海区叶剑平、周笑中、周斐列、郑高华、王大普、刘时梁等人捐献精品力作参加义卖。

5 月　林宗萍的长篇小说《罗马——一个温州女人的伤心地》，由金陵书社出版。

6月1日 瓯海区文学艺术界联合会派员到南白象街道参与配合划龙舟管理工作。

6月5日 瓯海区文学艺术界联合会（包括个人）组织收集图书一百五十册、杂志七十余册，赠送给茶山泉川艺社，支持“书架子”建设。

6月10日 瓯海区文学艺术界联合会召开文化推进会议，各协会负责人及艺术家骨干与会，讨论纪念改革开放三十周年书法美术摄影联展、瓯海十大文艺家评选、文学艺术评选奖励等。

6月13日 国务院新闻办公室五洲传播中心摄制组一行，到瓯海区泽雅风景区对四连碓造纸作坊进行实地拍摄。

6月14日 第二批国家级非物质文化遗产名单公布，瓯海区“彩石镶嵌”上榜，为瓯海区首次入选国家级非物质文化遗产名录。

6月16日 保护成果人人共享——瓯海区第三次全国文物普查阶段成果，在瓯海区政府大院展出。

6月19日 瓯海区书法家协会、区美术协会、区摄影协会、区民间艺术家协会及区诗词学会以各自的形式参加茶山杨梅节文化活动。

6月20日 瓯海区文学艺术界联合会及各协会负责人参加瓯海区文化工作会议。

6月26日 瓯海区文学艺术界联合会派员参加在区人民大会堂举行的瓯海区庆祝中国共产党成立八十七周年大会。

6月27日 瓯海区委宣传部在温州雪山饭店举办宣传文化干部读书会，区文学艺术界联合会派代表参加。

7月4日 瓯海区文学艺术界联合会派员参加温州市民间文艺家协会组织的研讨会，讨论有关民间信仰采风调研。

7月9日 瓯海区文学艺术界联合会派员参加瓯海区“种文化”工作协调会。

7月10日 瓯海区文学艺术界联合会派员参加下乡调研“种文化”活动情况，并参观新桥京剧社及泽雅文化活动中心。

7月11日 瓯海区文学艺术界联合会派员参加温州市文学艺术界联合会工作会议，听取省文化工作会议精神，并汇报交流工作情况。

7月24日 朱盛的作品《泽雅水库》，获“奥榜杯”瓯海水利风采摄影比赛一等奖；李鹤的作品《会昌河水上公园》、王建成的作品《清洁河流百姓关注》获三等奖。

7月24日 周兴杞主编的《郑馨纪念文集》，在丽岙镇举行首发式。

7月 徐秀莉的散文集《一年又一年》，由中国戏剧出版社出版。

7月 裴松青的散文集《旅荷漫笔》，由作家出版社出版。

7月 瓯海区文学艺术界联合会主办的《瓯海》学生专集印行。

8月4日 瓯海区文学艺术界联合会及区民间文艺家协会代表参加温州市民间文艺家协会会议，增选潘丁盛为市民间文艺家协会副秘书长。

8月7日 温州市委宣传部、市文学艺术界联合会、市文化局、市文明办有关领导视察瓯海区茶山街道、新桥街道等地的“种文化”情况，听取汇报并作指导。

8月12日 瓯海区文学艺术界联合会派员随瓯海区政协视察组，到南白象街道考察非物质文化遗产项目——彩石镶嵌，听取有关人士的汇报，并进行现场座谈会。

8月14日至15日 瓯海区文学艺术界联合会派员随瓯海区委宣传部考察组，到苍南县、瑞安市等地考察文化设施及文化活动情况。

8月22日 浙江省委宣传部有关领导前来瓯海指导工作，进行民俗文化调研，召开座谈会，对周岙十三挑灯民俗案例文章进行分析点评。

8月23日 瓯海区民间文艺家协会及乐清市、龙湾区等民间文艺家协会组织会员，到泽雅镇进行民俗文化采风。

8月 涂雅丹的散文集《收藏幸福》，由大众文艺出版社出版。

8月 黄国光、彭福云、史从忠等人的书法作品及部分书论，入选《温州市书法家协会创作委员会作品集》。

9月3日 浙江省委宣传部“省文化建设示范区”审核组一行四人，到茶山泉川艺社考察，并给予高度评价。

9月4日 泽雅百合艺社举行挂牌仪式。

9月4日 瓯海区委宣传部在泽雅镇召开宣传思想工作会议，区文学艺术界联合会汇报近期工作情况。

9月6日 瓯海区美术协会第五届会员代表大会召开，进行换届选举，黄德靖当选主席，潘新新、陈海峰、刘时梁、柯练武、史从忠为副主席，潘新新兼任秘书长。

9月10日 瓯海区文学艺术界联合会派员参加瓯海区未

成年人思想道德建设测评迎检工作会议。

9月11日 瓯海区文学艺术界联合会派员参加瓯海区宣传系统创建学习型机关工作交流会，各单位代表汇报经验做法。

9月24日 瓯海区文学艺术界联合会派员参加温州市民间文艺家协会组织的到泰顺县交流工作经验并进行古村落民俗文化采风活动。

9月25日 瓯海区农民书画展在温州市展览馆开幕，彭福云主编的《瓯海区农民书画作品集》同时发行。

9月25日 瓯海区文学艺术界联合会派员参加瓯海区第二批非物质文化遗产推荐保护项目专家论证会，评定有关文化遗产项目。

10月8日 温州市美术协会写生基地落户仙岩镇。

10月11日 瓯海区2008金瓯文化旅游节在泽雅镇开幕，期间举办纸山文化体验等活动。

10月14日 瓯海区文学艺术界联合会派员参加温州市民间文艺家协会理事会，商讨民间信仰结稿事宜。

10月17日至20日 瓯海区文学艺术界联合会派员参加在瑞安市召开的中国寓言文学研究会会议，交流创作情况，研讨温州寓言作品创作发展趋势，并赴洞头县采风。

10月22日 瓯海区文学艺术界联合会参与瓯海区政府办公室召开的塘河文化进校园宣传资料编写会议。

10月24日 瓯海区文学艺术界联合会收集一百二十多册图书与刊物，赠送给泽雅文化示范点图书室。

10月26日 瓯海区收藏协会成立，为瓯海区文学艺术界联合会第十大协会。肖锡龙当选主席，吴祖德、王云义为副主席，朱敏为秘书长。

10月 黄松光、钱俊创作的作品《爱心警察挽回死囚生命》，获温州市“十大爱心故事”优秀奖。

10月 梧田职工艺术团成立，同时在梧田经济开发区党员服务中心举行挂牌仪式。

10月 郑高华等人的多幅摄影作品，入选温州市文学艺术界联合会主编的《人文温州》，由中国民族摄影艺术出版社出版。

10月 《吴佐仁作品集》《黄国光作品集》《仇雪峰作品集》《林朝恩作品集》等作为温州书法百家百集系列丛书（第一辑），由西泠印社出版。

11月5日 瓯海区文学艺术界联合会派员参加燎原社史馆重修开馆揭牌仪式。

11月7日 瓯海区文学艺术界联合会派员参加在温州市广播电视总台演播室举办的“燎原社‘包产到户’与瓯海跨越发展论坛”活动。

11月10日 瓯海区委宣传部举办纪念改革开放三十周年系列活动：叶剑平主编的《瓯海》画册及光盘首发式；瓯海改革开放三十周年成就图片展；纪念改革开放三十周年摄影大赛结果揭晓；纪念改革开放三十周年征文评选。

11月10日 瓯海区纪念改革开放三十周年大型文艺晚会在联众华庭广场举行，瓯海区有关领导出席，第二届海外联谊会的海内外嘉宾一起观看晚会。

11月11日 瓯海区政协在茶山街道宝严寺举行纪念弘

一大师诞辰128周年活动。

11月13日 瓯海区文学艺术界联合会派员参加瓯海区、龙湾区联合举办的宣传思想文化工作交流会。

11月16日 瓯海区文学艺术界联合会派员参加温州市文学艺术界联合会举办的由谢有顺主讲的“中国文化的现状和未来”讲座。

11月16日 瓯海区茶山撞歌等项目，参加浙江省“千镇万村种文化”活动，传承人代表在杭州武林广场展示演出。

11月19日 茶山泉川艺社获评“省文化示范点”，并被列为“对外采访线工程”；茶山村被浙江省文化和旅游厅命名为“省文明示范村”。

11月 瓯海歆乐曲艺团成立，朱三豹任团长，蔡建斌、郑德平、蔡仙云为副团长。该曲艺团主要从事温州鼓词演唱研究。

11月 傅建国的散文集《人在旅途》，由中国民族摄影艺术出版社出版。

11月 林旭花的散文集《英伦随记》，由当代中国出版社出版。

11月 林宗萍的小说集《寻找一个永恒的终点》，由金陵书社出版。

11月 章方松的文化专题集《琦君与故乡温州》，由作家出版社出版。

11月 朱汝东主编的《茶山街道廉政文化书画集》，由中共茶山街道工作委员会、茶山街道办事处印行。

11月 《陈胜武作品集》由西泠印社出版。

12 月 3 日　温州书画院第八届书画展在市展览馆展出。瓯海区吴佐仁、潘新新等人的作品入展，并入选作品集。

12 月 3 日　瓯海区文学艺术界联合会派员参加瓯海区宣传文化工作研讨会。

12 月 5 日　瓯海区文学艺术界联合会讨论分发“浙江省优秀民间艺术人才”推荐表及相关事项。

12 月 8 日　林长春被温州大学温州民俗博物馆聘为民俗顾问。

12 月 11 日　瓯海区文学艺术界联合会派员参加瓯海区政府办公室召集的《瓯海区志》编纂工作座谈会。

12 月 11 日　温州市文艺界举办纪念改革开放三十周年文艺演出，瓯海区多人参与演出活动。

12 月 13 日至 14 日　瓯海区文学艺术界联合会派员参加文成旅游文化建设考察活动。

12 月 16 日　瓯海区纪念改革开放三十周年大会在区人民大会堂举行，区文学艺术界联合会及各协会多人与会。

12 月 24 日　瓯海区文学艺术界联合会派员参加温州市文学艺术界联合会、温州市民间文艺家协会组织的工作会议交流活动。

12 月 26 日　瓯海区仙岩绿文化节系列活动启动，区文学艺术界联合会与各协会、学会代表参加各类活动。

12 月 26 日　瓯海区文学艺术界联合会派员参加在龙湾区举行的纪念张振夔诞辰 210 周年暨学术报告会。

12 月 27 日　瓯海区文学艺术界联合会、区诗词学会在瞿溪镇进行采风活动。

12 月 29 日　台湾·温州两地青少年文艺交流活动暨瓯海中学 2009 年元旦文艺会演，在瓯海中学举行。

12 月 31 日　瓯海区文学艺术界联合会派员参加温州市文学艺术界联合会主办的叶大兵新书首发式。

12 月　徐高发主编的《古镇瞿溪》，由文化艺术出版社出版。

12 月　瓯海区美术协会、区书法家协会王学钊、潘新新、刘时梁、黄德靖、陈海峰、李觉民、王大普、林朝恩、史从忠、张圣维、林新俊、柯练武等人的作品，在温州市美术作品大展中展出，并入选作品集。

12 月　2008 年浙江省首届德艺双馨优秀摄影会员评选结果揭晓，瓯海区郑高华入选。这次评选全省共有 18 人入选，温州市有 2 人入选。

12 月　林锡奎主编的《温州鼓词》(瓯海曲艺鼓词)，由瓯海曲艺协会印行。

12 月　王学钊的随笔集《奇石楼兰谱》，由香港天马图书有限公司出版。

2009年

1月3日 茶山泉川艺社成立两周年庆祝系列活动启动，活动内容包括写春联、送春联、现场书画、文化座谈会等。

1月6日 瓯海区文学艺术界联合会派员参加区政协文史委座谈会，就编写瓯海侨乡文化专辑及政协年鉴谈看法、提建议。

1月16日 瓯海区文学艺术界联合会参加温州市民间文艺家迎春联欢会。

1月17日 瓯海区书法家协会、区美术协会组织会员，到温州书城举行“写春联送读者”活动。

1月18日 瓯海区文学艺术界联合会组织文艺家，在曹平农家小院举行联欢活动。

1月20日 瓯海区曲艺协会组织会员到泽雅镇举行送文化下乡活动。

1月 郑高华的作品《而今农民住房》，获全国政协办公厅、中国摄影家协会联合举办的“政协委员眼中的改革开放三十年摄影作品展览”优秀作品奖。

1月 黄炳武的诗词集《墨绳》，由诗联文化出版社出版。

2月6日 瓯海区文学艺术界联合会派员参加“文化发

展与瓯海人民敢为人先善于创业精神提升”专题研讨会。

2月7日 瓯海区文学艺术界联合会及相关协会会员，以各自的方式参与周岙十三挑灯民俗活动。

2月10日 瓯海区文学艺术界联合会派员参加温州市文学艺术界联合会第六届第五次全委会议，在会上交流汇报活动情况。

2月11日 瓯海区文学艺术界联合会、区政治协商会议新闻文艺组联合举行“新春佳节送温暖 竭诚服务传承人”活动，走访南白象街道、茶山街道等地文化遗产项目传承人。

2月16日 瓯海区委宣传部组织学习、讨论瓯海群众节庆活动方案。

2月18日至19日 瓯海区文学艺术界联合会、区文明办、茶山泉川艺社联合组团，至安吉良朋镇迂迢村（省级文化示范村）进行文化交流。

2月21日 瓯海区摄影协会组织会员，到苍南县五凤乡等地进行采风创作。

2月22日 瓯海区美术协会、区书法家协会组织会员，参加瓯海、瑞安政协书画院联办的书画作品联展。

2月24日 瓯海区文学艺术界联合会第四届第五次全委扩大会议召开。

2月25日（农历二月初一） 瞿溪二月初一会市，瓯海区文学艺术界联合会及各协会多人参加采风活动，“瞿溪二月会市”已列入温州市非物质文化遗产项目。

3月2日 瓯海区纪念三八国际劳动妇女节庆典晚会在温州市广电中心一号演播厅上演。

3月11日 瓯海区文学艺术界联合会派员参加瓯海区宣传思想暨精神文明建设工作会议。

3月11日 瓯海区文学艺术界联合会派员参加瓯海区地名规划初审会。

3月12日 瓯海区文学艺术界联合会派员参加市文学艺术界联合会和市民间文艺家协会组织的到临江采风、调研民俗文化活动。

3月19日 瓯海区文学艺术界联合会、区文化局与浙江师范大学联合组队，到泽雅镇调研纸山文化。

3月22日 温州市东方道德文化学会会员到文成街头村考察孝文化建设，瓯海区文学艺术界联合会派员参与。

3月25日 瓯海区南白象街道金竹村发现一座东晋砖室墓，出土鸡首壶、青釉碗、青釉盘等六件瓯窑瓷器，其中鸡首壶、青釉盘尚属首次发现。

3月30日 瓯海区委宣传部主办宣传大讲坛，到金洲集团进行实地观访，举行文化互动座谈会，瓯海区文学艺术界联合会派员参加。

3月31日至4月1日 瓯海区文学艺术界联合会派员参加苍南县文学艺术界联合会二十周年庆祝活动及温州市文学艺术界联合会联谊会会议。

3月 国务院第三次全国文物普查领导小组办公室公布全国147项文物普查重要新发现，瓯海区仙岩镇李山古营寨和城墙址入选。

3月 叶剑平的摄影作品《文成木偶戏》，获“百丈漈杯”全国摄影比赛金奖。

3月 杨泽民的长篇小说《留根传奇》，由中国文学艺术出版社出版。

3月 黄松光主编的《潮涌瓯海》，由人民日报出版社出版。

4月8日 瓯海区第二届全民学习月暨梧田街道首届读书节活动启动。

4月9日 瓯海区文学艺术界联合会多人参加温州市文学艺术界联合会主办的学习实践科学发展观宣讲报告会，听取浙江省文学艺术界联合会党组书记、副主席林晓峰的宣讲报告。

4月10日 瓯海区文学艺术界联合会派员参与瓯海区新兴文教区（2009—2011年）实施意见讨论会议。

4月14日 瓯海区文学艺术界联合会与区政协文史委到泽雅镇调研纸山文化。

4月15日 浙江省文物鉴定中心专家前来瓯海，对仙岩镇穗丰村杨府山西周土墩墓七十余件出土文物进行等级鉴定。其中被鉴定为国家一级文物五件、国家二级文物十件、国家三级文物五十五件。

4月16日 瓯海区收藏协会和瓯海区慈善总会，将拍卖筹集慈善专款三万五千元，转交小银河特殊教育学校。

4月16日至17日 温州市政协文史资料工作协作会议在瓯海区召开，瓯海区文学艺术界联合会及有关协会会员与会。

4月20日 周岙挑灯研究会成立，周松青担任会长。

4月20日 郑高华的摄影作品《温州新貌》，参加温台两岸书画艺术交流展，并被收入作品集印行。

4月24日 瓯海区文学艺术界联合会派员参加温州市文学艺术界联合会、市民间艺术家协会组织的讨论会，就拍摄温州市非物质文化遗产项目专题片有关事项进行论证。

4月25日 瓯海籍著名作家章云，在温州书城签售散文集《行者无界》。

4月26日 瓯海区文学艺术界联合会及区民间文艺家协会派代表参加在瑞安市举行的温州市民间文艺家协会理事会，会间进行工作计划交流。

4月27日 由中共仙岩镇委员会、仙岩镇人民政府主办的仙岩绿文化节开幕。仙岩“梅雨潭”文艺社成立，下设文学、美术、书法、音乐、摄影、武术、钩花等八个分社。

4月28日 温州市诗词学会、瓯海区诗词学会联合举办“三垟湿地诗词家采风活动”。

4月30日 瓯海区文化大区建设暨体育强区创建工作会议召开，会上表彰了第四届金瓯文学艺术奖获奖者。

4月 吴狄彪主编的《书画作品集》，由香港出版社出版，此作品集为瓯海区镜心书画院创作。

5月7日 景德寺史料馆重新布展并对外开放，瓯海区文学艺术界联合会及有关协会、学会会员参与相关活动。

5月7日 瓯海区书法家协会在区实验小学开展“书法家走进学校”活动。

5月7日 瓯海区文学艺术界联合会派员参加温州市文学艺术界联合会、市民间文艺家协会、市电视总台联合举办的拍摄非物质文化遗产讨论会。

5月10日 瓯海区收藏协会组织艺术藏品进行义卖拍卖会，为修缮温州和平解放旧址景德寺筹集资金。

5月16日 瓯海区书法家协会郑一增的书法作品，在杭州恒庐美术馆展出。

5月22日 瓯海区刘时梁的作品参加“2009温州十七人画展”，并被收入《翰墨艺缘》。

5月24日 瓯海区文学艺术界联合会派员参加温州市非物质文化遗产讲座。

5月25日 瓯海区委宣传部举行学习实践科学发展观活动交流学习会，区文学艺术界联合会和有关协会代表与会。

5月30日 瓯海区摄影协会第五次代表会议召开，叶剑平当选主席，李鹤、陈伟标、郑红平为副主席，朱盛为秘书长，王建成、黄存林、张文士、赵大坚、苏文明、朱键亨、林建华、金益丰为副秘书长。

5月 “瓯海文化丛书”第二辑五种出齐，其中包括：章方松所著的《琦君故乡温州》，朱茂昌主编的《瓯海楹联选》，潘一钢、林长春主编的《横垟村民俗文化调查》，林伟昭编著的《瓯海墓志铭》，林莱霓编著的《温州模式书目》。

6月3日 瓯海区文学艺术界联合会、区政治协商会议新闻文艺组委员，随区政协考察组视察仙岩塘河整治情况并召开座谈会，就塘河文化建设提出建议。

6月6日 浙江省诗词学会一行五人，到茶山街道参加诗词之乡考察活动，并在茶山泉川艺社召开座谈会，到三垟湿地进行考察并创作。

6月7日至8日 瓯海区文学艺术界联合会派员随区委

宣传部，到乌镇、西塘进行旅游文化考察。

6月14日 茶山生态杨梅文化旅游节开幕。旅游节期间举办以杨梅为主题的征文、摄影、书画创作比赛，精品杨梅评比活动，杨梅产业研讨会等系列活动。活动持续到6月25日。

6月15日至25日 瓯海区文学艺术界联合会派员参加区委组织部组织的学习培训轮训班。

6月25日 瓯海区开展“重走红色路　点燃创业情”主题教育系列活动。系列活动包括郭溪镇、仙岩镇举办首届红色旅游节，景德寺史料馆、浙南一大会址纪念馆重修开馆仪式，红色电影周，“我的红色故事”征文摄影比赛等。

6月26日 瓯海区文学艺术界联合会派员参加温州市全市文学艺术界联合会联谊会交流活动。

6月29日 浙南一大会址纪念馆重修开馆仪式在仙岩镇渔潭村举行。

6月30日 瓯海区曲艺协会组织节目到仙岩镇有关村落进行演出，并宣传学习实践科学发展观。

6月 仙岩举办“绿之魂”网络摄影大赛，共收到温州及省内其他地区摄影作品一千多幅。

6月 徐秀莉的散文集《与孩子一起成长》，由中国戏剧出版社出版。

7月9日 瓯海区文学艺术界联合会、区政治协商会议新闻文艺组委员，到茶山街道进行文化调研，并走访五美园等地。

7月14日 瓯海区文学艺术界联合会派员参加温州市南

塘风貌街区文化建设座谈会。

7月16日至17日 红色之旅——瓯海区诗词学会采风创作活动在景德寺开幕。

7月21日 首届绿色旅游文化节开幕式暨温州和平解放谈判旧址景德寺重修开馆对外开放仪式，在郭溪镇举行。

7月24日 瓯海区文学艺术界联合会及各协会、学会多人参加在南白象街道举行的塘河文化建设座谈会。

7月25日 “浙江省博物馆十大镇馆之宝”评选结果揭晓，瓯海区白象塔出土的“彩塑泥菩萨立像”上榜。其推荐理由为“此彩塑造型优美匀称，是宋代彩塑中的珍品”。

7月26日 “爱国歌曲大家唱——公安专场”在浙江南湖举行，苏琼与歌唱家殷秀梅、阎维文同台放歌。

7月 仇雪峰的书法作品入选全国楚简帛书书法展。

8月4日 瓯海区文学艺术界联合会举行“瓯海文化丛书”选题座谈会。

8月10日至17日 瓯海区文学艺术界联合会派员随温州市文学艺术界联合会采风团到西藏采风。

8月22日 温州鹿城、瓯海、龙湾三区美术、书法、摄影联展开幕式在市展览馆举行。

8月25日 瓯海区政协与区台湾事务办公室牵头组织人员，调研琦君文学馆建设运作等情况。

8月 施丽君调任温州市群艺馆（文化馆）工作。

8月 周建勇的诗歌集《花香满径》，由上海锦绣文章出版社出版。

9月1日 瓯海区镜心书画院在仙岩陈傅良纪念馆举办

书画展。

9月3日 瓯海区文学艺术界联合会、区政协文史资料委员会组织人员到泽雅镇进行侨乡文化调研。

9月6日 瓯海区文学工作者协会第五届会员代表会议在仙岩召开，会议通过表决将区文学工作者协会更名为瓯海区作家协会。翁德汉当选协会主席，黄周松、杜志平、傅建国为副主席，傅建国兼任秘书长，王乐天为副秘书长。会后举办绿文化创作研讨会。

9月8日 瓯海区文学艺术界联合会派员参加温州市文艺界庆祝中华人民共和国成立六十周年座谈会。

9月15日 瓯海区首届广场文化艺术节在新桥街道文化广场开幕。

9月17日 瓯海区文学艺术界联合会召开工作会议，讨论自费出版补助初步方案。

9月17日 瓯海区娄桥街道首届白云山休闲旅游文化和旅游节暨广场文化艺术节开幕。

9月23日 中共浙江省委宣传部、浙江省文化和旅游厅、浙江省文学艺术界联合会公布首批浙江省优秀民间文艺人才名单，其中瓯海区姜善真、朱茂昌、林锡奎、王大普、王学钊、刘时梁、郑红平等人入选。

9月24日 歌唱祖国放飞希望——瓯海区非公企业庆祝中华人民共和国成立六十周年职工大合唱，在瓯海区人民大会堂举行。

9月25日 瓯海区庆祝人民政协成立六十周年大会在区人民大会堂举行，黄松光等人获瓯海区人民政协事业贡献奖。

9月29日 茶山泉川艺社进行“百鸟灯”民俗风情展示。

9月 傅建国的中篇小说《命根儿》发表于《江南》第五期；散文《母亲老屋及红床》被收入《我的名字叫建国》一书，由湖南文艺出版社出版。

9月 周笑中等人编辑的《道德力量》，由温州市瓯海区精神文明建设指导委员会印行。

10月1日 庆祝中华人民共和国成立六十周年——温州书法美术作品展，在市展览馆开幕。瓯海区多人作品参展，书法有王学钊、吴佐仁、叶永和、林朝恩、黄国光、仇雪峰、彭福云、卢君仰、史从忠、张弛等人的作品；美术有潘新新、潘素敏、林新俊等人的作品。入展作品被收入作品集，由西泠印社出版。

10月12日 瓯海区文学艺术界联合会派员参加在温州市人民大会堂举行的《东西方文化与思维的差异》报告会，由国家外交部外交政策咨询委员会卢秋田主讲，为温州讲坛之一。

10月19日 瓯海区文学艺术界联合会派员参加温州大学民俗研究所民俗文化交谈会。

10月22日 瓯海区文学艺术界联合会、区政协文史资料委员会一行，到丽岙镇调研侨乡文化。

10月22日 季爱平主编的《中国·温州仙岩》图册及光盘在仙岩镇举行首发式。

10月30日 瓯海区文学艺术界联合会派员参加瓯海区净化社会文化环境工作会议。

10 月 31 日 第二届中国景观村落评选结果揭晓，瓯海区泽雅镇水碓坑村入选。

10 月 瓯海区书法家协会黄勤荣的书法作品，获浙江省工商系统“盛世中华 多彩工商”诗书画印影作品大赛二等奖。

11 月 8 日 浙江省第一届“兰亭奖”中小学书法大赛在杭州市举行，瓯海中学徐烨钧的书法作品获二等奖。

11 月 8 日 瓯海区舞蹈工作者协会排演的《妈妈恰恰》，获第十一届上海国际艺术节“浦东潍坊杯”长三角地区排舞邀请赛青少年组金奖。

11 月 9 日 瓯海区举行“生态瓯海”图片展暨“生态瓯海”——喜迎六十华诞环保摄影大赛颁奖仪式，并在区政府大院廊道展出。

11 月 13 日至 15 日 瓯海区多位文艺界代表参加在泰顺县举办的温州市第十届文学周活动。

11 月 14 日 瓯海区选送的群舞《水碓印象》参加浙江省群星奖舞蹈大赛。

11 月 16 日 瓯海区民俗曲艺文化研究社成立，为瓯海区曲艺协会分支社团。

11 月 16 日 瓯海区文学艺术界联合会派员参加瓯海区塘河文化建设座谈会，市区有关专家学者参与讨论塘河文化展示馆布展专题。

11 月 18 日 瓯海区文学艺术界联合会、区政协文史资料委员会一行，到南白象街道调研侨乡文化。

11 月 19 日 瓯海区书法家协会组织会员到仙岩二中开展送文化进校园暨“书法家走进学校”活动。

11月24日 瓯海区文学艺术界联合会派员参加“温州国际寓言城论证”座谈会。

11月25日 “塘河童谣”优秀作品征集活动开启，征集以塘河沿岸百姓的学习、生活、思想行为为主要内容，体现水乡特色的新老童谣。

11月25日 “中国瓯柑之乡”三垟首届瓯柑节在三垟湿地公园开幕，部分文艺界人士参加各类活动。

11月26日 瓯海区民间文艺家协会在区文化局召开换届筹备工作会议。

12月3日 瓯海区文学艺术界联合会派员参加瑞安市文学艺术界联合会换届会议及温州市文学艺术界联合会联谊会议。

12月4日 中共温州市瓯海区委发文〔瓯干任（2009）84号〕，彭福云任瓯海区文学艺术界联合会主席，免去黄松光兼任的区文学艺术界联合会主席职务。12月14日，瓯海区委组织部有关领导在瓯海区委宣传部宣布任职文件。

12月8日 瓯海区文学艺术界联合会及区民间文艺家协会多人参加市民间文艺家协会理事会。

12月9日 瓯海区文学艺术界联合会、区政协文史资料委员会一行，到丽岙镇进行侨乡文化调研。

12月11日 瓯海区政协办公室发文，决定由瓯海区政协文史资料委员会和瓯海区诗词学会联合编辑《中国对联集成》的瓯海卷。

12月13日 瓯海区民间文艺家协会第三次会员代表会议在泽雅镇举行，潘丁盛当选主席，朱建波为常务副主席，陈晓霞、黄克荣、周吉敏、王大普、凌春和、宋云飞为副主席。朱建波兼任秘书长，陈大明、林庆桂、黄卫东为副秘书长。

12月16日 瓯海区文学艺术界联合会派员参加区政协年鉴审稿会。

12月17日 瓯海区文学艺术界联合会及区民间文艺家协会多人参加在瑞安市举办的“地域民俗文化传承与保护论坛”研讨会。

12月19日 茶山泉川艺社更名为瓯海区泉川艺社，推选王大普为社长。

12月26日 温州市温瑞塘河保护管理委员会、《温州日报》、温州市摄影家协会联合举办“塘河光影”图片有奖征集活动，瓯海区多人作品入选并获奖。

12月27日 首届泽雅金猪民俗节在泽雅镇五凤垟村举行，瓯海区文学艺术界联合会及有关协会多人参加民俗文化活动。

12月27日 瓯海区代表队参加由温州市委宣传部、温州市文学艺术界联合会主办的“2010年温州市新年合唱音乐会”。

12月29日 温州市作家协会第六次代表大会召开，瓯海区多人与会。林长春、翁德汉当选理事。

12月31日 坐落于瓯海区南白象街道的塘河文化展示馆开馆，为温州市首个塘河历史文化展示馆，有五大展示平台：治水丰碑、风流人物、润泽万民、风情水乡和今日塘河。

12月31日 温州市民间文艺家协会第六届会员代表大会召开，瓯海区多人与会。林长春当选副主席，潘丁盛当选秘书长。当选理事的有朱建波、张锡林、陈晓霞、周吉敏、黄克荣、黄周松、潘丁盛等人。

12 月 温州市书法家协会换届会议召开，瓯海区黄国光当选副主席，彭福云为理事。

12 月 潘新新的两幅工笔画入选《瑞安历史文化名人诗词画意百图》，由四川美术出版社出版。

12 月 郑高华、叶剑平等人的摄影作品入选《温州书法美术摄影展作品集》，由西泠印社出版。

12 月 姜善真主编的《瓯海诗词》(2009)，由瓯海区诗词学会印行。

12 月 谢乐燕主编的《瓯海文艺》(总第一期)，由瓯海区文化馆印行。

12 月 史从忠主编的《瓯风集》，由中国楹联出版社出版。

2010年

1月5日 瓯海区文学艺术界联合会召开全委扩大会议，讨论交流近期工作情况及换届事项。

1月8日 瓯海区政协纪念弘一大师联谊会成立，黄松光当选会长。联谊会由瓯海区政协主办，首批会员八十余人。在弘一大师诞辰130周年之际，瓯海区政协纪念弘一大师联谊会举办各类弘一大师研讨会、书法展览及纪念活动，刊出研究弘一大师的相关书籍等。

1月12日 瓯海区音乐工作者协会换届会议召开，苏琼当选主席，孙小丹、胡正文为副主席，张任为秘书长。

1月12日 瓯海区文学艺术界联合会代表参加龙湾区文学艺术界联合会十周年纪念活动，并参加余光中文学专题讲座。

1月13日 瓯海区泉川艺社在茶山街道举办创作活动。

1月14日 瓯海区文学艺术界联合会第四届第六次全委扩大会议召开，改选增选六名委员，彭福云当选主席。

1月16日 瓯海区泉川艺社社址落成典礼暨老传统庆新年送春联创和谐活动，在茶山街道梅泉社区举办。

1月24日 温州市美术家协会第七届代表大会召开，进行换届选举。瓯海区黄德靖、潘新新当选理事，潘新新兼任副秘书长。

1月28日 瓯海区文学艺术界联合会举行地域文化品牌建设座谈会。

1月31日 瓯海区书法家协会在温州书城举办“喜迎新春购书赠春联”活动。

1月31日 温州市摄影家协会第六届理事会第一次会议召开，进行换届选举，瓯海区叶剑平当选副主席。

1月 明人的《菩提树下》，由大众文艺出版社出版。

2月2日 瓯海区诗词学会举办年会暨“森马杯”诗词创作大赛颁奖。

2月4日 瓯海区民间文艺家协会多人参加温州市民间文艺家迎春联欢会活动。

2月5日 瓯海区纪念弘一大师联谊会在茶山街道宝严寺举行文化研讨会。

2月26日 一年一度的周岙十三挑灯民俗节活动开幕，各有关协会多名会员参加各类文化活动。

2月 瓯海区作家协会的傅建国加入浙江省作家协会。

3月3日 百年潮——瓯海区纪念第一百个“三八”国际妇女节庆典在区人民大会堂举行，区音乐工作者协会、区舞蹈工作者协会组织节目参加演出。

3月4日 温州市文学艺术界联合会第六届第六次全委扩大会议召开，瓯海区文学艺术界联合会彭福云、市民间文艺家协会秘书长潘丁盛等人被增选为市文学艺术界联合会委员。

3月12日 瓯海区文学艺术界联合会及相关协会多人参加瓯海区新行政中心道路命名方案征求意见会。

3月16日 瓯海区文学艺术界联合会及相关协会多人参加区政协组织的在茶山街道召开的“都市休闲区”文化调研座谈会。

3月25日 在瓯海区政协会议室举行瓯海楹联采集讨论座谈会。

3月30日 2010年“一鸣杯”琦君文学奖征文比赛启动。此次活动由温州市委宣传部、市台湾事务办公室、市教育局、市广播电视总台联合主办，《温州都市报》、浙江一鸣食品股份有限公司协办。

3月 杨泽民的小说集《雁过无声》，由中国文学艺术出版社出版。

4月1日 国家“指南针计划”项目——中国传统造纸技术传承与展示示范基地建设工程座谈会，在瓯海区泽雅镇召开。

4月7日 瓯海区文学艺术界联合会办公地址迁移至联众大厦。

4月14日 瓯韵书香——瓯海全民学习月新桥街道“书架进楼幢”活动启动仪式，在新桥文化广场举行。

4月16日 第三届中国畲族民歌艺术节在畲乡景宁举行，瓯海区选送的女生小组唱《走进畲山》获金奖。

4月22日 “千年文脉　慧光仙岩”——仙岩镇第二届绿文化节开幕式举行，分项活动有陈傅良祠修复开馆仪式、慧光文学采风、摄影采风等。

4月24日 瓯海区书法家协会第五次会员代表大会在瓯海宾馆召开，仇雪峰当选主席，增选叶小文为副主席，聘任吴佐仁、黄国光、王学钊、彭福云为艺术顾问。

4月26日 瓯海区举行“庆五一 颂和谐”大型文艺会演暨先进表彰大会。

4月 林长春编著的《寻访对联日记》，由瓯海区文学艺术界联合会印行；5月由上海印书馆出版。

5月6日 瓯海区文学艺术界联合会及相关协会多人，参加温州市文学艺术界联合会艺术家读书会。

5月10日 瓯海区文学艺术界联合会及相关协会多人，参加在区文化局召开的“中国传统造纸技术传承与展示示范基地建设”讨论会。

5月14日 瓯海区曲艺协会在丽岙镇白门电影院举行协会成立四周年庆典，各曲艺家现场表演温州鼓词、花鼓、相声等节目。

5月18日 瓯海区文学艺术界联合会召开地域文化研究项目座谈会，讨论“瓯海文化丛书”项目的可行性。

5月 中国美术学院研究生郑一增的书法作品集《郑一增》，由广西美术出版社出版。

5月 吴狄彪主编的《艺林锦集》，由香港出版社出版。

6月3日 瓯海区民间文艺家协会召开理事会，讨论《中国民间故事全书》瓯海卷相关事项。

6月13日 瓯海区文学艺术界联合会及相关协会多人，参加瓯海区政协文史资料委员会“旅游文化”专题会议。

6月14日 2010年“五芳斋杯”嘉兴全国龙舟邀请赛举行，瓯海区潘桥镇飞虎龙舟队夺得500米直道竞速和7500米环河拉力赛双料冠军。

6 月 17 日　瓯海区茶山杨梅文化旅游节开幕，举办现场书画展、杨梅宣传大使评选、旅游精品线路评选等活动。

6 月 18 日至 20 日　瓯海区文学艺术界联合会派员参加温州市文学艺术界联合会“走进世博”采风团，到上海参观世博会。

6 月 19 日　瓯海区春秋艺社成立，在梧田街道召开第一次会员代表大会，陈金花任会长，欧秀连、姜昌富为副会长，叶建平为秘书长。

6 月 24 日　瓯海区泉川艺社在茶山街道举办杨梅文化节采风创作活动。

6 月　瓯海区教育局举办学生艺术节，并印行《艺术节集锦》图册。

7 月 5 日　郭溪岭头堂九龙灯艺社成立，贾定云任会长，周金松为副会长。

7 月 9 日　瓯海区郭溪镇第二届红色旅游文化节开幕，推出红色旅游一日游、组织党员群众参观学习、送文化下乡等活动。

7 月 17 日　瓯海区文学艺术界联合会及相关协会多人，参加温州市读书节闭幕式暨首届藏书家庭颁奖大会，瓯海区林长春、徐秀莉、姜善真、黄勤荣等人获“藏书家庭”称号。

7 月 19 日　瓯海区文学艺术界联合会组织文艺家到区消防支队娄桥驻地，参加“八一建军节慰问”活动。

7 月　彭福云任主编，朱汝东、张益品、王大普为副主编的书法作品合集《茶山百鸟灯》，由天津人民美术出版社出版。

8 月 5 日　瓯海区文学艺术界联合会及相关协会多人参

加瓯海区纸山文化调研情况汇报会。

8月9日 瓯海区文艺界人士参加《今日瓯海》创刊五周年座谈会。

8月23日 第二届温州（南白象）塘河文化节开幕，文化节主要内容有开幕式、民俗庙会、高峰论坛、专场演出及走进塘河采风创作系列活动。

8月30日 瓯海区文星木偶艺社在茶山街道举行挂牌仪式，陈星金任社长。

8月31日 瓯海区泉川艺社党支部成立，揭牌仪式暨支部第一次党员大会在泉川艺社艺术之家举行。

8月 毛山子的长篇小说《生死日记本》，由北京燕山出版社出版。

9月10日 瓯海区诗词学会组织会员开展企业文化采风活动。

9月16日 瓯海区文学艺术界联合会及相关协会多人参加在温州博物馆举办的弘一大师墨迹精品展。

9月22日 瓯海、鹿城、龙湾三区政协书画院作品联展，在温州市展览馆举行。瓯海区书法家协会、区美术协会多人的作品参展，作品集同时发行。

9月29日 瓯海区民间文艺家协会组织人员到茶山街道参访调研民俗游艺文化活动。

9月30日 瓯海区文学艺术界联合会派员参加“京华杯”全国首届大学生寓言创作大奖赛颁奖仪式。

10月15日 瓯海区政协纪念弘一大师诞生130周年系列活动在宝严寺拉开帷幕，来自全国各地共两百余人参加。

弘一大师纪念堂共两层十一间，一楼设立弘一大师木雕坐像、事迹及图片文字展示厅；二楼设立书法展厅、著作版本展示厅。仇雪峰主编的《温州弘一大师纪念堂书画作品选》，同期印行。

10月20日 千年纸乡 休闲泽雅——2010年金瓯文化旅游节在瓯海区泽雅镇唐宅村举行开幕式。同期中国古法造纸文化园开园。以“中国传统造纸专题展示馆”为核心，融合“中国特色景观村落”水碓坑村，“浙江历史文化名村”黄坑村和石桥、唐宅、横垟造纸 作坊等文化遗产，集古法造纸、休闲旅游和文化研究为一体。

10月20日 《诗画瓯海山水情》大型文艺晚会在温州大剧院上演。

10月23日 “走进塘河”采风活动在会昌河畔塘河广场举行启动仪式。

10月28日 瓯海区诗词楹联学会第三届第一次会员代表大会在仙岩山庄举行，姜善真当选学会会长。

10月30日 浙江省第四届排舞大赛举行，瓯海区文化馆选送的排舞《印度制造》（谢乐燕编舞），获青年组金奖。

10月 陈小平主编的《瓯海历史文化》（地方课程教学资料汇编）印行，为中学生课外读本。

10月 《七彩的家乡》由瓯海区文化广电新闻出版局印行，为瓯海区非物质文化遗产进校园读本。

10月 勾长吉的散文集《一个人的草原》，由山西教育出版社出版。

10月 陈胜武的书法论文集《一二斋翰墨心印》，由西泠印社出版。

10月 林志文、周银钗编著的《泽雅造纸》，由中国戏剧出版社出版。本书为“指南针计划”基础资料，图文介绍泽雅传统手工造纸工艺及思考感悟。

10月 林长春编著的《寻访对联日记》(第二集)，由瓯海区文学艺术界联合会印行；11月由上海印书馆出版。

10月 姜善真、黄松华主编的《中国楹联集成 温州瓯海分卷》，由温州市瓯海区政协文史资料委员会、温州市瓯海区诗词楹联学会印行。

11月5日 瓯海塘河文化研究会在南白象街道召开成立大会，冯强生任会长，姜善真为常务副会长，谢微东为秘书长。

11月6日 第二届温州市（南白象）塘河文化节开幕。文化节以生态、文化、景观为主题，融合塘河文化、民俗庙会、塘河文化展及塘河文化高峰论坛等活动内容。

11月10日至12日 浙江省民间文艺家协会第七次会员代表大会在杭州召开，瓯海区代表林长春、潘丁盛、朱建波等人与会，并当选理事。

11月22日至24日 温州市文学艺术界联合会第七次全员代表大会召开，瓯海区代表团十五人与会，其中彭福云、林长春、潘丁盛等人当选委员。

11月23日 瓯海区第三届三垟瓯柑节开幕，活动以“城市绿肺 仙垟柑香”为主题，展示三垟湿地自然与人文资源优势，挖掘品牌价值。

11月25日 浙江省首批涉台教育基地琦君文学馆，授牌仪式在瓯海区三溪中学举行。

11月26日 瓯海区美术协会组织会员，到瞿溪镇瞿岙村一带进行采风写生。

12月24日 浙江省文学艺术界联合会代表大会在杭州召开，彭福云为瓯海区代表，随温州文学艺术界联合会代表团与会。

12月24日 瓯海区政协琦君文化联谊会成立，各界人士参加成立大会，琦君丈夫李唐基发来贺信。

12月30日 瓯海区申报温州市首届传承人名录六位、传承基地两个，并成功申报浙江省第四批非物质文化遗产名录三项、温州市第四批非物质文化遗产名录一项。同时公布瓯海区第四批非物质文化遗产名录六项。

12月31日 瓯海区举行塘河文化主题公园开工仪式。此主题公园由塘河休闲公园、南白象文化主题公园、南湖滨水公园和帆游生态公园等组成。

12月 在瓯海区政协会议上，周吉敏以“打造琦君文化金名片，促进瓯海经济文化发展”为主题发言，推进琦君文化的发展。

12月 瓯海文史资料《侨乡文化》，由瓯海区政协文史资料委员会印行，文化界多人参加编写。

12月 林献敏的书法作品，参加温州女书法家提名邀请展，并被收入《瓯越清韵》。

12月 周笑中等人编辑的《道德力量——第三届瓯海区道德模范风采》，由温州市瓯海区精神文明建设指导委员会印行。

12 月 瓯海区委宣传部、瓯海区计划生育宣传技术指导站、瓯海区春秋艺社，王大普、谷素贞分别被评为 2010 年温州市社科普及周先进集体和先进个人。

12 月 林锡奎主编的《瓯海曲艺》，由瓯海区曲艺协会印行。

12 月 姜善真主编的《瓯海诗词》(2010)，由瓯海区诗词楹联学会印行。

2011年

1月6日 瓯海区文学艺术界联合会、区作家协会派员参加在平阳县举办的温州第十一届文学周及创作研讨会。

1月8日 瓯海区泉川艺社组织社员创作书法画作，送春联下乡进社区。

1月10日 温州市公安文联成立。苏琼当选副主席，兼任秘书长。

1月10日 瓯海区文学艺术界联合会组织送春联下乡活动，并参加第三届温州市迎春花展——丽岙花卉节活动。

1月19日 瓯海区召开全区民间文艺人才和文化社团建设工作座谈会，区文学艺术界联合会及相关协会、社团多人参加会议。

1月21日 瓯海区繁荣艺社成立，并在瓯海宾馆举行联欢会。

1月21日 温州市民间文艺家迎春联欢会在瑞安市举行，瓯海区二十余人参加，并在会上表演自创节目。

1月23日至26日 瓯海区实验小学选送的舞蹈节目《喜迎明天》，参加全国校园春节联欢晚会表演，并获第十一届全国校园春节联欢晚会金奖。

1月 中央电视台《探索·发现》栏目摄制组，到泽雅镇拍摄《纸的故事》。

1月 周吉敏的散文集《民间绝色》，由中国民族摄影艺术出版社出版。

1月 “瓯海文化丛书”第三辑，由中国戏剧出版社出版。第三辑有六种，分别为：姜善真编著的《温瑞塘河历代诗词选》，黄周松、林伟昭编著的《瓯海金石志》，朱茂昌主编的《瓯海曲艺》，徐高发主编的《瓯海演艺影迹》《瓯海龙舟》《瓯海龙舟参龙》。

2月1日 瓯海区召开塘河文化公园建设征求意见会，有关领导、专家学者、文化界人士与会。

2月10日（农历正月初九） 郭溪镇岭头村举办“九龙灯闹新春”传统民俗文化活动。

2月12日 “我们的节目——春节”主题文化活动在新桥广场举行，内容有图书漂流、送春联、民俗风情图片展、文艺演出等。

2月12日 瓯海区泉川艺社举办“申报省级非物质文化遗产项目——百鸟灯”文化座谈会。

2月15日 各协会、学会组织会员参与周岙十三挑灯节活动。

2月16日 瓯海区繁荣艺社在联众华庭广场举办庆新春居民大联欢文艺演出。

2月17日 瓯海区泉川艺社组织社员，以“孝德文化”为主题，创作六十多幅书画作品，于元宵节在温州市展览馆展出，为期一周。

2月17日 瓯海区文学艺术界联合会、区图书馆联合举办猜灯谜活动和“市文明社区”摄影展。

2月18日 《今日瓯海》地域文化专版座谈会在瓯海区新闻中心会议室举行，区文学艺术界联合会及相关协会、学会、社团多人与会。

2月23日 瓯海区文学艺术界联合会收集书刊一百五十册，赠送给瑞兴藏书阁，用于支持“书架子”工程建设。

2月24日 瓯海区文学艺术界联合会派员参加温州市委宣传部组织的有关清明节、森林旅游节等民俗文化讨论会。

2月25日 《今日瓯海》扩版试刊，首次刊出《瓯园》文学艺术专版。

2月26日 中央电视台《探索·发现》栏目摄制组，到泽雅镇拍摄五集专题纪录片《千年造纸术》。5月14日，该专题片在中央电视台播出，为打造瓯海区纸山文化品牌与温州市创建历史文化名城增添浓厚色彩。

2月27日至28日 瓯海区文学艺术界联合会、区民间文艺家协会派员参加温州市文学艺术界联合会、市民间文艺家协会组织的永嘉县福佑村采风活动。

2月28日 以“走进琦君故里”为主题，推介瓯海人文风情、自然景观、经济发展等情况的文字图片资料，在台湾高雄《民众日报》三个版面同时登载。

2月 仇雪峰、林朝恩等人的篆刻折页册同时印行。

2月 《温州文学》第一期“美丽事”栏目刊出瓯海区林永良、周胜春、王乐天等人的多篇散文。

2月 春节期间，瓯海区各地乡镇街道社区开展各类文艺演出活动，以丰富群众节日文化生活：17日，春秋艺社在梧田文化广场举行文艺演出；18日，茶山文生木偶艺社演出木偶戏《杨光道出世》；19日，丽岙华侨京剧社演出《红灯记》《沙家浜》等折子选段；20日，繁荣艺社进行经典歌曲演唱；21日，景山彩霞越剧团演出越剧《打金枝》；22日，新桥国鼎京剧社演出京剧《赤桑镇》《四郎探母》；23日，景山彩霞越剧团演出《唐伯虎点秋香》；24日，春秋艺社进行综合文体表演；25日，德赛职工艺术团进行文艺演出等。

3月1日 浙江省网络文化协会在杭州成立，瓯海新闻网成为首批会员单位。

3月5日 瓯海区文学艺术界联合会联合各协会、学会、社团，以各种形式参加瞿溪会市活动。

3月8日 瓯海区政协、区文学艺术界联合会调研琦君文化。

3月8日 指南针示范基地——泽雅传统造纸专题展示馆通过浙江省文物局验收。

3月9日 瓯海区召开创建历史文化名城工作情况通报会。

3月10日 瓯海区文学艺术界联合会召开第四届第七次全委扩大会议暨地域文化研讨会，通报近期工作要点，各协会、学会、社团负责人汇报工作情况，讨论文化项目。

3月中旬 瓯海区政协开展系列创建文化名城、塘河文化等调研活动，区文学艺术界联合会派员参与。

3月23日 瓯海区政协在区文学艺术界联合会办公室召开地域文化具体项目专题研讨会，对塘河大事记、大罗山诗词、大罗山摩崖题刻等项目进行分工落实。

3月26日 瓯海区文学艺术界联合会、区作家协会、区民间文艺家协会联合在泽雅镇进行纸山文化采风活动。

3月31日 瓯海区文学艺术界联合会、市民间文艺家协会、温州大学联合举办周吉敏的新书《民间绝色》发行仪式暨非物质文化遗产保护传承研讨会。该书记录了三十多项濒临消失的温州传统民间技艺文化遗产。

3月 温州市文学艺术界联合会、市民间文艺家协会，授予瓯海区泉川艺社“温州灯彩手工制作技艺传承基地”牌匾。

3月 李长飙的著作《人生记事》，由北京时代弄潮文化发展公司出版。

3月 李志坚主编的《温州市瓯海区军事志》印行，该书为瓯海首部军事专题志书。

3月 彭福云主编的《农民画家王学钊作品集》，由西泠印社出版。

3月 王文碎主编的《爱国状元王十朋》，由黄山书社出版。

4月1日 瓯海区政协琦君文化联谊会，收到琦君生前寄给挚友——旅美华侨叶宏湛夫妇的十六件书信、贺卡、照片等遗物，为联谊会研究琦君文化提供了宝贵的资料。

4月1日 瓯海区第四届“瓯韵书香”全民学习月活动启动。

4月20日 “浙江曲艺走进瓯海”文艺晚会，在新桥街道文化广场举行。

4月23日 在第十六个世界读书日，瓯海区委宣传部在三溪中学琦君文学馆，举办“琦君笔下的故乡——琦君作品鉴赏会”。

4月25日至28日 瓯海区文学艺术界联合会派员参加在杭州举行的浙江省文学艺术界联合会工作培训班学习。

4月26日 瓯海区曲艺协会组织会员，到仙岩中心小学举办“鼓词进校园”活动。活动内容有鼓词演唱、历史知识、艺术特点介绍等。

4月27日 仙岩街道举行第三届绿文化节开幕式，主题为“罗山风情民俗仙岩”。

4月29日 瓯海区文学艺术界联合会派代表参加《瓯海区志》编纂会议。

4月 郑高华主编的《首届民俗风光摄影作品展》，由温州市民俗摄影协会印行。

5月3日 瓯海区曲艺协会在天都大酒店举行换届选举会议，林锡奎当选第二届主席，伊东京等五人当选副主席，罗松光为秘书长。

5月6日 《农民画家王学钊作品集》首发式暨艺术研讨会，在温州大学城市学院举办，同时举行“瓯越百家进高校”启动仪式。

5月9日至14日 彭福云随温州市文学艺术界联合会采风团，到山西太原、大同等地，进行《寻找失落的经典》采风活动。

5月17日 中央电视台科教频道播放《泽雅造纸》专题片。

5月19日 瓯海区书法家协会召开第二次理事会议，进行换届选举，林朝恩当选主席，林建炜、吴直、叶小文、张弛为副主席，叶小文兼任秘书长。

5月19日 温州市文学艺术界联合会主席郑朝阳率队，到瓯海区文学艺术界联合会调研工作，并召开座谈会。瓯海区各协会、学会、社团分别汇报工作概况。

5月24日 瓯海区政协、区文学艺术界联合会组织有关专家学者，在温州电视台举办政协民意中间站——《琦君专题》，并于5月29日播出。

5月24日 国家文物局博物馆处处长辛沪江与社会文物司司长段勇一行，到瓯海区泽雅镇考察调研泽雅传统造纸生态博物馆建设工作。

5月25日 瓯海区周建勇、潘秀益等人的篆刻书法作品参加温州市鹿城区青年书法篆刻展，并被收入作品集。

5月29日 温州电视台播放《走近琦君》专题片，该节目由瓯海区政协、温州电视台主办，瓯海区文学艺术界联合会、琦君文化研究会协办。

5月 朱茂昌主编的《红色的家乡》，由瓯海区委党史研究室印行。

5月 为庆祝中国共产党成立九十周年，瓯海区镜心书画院八人进行书画、篆刻、摄影创作，作品合集由吴秋彪主编，并在香港出版社出版。

6月1日 瓯海区政府办公室发通知，在全区开展森林和塘河沿线文化资源调查工作，成立的调查工作办公室设在区文学艺术界联合会。

6月1日 瓯海区政协、区新城中心指挥部联合举行瓯海新城十景命名讨论会。区文学艺术界联合会及相关协会多人与会，会议初步确定了十大景致名称。

6月7日 瓯海区第二届广场文化艺术节，在温州市展览馆开幕，同时举行瓯海镜心书画艺术展与《镜心艺海》发行仪式。

6月14日 瓯海区曲艺协会的孙建丹加入浙江省曲艺家协会。

6月16日 瓯海区代表李昕睿参加在北京举行的第三届世界汉诗大会暨首届当代国际诗歌邀请赛。

6月19日 由瓯海区政协主办的浙江省第二届“兰亭奖”中小学生书法大赛温州赛区瓯海分赛区现场选拔赛在瓯海中学举行。

6月22日 琦君文化公园建设汇报会在区政协会议室举行。

6月29日 瓯海区文学艺术界联合会、区书法家协会、区美术协会、区诗词楹联学会会员，在半塘公园进行书画现场创作。

6月30日 “祖国在我心中——纪念中国共产党成立九十周年”温州市职工书法美术作品展览开幕。瓯海区仇雪峰、彭福云、叶永和、麻相漫、李一朝、张建敏、郑文华等人的作品入展，并入选作品集印行。

6月30日 “纪念建党九十周年书法美术展”在瓯海党员服务中心举行开幕式，展览由瓯海区委宣传部、区文学艺术界联合会主办，瓯海区美术协会、区书法家协会及区党员服务中心承办。

6 月　彭福云主编的《瓯海区庆祝建党九十周年书法美术作品展》，由瓯海区文学艺术界联合会印行。

6 月　饶慧萍主编的《红色的家乡》，由中共温州市瓯海区委党史研究室印行。

6 月　凌春和主编的《岭头风情》，由瓯海区文学艺术界联合会印行。

6 月　陈小平注释的《刘基哲理散文注释》，由人民出版社出版。

6 月　林长春编著的《寻访对联日记》（第三集），由瓯海区文学艺术界联合会印行。

7 月 19 日　瓯海区文学艺术界联合会派员参加市文学艺术界联合会举办的清明节和森林文化座谈会。

7 月 20 日　张立虎的音乐作品专辑《小康中国》首发仪式在将军大酒店举行。

7 月 27 日　瓯海区文学艺术界联合会举行第五届文学艺术奖评审会。

7 月　瓯海区完成浙江省文化艺术共享工程数字资源建设项目——瓯海泽雅古法造纸数据库课题项目。

8 月 3 日　瓯海区文学艺术界联合会、区民间文艺家协会多人参加市民间文艺家理事会，讨论文艺“四进”活动安排。其中有茶山竹丝灯项目等。

8 月 4 日　瓯海区政协书画院摄影分院成立。

8 月 11 日　温州市第四届中小学生书画摄影大奖赛颁奖仪式在梧田一中举行。

8 月 16 日　作曲家、原海政歌舞团艺术指导吕远到瓯海采风，创作了歌曲《瓯海我心中的最爱》，并在瓯海区传唱。

8月21日 瓯海区镜心书画院在温州举办“百名爱心人士结对百名贫困单亲家庭儿童”书画专场慈善拍卖会。

8月23日 瓯海区举办首届“琦君文化节”。温州市2011两岸琦君文化交流活动开幕式在三溪中学琦君文学馆举行，省市区有关领导、专家学者及台湾代表团出席开幕式。活动期间，举办琦君家宴、琦君故里行、琦君遗物赠送、书籍捐赠、琦君文学创作基地揭牌、“情系故里 文耀两岸”琦君主题晚会、《我与故乡》琦君文学奖征文比赛颁奖仪式、琦君文学研讨会等活动。同时出版《琦君文学研究论文集》《琦君文学奖获奖作品集》。

8月 仇雪峰、黄国光等人的作品入选《浙江一鸣》全国书法名家作品邀请赛，并被选入作品集，由西泠印社出版。

8月 徐银春、卢元榜的楹联作品分别获得“第二届中国洞头妈祖平安节妈祖文化楹联征集大赛”一等奖和入围奖，并被收入《靖海安澜》。

8月 陈启中主编的《三溪情怀》，由中共党史出版社出版。

9月19日至9月23日 温州市首期文艺人才研修班在浙江大学华家池校区举办，瓯海区文学艺术界联合会及相关协会代表林长春、苏琼、潘丁盛、周迎嫦等人参加培训学习。

9月25日 郭溪岭头堂九龙灯艺社举办迎国庆文化活动，繁荣艺社、百合艺社等组织节目参加演出。

9月26日 瓯海区文学艺术界联合会获温州市第三届电视舞蹈大赛组织奖。

9月27日 瓯海区镜心书画院向潘桥派出所赠送书画作品。

9月28日 瓯海区文学艺术界联合会派员参加温州市纪念辛亥革命温州光复一百周年暨《温州都督——徐定超传奇》首发式。

9月29日 瓯海区宣传文化“四个一批”人才评选结果公布，王大普、仇雪峰、苏琼、张立虎、林长春、林晓忠、施成哲、黄卫东、缪秀霞等人上榜。

9月29日 瓯海区曲艺协会组织节目，参加在丽岙街道星光村举办的“迎国庆”演出活动。

9月 瓯海区文学艺术界联合会秘书长林小盈调至温州市党校办公室工作。

9月 姜善真主编的《塘河雅韵》，由瓯海区塘河文化研究会印行。

9月 傅建国的小说《海城民工传》，由瓯海区文学艺术界联合会印行。

10月3日 瓯海区民间文艺家协会组织会员，到乐清市黄檀硐古村落采风。

10月9日 瓯海区举办辛亥革命一百周年纪念会暨琦君文学书画展览。

10月19日 书法进校园——瓯海区书法家协会组织会员，到景山中学举行书法教育实践基地挂牌仪式。

10月20日 瓯海区文学艺术界联合会派员参加温州市纪念辛亥革命100周年研讨会。

10月21日 瓯海区文学艺术界联合会派员参加温州市

文学艺术界联合会信息工作会议，交流工作情况。

10 月 22 日 由浙江省文化和旅游厅主办的浙江省第十届音乐新作演唱演奏大赛，在江山市举行。瓯海区选送的声乐作品《梅雨潭的绿》获创作、表演金奖；《花样春天》获创作、表演银奖。

10 月 31 日 瓯海区委宣传部、区文学艺术界联合会、区博物馆等单位，在潘桥街道横屿头村委会大楼举办董每戡戏剧文化调研座谈会。

10 月 傅建国的散文《探访前妻》《汪哥》，发表于《福建文学》第十期。

10 月 徐秀莉的散文集《打开天窗》，由中国戏剧出版社出版。

10 月 瓯海籍优秀技艺人员单秀会、叶利道、黄文坚、应秀会、应祯勇等人的石雕作品，被收入《温州石雕》一书，由西泠印社出版。

11 月 4 日 瓯海区委宣传部、区文学艺术界联合会组织人员，参加在泽雅镇举办的纸山文化研讨会。

11 月 6 日至 7 日 瓯海区泉川艺社举办乡土文化进高校活动。在温州职业技术学院的草根创业园，向学生展示中国书画和温州竹丝灯制作、钩花、米塑等技艺。

11 月 12 日 周迎嫦创作的快板书《生死之间》，参加第十三届中国上海国际艺术节长三角曲艺比赛，获银奖。

11 月 18 日至 19 日 由浙江省文化和旅游厅主办的浙江省第五届排舞大赛在金华市举行，瓯海区选送的排舞《迷失在眼中》，获青年组银奖。

11月23日 瓯海区泉川艺社社长王大普，为温州大学城市学院学生作“茶山民俗文化”专题讲座。

11月23日 温州市纪念建党九十周年双拥书画作品征集活动评选结果揭晓，瓯海区彭福云、仇雪峰的作品获二等奖，张弛、林朝恩的作品获三等奖，卢元榜、麻相漫、林翔思、叶永和、李党民等人的作品入选书画集《双拥情笔缘》。

11月24日 第三届温州（南白象）塘河文化节，在瓯海区南白象街道开幕。文化节以“生态塘河 文化塘河 景观塘河”为主题，以新庙会形式举办。通过塘河整治成果展、斗戏大会、百工展演、塘河农民趣味运动会等主题活动，展示塘河风土人情、民俗民风，塑造塘河文化品牌。

11月26日 繁荣艺社举行社区诗词创作活动。

11月 傅建国的散文《春花》，发表于《安徽文学》第十一期。

11月 王大普主编的瓯海区未成年人书画作品集《春泥含香》，由瓯海区文明办印行。

11月 王晓康等人编辑整理的《琦君笔下的故乡温州》，由瓯海区委宣传部等印行。

11月 姜善真主编的《百年风云人物诗词选》，由上海印书馆出版。

12月2日 瓯海区文学艺术界联合会派员参加市文学艺术界联合会工作会议，并交流工作情况。

12月7日 瓯海区文学艺术界联合会派员参加洞头县文学艺术界联合会二十周年庆祝活动。

12月7日 瓯海区泉川艺社举行“书画进校园”活动，在瓯海区梧田二中建立“爱心联谊基地”，并为学校师生现场创作书画。

12月7日 温州大罗山国家级登山健身步道授牌仪式暨温州市首届登山节，在茶山街道五美园举行，多位文化界人士参加各项活动。

12月12日 瓯海区文学艺术界联合会筹集地域文化图书杂志，助力泽雅中学书香工程建设。

12月17日 温州市民俗学会召开换届选举会议，瓯海区代表林长春、潘丁盛当选理事。

12月18日 《瓯韵书香》图册，由瓯海区图书馆印行。

12月19日 瓯海区召开党员代表大会，区文学艺术界联合会的彭福云出席大会。

12月21日 瓯海区曲艺协会的周迎嫦加入浙江省曲艺家协会。

12月21日至22日 浙江省诗词学会及全省有关市、县、区诗词学会代表，组团到瓯海区进行“创建诗词之乡”考察采风活动。

12月27日 温瑞塘河文化展示馆，被温州市委、市人民政府命名为市级爱国主义教育基地。

12月30日 瓯海茶山百鸟灯被列为浙江省非物质文化遗产保护项目，是继瓯海“彩石镶嵌”“屏纸制作”之后的第三个省级非物质文化遗产保护项目。

12月 茶山民间艺人胡玉香编制的竹灯，获浙江省文博会银奖。

12 月　翁德汉加入浙江省作家协会。

12 月　中学生琦君文学奖，开始面向海峡两岸中学生征文。此文学奖由瓯海区政府出资举办。

12 月　姜善真主编的《瓯海诗词》(2011)，由瓯海区诗词楹联学会印行。

12 月　林朝恩的《长安篆刻》、仇雪峰的《雪峰篆刻》，由温州市书法家协会篆刻创作委员会印行。

12 月　杜志平主编的《虹仙启——浙江省温州市瓯海区仙岩街道师生纪念建党九十周年优秀作品集》，由中国对外翻译出版有限公司出版。

12 月　沙开胜等人编著的《采穗风——温州市财政地税系统文学作品选》，由中国戏剧出版社出版。

12 月　林长春编著的《寻访对联日记》(第四集)，由瓯海区文学艺术界联合会印行。

2012 年

1 月 10 日　第三届浙江省民间文艺映山红奖在杭州颁奖，温州市获十一项奖项，其中瓯海区周吉敏的《民间绝色》获学术理论奖三等奖。

1 月 10 日　2012 年温州市迎春花展在瓯海区丽岙街道开幕，花展以“拥抱缤纷花城　共舞龙年新春”为主题，为期十天。

1 月 10 日　温州市地方文献工作会议暨温州民间文献征集项目启动仪式在瓯海区举行，区文学艺术界联合会及各协会、学会、社团代表与会献计献策。

1 月　周建勇的文集《云上太阳》、王乐天的散文集《乐天笔记》，由中国文联出版社出版。

1 月　周兴杞主编的《仙岩历代山水诗词选》，由中华诗词出版社出版。

1 月　谢乐燕主编的《瓯海文艺》(总第二期)，由瓯海区文化馆印行。

2 月 14 日至 15 日　第十二届温州文学周在雁荡山举办，瓯海区多人参加活动。

2 月 28 日　瓯海区文学艺术界联合会派员参加温州市文学艺术界联合会第七届第三次全委扩大会议，并交流工作情况。

2月 《花季少年的故乡——首届两岸琦君文学奖优秀作品选》，由浙江文艺出版社出版。

2月 刘周晰、张声和主编的《温州历代楹联》，由中华书局出版。

2月 "瓯海文化丛书"第四辑，由中国对外翻译出版有限公司出版。第四辑有五种八册，分别为：林长春编著的《塘河纪事》，云门编著的《大罗山摩崖题刻》，林伟昭编著的《瓯海历代文选》(上下册)，姜善真编著的《大罗山诗词》(上下册)，林伟昭编著的《瓯海墓葬集录》(上下册)。

3月2日 "巾帼欢乐体育荟"——瓯海区纪念三八国际劳动妇女节庆典，在温州大学南校区体育馆举行。

3月9日 "塘河文化丛书"首发式在温州市人民大会堂举行。"塘河文化丛书"一套五册，由中国对外翻译出版有限公司出版。

3月10日 温州市民间文艺家和丽水市民间文艺家联谊会议，在市文学艺术界联合会会议室召开。

3月29日 温州市民间文艺家协会第六届第四次理事会，在瓯海区泉川艺社举行，各县市区民间文艺家协会代表汇报工作活动情况。

3月 周胜春的散文集《迅电流光》，由瓯海区文学艺术界联合会印行。

4月5日 温州市文学艺术界联合会举办2012年文艺家读书会。

4月9日 瓯海区文学艺术界联合会与悦图网联合组织志愿者、文化名人走瓯海古道，首场安排在泽雅小石垟古道。

4月23日　浙江省社会科学界联合会有关领导学者，考察调研瓯海区泉川艺社。

4月27日　“绵亘历史　古风仙岩”——第四届绿文化节在仙岩街道开幕。本届绿文化节由中共仙岩街道工作委员会、仙岩街道办事处主办，瓯海区文化广电新闻出版局、区仙岩风景旅游管理分局协办。文化节的活动有：“仙岩文化丛书”第一册首发式、仙岩历史文化遗产专题展示馆开馆仪式、绿化公园落成仪式、非物质文化遗产进社会活动、“古风仙岩”摄影展、绿文化节文艺晚会等。

4月　周笑中主编的《辉煌二十年》图册，由中共瓯海区新桥街道工作委员会、瓯海区新桥街道办事处印行。

4月　周兴杞主编的《仙岩古代诗词选》，由仙岩街道党工委办事处印行。

4月　陈永华的散文集《岁月的烙印》，由大众文艺出版社出版。

5月3日　瓯海区文学艺术界联合会发布〔温瓯文学艺术界联合会（2012）1号〕《关于成立瓯海纸山文化研究会筹备组的通知》。筹备组顾问为周荣光、吴绍林，组长为林志文，成员为叶剑平、林长春、童丽敏、黄周松、周吉敏、黄克荣。

5月9日　瓯海区第五届“瓯韵书香”全民学习暨温州市首届民俗文化进校园活动启动。以民俗文化进校园、展示“书香校园”风采为主题，树立爱学习、重文化、善创新的“书香瓯海”形象。

5月19日　瓯海区书法家协会召开理事会，进行改选调整。林朝恩当选主席，林建炜、吴直、叶小文、张弛为副主席，叶小文兼任秘书长，叶永和、麻相漫为副秘书长。

5月28日 瓯海区举行“浙江诗词之乡”挂牌仪式。浙江省诗词学会副会长陈志明宣读批文，授予瓯海区“浙江省诗词之乡”称号；授予仙岩一小、仙岩一中、泉川艺社、繁荣艺社“诗教先进单位”称号。

5月 徐高发主编的《古镇瞿溪》(续编)，由上海印书馆出版。

6月3日 由瓯海区文学艺术界联合会、《温都博客》、瓯海塘河文化研究会联合举办的塘河采风活动，在南白象街道举行启动仪式。

6月6日 吴佐仁的书画展在温州博物馆开幕，《吴佐仁书画集》同时印行。

6月15日 瓯海区诗词楹联学会组织会员，到仙岩霞林小学举办“诗歌进校园”活动。

6月16日 悦图网摄影年展在智慧谷举办，同时彭福云主编的《视而不见——悦图网摄影年展作品集》，由瓯海区文学艺术界联合会、欣灵电气股份有限公司、悦图网联合印行。

6月19日 瓯海区反邪教书法绘画展在茶山街道首展，此展由瓯海区反邪教协会、瓯海区泉川艺社主办。

6月21日 生态茶山 幸福温州——2012年茶山杨梅文化节，在茶山街道开幕。

6月23日 温州市委、市政府有关领导，到瓯海区龙舟基地检查民间划龙舟管理工作。

6 月　陈安生的散文集《功夫在户外》，由瓯海区文学艺术界联合会印行。

7 月 7 日　由国家文物局牵头、十家国家级新闻媒体组成的国家“指南针计划”专项科普宣传采访团，到瓯海区泽雅镇唐宅村等地，考察中国传统造纸技术传承与展示示范基地建设试点项目。

7 月 20 日　瓯海区文学艺术界联合会组织书画家，到瓯海电视大学进行文化互动，送书画进校园。

7 月 31 日　瓯海区文学艺术界联合会的彭福云、林长春参加温州市文学艺术界联合会第七届第四次全委扩大会议，并汇报工作情况。

7 月　王瓒任瓯海区文学艺术界联合会秘书长。

8 月 14 日　瓯海区召开历史文化村落保护利用工作座谈会，区文学艺术界联合会及相关协会、学会、社团多人与会。

8 月 17 日　瓯海区收藏协会组织会员捐献书画艺术品，参加温州市 2012 近现代书画艺术品义卖助学活动。

8 月 20 日　瓯海区文学艺术界联合会组织书画家，为森马龙头瓯柑基地拟定对联、书画作品。

9 月 11 日至 16 日　瓯海区文学艺术界联合会的林长春参加在杭州举办的全省文学艺术界联合会领导干部培训班，学习贯彻党的十七届六中全会精神及文学艺术界联合会相关工作等。

9 月 19 日　瓯海区举办“瓯海讲坛”之文化产业发展主题讲座，清华大学李季教授作《依托资源优势发展文化产业》专题讲座。

9月20日 温州市第八届曲艺会演在龙湾文化中心举行，瓯海区代表队创作节目参加鼓词演唱。

9月21日 瓯海区文学艺术界联合会召开第四届第八次全委扩大会议，调整和增补区文学艺术界联合会委员，改选秘书长，颁发第五届瓯海文学艺术奖。

9月27日 《仇雪峰作品集》首发式暨书法艺术研讨会，在将军大酒店举行。此活动由瓯海区文学艺术界联合会、区侨联、区政协书画院、区书法家协会联合主办。

9月 王学钊的《奇石楼诗篇》，由瓯海区文学艺术界联合会印行。

10月30日至11月2日 温州市文学艺术界联合会主办的温州市文艺人才研修班，在上海复旦大学正大管理学院举行。瓯海区文学艺术界联合会派代表参加培训。

10月 周海主编的《瀚墨丹青存正气——瓯海区学科学反邪教书画作品集》，由瓯海区泉川艺社、区反邪教协会、区科学技术协会、区委防范和处理邪教问题小组办公室联合印行。

10月 瓯海区摄影协会沙开胜参与编辑的《温州摄影30年——中国国展、国际影展历届获奖入选作品集》，由中国文联出版社出版。

10月 朱敏主编的《瓯海收藏》（创刊号），由瓯海区收藏协会印行。

11月8日 潘妙飞向琦君纪念馆定向捐赠仪式，在瓯海区慈善总会举行。

11月9日 瓯海区委主要领导到区委宣传部进行文化调研，区文学艺术界联合会代表汇报文化工作。

11月10日 “摄影的温州现象”系列活动表彰大会，在瓯海区人民大会堂举行。会议表彰了为温州摄影做出贡献的摄影家十五人，瓯海区郑高华在列，并获“首届温州十大杰出摄影家”称号。

11月16日 瓯海区新的社会阶层人士联谊会成立大会召开，王大普、史从忠、林伟昭、周建勇等人与会，史从忠当选理事。

11月17日至18日 2012年中华龙舟大赛（温州站），在会昌湖水上公园举行。瓯海区女子龙舟队在200米、500米两项直道竞速赛中均获得第三名。

11月18日 瓯海区老干部晚晴合唱团演唱的歌曲《让全世界都赞美你》《把我的奶名儿叫》，在首届浙江省合唱节决赛中，获得银奖。

11月20日 由瓯海区委纪委、区委宣传部、区监察局和区文学艺术界联合会联合举办的“庆盛会 尚清廉——瓯海区美术书法摄影作品展”，在温州市展览馆开幕，共展出一百八十余幅艺术作品，同时被收入作品集印行。

11月28日 瓯海区文学艺术界联合会及区书法家协会组织会员，参加在瓯海区机关事务局举行的书法艺术交流活动。

11月 “美丽温州 瓯越风情”文化走亲摄影图片展，由温州市文化馆、温州市民俗摄影协会联合举办。瓯海区郑高华的作品《波光云影》《今日温州》、管青云的作品《大罗山龙脊》参展，并被收入专集印行。

11月 季秀琴、彭福云主编的《瓯海记忆》（2007—2011），以大事记形式反映瓯海经济社会文化发展概况。

11月 林正华的《温州方言新歌谣》，由温州瓯海社区学院印行。

11月 周万兴的《南游大传》（上下册）、姜善真编著的《瓯海当代诗词选》（上下册），由上海印书馆出版。

11月 贾迪琨的《雅川续集》，由瓯海区文学艺术界联合会印行。

12月6日 泽雅纸山民俗文化专题馆开馆暨意纸斋艺术家工作室揭牌仪式，在泽雅镇水碓坑村举行。

12月7日至9日 第十三届温州文学周在瑞安举行，瓯海区文学艺术界联合会、区作家协会多人与会参加活动。

12月10日至13日 浙江省古村落保护和发展理论研讨会在泰顺县召开，瓯海区代表林长春、潘丁盛等人与会参加各项活动。

12月12日 瓯海区首届纸山文化节开幕。

12月19日 瓯海区社会科学界联合会成立暨第一次代表大会召开。瓯海区共有社团、协会、学会、研究会112家，社科团体25家。

12月24日 “伯温碑林”名家书法邀请赛，在温州博物馆展出，瓯海区吴佐仁、彭福云、张弛等人的作品参展。

12月25日 瓯海区召开地方文献资源建设暨民间历史文献征集座谈会。

12 月 25 日　瓯海区首届机关摄影展颁奖仪式，在区政府大楼举行。

12 月 28 日　瓯海瞿溪真卿书屋开馆暨文化艺术实践基地授牌仪式在瞿溪街道举行，瓯海区文学艺术界联合会派员与会，并赠送图书杂志。

12 月　彭福云主编的《瓯海区“庆盛会　尚清廉”美术书法摄影作品集》，由瓯海区纪律检查委员会、区委宣传部、区监察局、区文学艺术界联合会联合印行。

12 月　刘周晰主编的《温州当代诗词》，由中国文联出版社出版。

12 月　姜善真主编的《瓯海诗词》(2012)，由瓯海区诗词楹联学会印行。

2013 年

1 月 1 日 瓯海区收藏协会主办的《瓯海收藏》(第二期)印行。

1 月 7 日 瓯海区曲艺协会组织节目，到丽南社区等地演唱宣传“十八大”精神。

1 月 13 日 瓯海区收藏协会举办“珍藏版精品书画展卖”。

1 月 16 日 瓯海区瞿溪艺社成立，在瞿溪街道会议室举行成立挂牌仪式。

1 月 25 日 瓯海区文学艺术界联合会组织书法家到泽雅镇赠送春联。

1 月 周吉敏的散文集《泽雅古道》，由上海印书馆出版。

2 月 4 日 瓯海“九龙灯”民间舞龙队，在温州大剧院广场进行舞龙表演。

2 月 6 日 瓯海区委宣传部、区文学艺术界联合会等单位搬迁至瓯海区新行政中心一号大楼办公。

2 月 17 日 瓯海区政协书画院迎“两会”书画摄影联展开幕式在瓯海区人民大会堂举行。

2 月 22 日 中共浙江省委宣传部、浙江省文化和旅游厅、浙江省文学艺术界联合会联合发文〔浙宣（2013）4号〕，确定第二批浙江省优秀民间文艺人才九百四十九人。其中，瓯海区有张立虎、黄卫东、吴狄彪、谢炳华、叶建平、周万兴、陈星金、林伟昭、史从忠。

2月26日 瓯海区文学艺术界联合会组织书画家“文艺进校园”，到新桥三小举行书画艺术讲座和现场创作。

2月 林长春编著的《寻访对联日记》（第五集），由瓯海区文学艺术界联合会印行。

3月1日 瓯海区文学艺术界联合会派员参加全区“勇当先锋 挑战极限”大行动暨党建工作会议。

3月4日 瓯海区文学艺术界联合会组织人员，到泽雅镇调研“纸山文化”。

3月6日 瓯海区委宣传部举办纪念第一百零三个三八国际妇女节庆祝大会，多位文艺界人士参加各项活动。

3月6日 瓯海区收藏协会举行第二届选举会议，选举产生第二届理事会。林宗萍当选会长，朱敏、邹文凭、卓维友为副会长，朱敏兼任秘书长。

3月9日 中共温州市委宣传部、温州市文学艺术界联合会组织温州市书法、美术、摄影等协会会员，参加在瓯海区丽岙街道丽塘社区举行的“文艺社区”启动仪式，并在馨博花卉休闲园建立书法、美术、摄影创作采风基地。

3月9日 瓯海区曲艺协会在泽雅镇天源社区组建民间演唱点。

3月12日 瞿溪会市举行“瞿溪味”会市摄影大赛。

3月14日 瓯海区委宣传部召开文化建设汇报会，区文学艺术界联合会代表在会上交流2013年文化活动项目计划。

3月20日至21日 林长春、潘丁盛等人参加在苍南县举行的“温州古村落保护和开发研讨会”。

3月26日 《泽雅古道》在泽雅镇举行首发式暨纸山文化研讨会。

3月28日 彭福云等人参加瓯海绿文化节微电影审稿会。

3月 《今日瓯海》编辑部以俱乐部形式，组建“瓯摄会”，开展“美丽瓯海随手拍”活动。

3月 吴狄彪主编的《镜心艺海》，由香港出版社出版。此书为瓯海区镜心书画院成立五周年书画摄影作品集。

4月2日 瓯海区文学艺术界联合会（包括个人）筹集地域文化图书，赠送给福建漳州师范大学图书馆闽台文化交流中心。

4月4日 温州市书法家协会组织会员，到瓯海区郭溪街道宋岙底山地，为马公愚墓敬献花篮。

4月4日 繁荣艺社组织节目，到泽雅天长村参加文明祭祖文艺演出。

4月7日 浙江省第三届“兰亭奖”中小学生书法大赛温州赛区瓯海分赛区现场赛在瓯海中学举行，三百余名学生参加现场创作比赛。

4月8日 温州市书画院特聘吴永龙等书画家，到瞿溪八仙岩社区真卿书屋，进行书画创作艺术交流活动。

4月10日 闽南师范大学图书馆派专人前来温州搜集

有关地域文化图书资料，瓯海区文学艺术界联合会再次赠送三百余册相关图书刊物。

4月10日 瓯海区流行音乐协会成立，黄东平为主席，谢公值、张任、高翔为副主席，谢公值兼任秘书长。

4月15日 瓯海区安全生产摄影大赛开幕，大赛由区安全生产委员会、区文学艺术界联合会、区摄影协会等联合主办。

4月16日 瓯海区文学艺术界联合会派员参加区文明办征集“最美”精神与价值观论文会议。

4月18日 第八届温州市文艺创作奖举行颁奖仪式，瓯海区周吉敏获银奖。

4月22日 “美丽瓯海随手拍”启动仪式暨“瓯摄会”成立大会，在瓯海区新闻中心举行 。

4月23日 《温州都市报》刊登瓯海旅游风光摄影大赛征稿启事。大赛由浙江省摄影家协会、瓯海区风景旅游管理局、瓯海区泽雅城郊休闲旅游区管委会、瓯海区文学艺术界联合会联合主办。

4月27日 第五届绿文化节在仙岩街道开幕，活动特邀朱自清之孙朱小涛担任仙岩绿文化节形象大使。同时，纪念朱自清游仙岩梅雨潭九十周年文艺晚会在仙岩街道举行。

4月27日 瓯海区坡度诗社成立，严华文为社长，卓铁锋为秘书长，常任理事有钱胜益、王志强、贾建芳、郑仁光等人。

4月28日 瓯海区诗词楹联学会召开理事扩大会议，推选史从忠为常务副会长。

4月 谢乐燕主编的《瓯海文艺》(总第三期)，由瓯海区文化馆印行。

5月1日 第二十四届全国摄影艺术展览颁奖仪式举行，瓯海区陈晓武的《7·23动车事故救援》，入选“纪录类金质收藏”，是本次国展浙江省唯一的金质收藏作品，也是温州摄影史上首枚纪录类的最高奖。

5月5日 瓯海区文学艺术界联合会、区诗词楹联学会，在岷岗举办癸巳年诗会暨岷岗采风活动。

5月7日 中国摄影家协会2012年下半年新会员名单揭晓，温州市共有7人入会，分别是刘晓峰、张勤、林丹、林建华、郑永辉、胡忠杰、钱胜益。

5月9日 瓯海区文学艺术界联合会筹集地域文化图书，送至泽雅天源社区图书馆。

5月10日 瓯海区文学艺术界联合会、区曲艺协会创作节目，送戏下乡，到泽雅镇垟坑社区演唱鼓词。

5月16日 瓯海区文学艺术界联合会派代表参加瓯海区对台工作暨海西区工作会议。

5月17日 《今日瓯海》整版刊出《寄诗情于泽雅青山秀水——坡度诗社泽雅采风诗词选登》。

5月17日 丽岙街道杨宅文化礼堂投入使用。开幕式当日，五百多名村民集聚杨宅文化礼堂，欣赏区曲艺协会的温州鼓词演唱。

5月19日 瓯海区作家协会召开第五届理事会扩大会议，选举潘胜波为秘书长。

5月21日 瓯海区文学艺术界联合会派代表参加全市文

学艺术界联合会系统组织联络会暨信息工作座谈会。

5月22日 第三届两岸琦君文学奖征文比赛启动，《温州日报》文化周刊刊登活动启事。分别设初中、高中一等奖各两名，二等奖各六名，三等奖各二十名，优秀奖各五十名和指导老师奖若干名，组织奖若干名。

5月23日 瓯海区文学艺术界联合会派员参加瓯海区非物质文化遗产项目评选会议。

5月 郑高华的摄影作品《今日温州》，由中国民族摄影艺术出版社出版。

5月 傅建国的散文集《从皖南到温州》，由中国文联出版社出版。

6月13日 温州市首个民间灯文化专题博物馆“藏竹阁”，在瓯海区南白象街道金竹村开馆。

6月15日 瓯海区泉川艺社开办诗词培训班。

6月27日 温州市文学艺术界联合会主办的“寻找温州城市千年记忆”活动，在瓯海区泽雅镇举行。

6月 姜善真的诗词集《纯善墨存》，由上海印书馆出版。

6月 周向勇主编的《金瓯遗韵——温州市瓯海区非物质文化遗产名录》，由中国民族摄影艺术出版社出版。

7月15日 瓯海青年合唱团和瓯海晚晴合唱团获温州市经典歌曲合唱大赛银奖。

7月中旬 温州大学“走进温瑞 情系塘河 ”暑假社会实践队走进温瑞塘河，寻找塘河走过的岁月和留下的历史古迹，感受塘河的变迁。

7月28日 瓯海区委宣传部、区文学艺术界联合会、区书法家协会，开展文化进警营“八一”文化慰问活动，并送图书到区消防大队，开展现场书画创作。

7月31日 瓯海区档案局召开档案文化座谈会，王学钊、冯强生、林长春、郑高华、施成哲、黄卫东、黄松光、谢微东、彭福云等人受聘为档案征集特邀顾问。

7月下旬 瓯海区“瓯之韵”文化节暨社区达人赛活动拉开帷幕，首届社区达人赛广邀草根艺人及文化团队参赛竞演。

8月17日至22日 第三届琦君文化节在瓯海举行，并在文化节开幕式上举行第三届两岸琦君文学奖颁奖仪式。

8月21日 “故园”麦浪油画邀请赛开幕。

8月22日 琦君纪念馆在瓯海区泽雅镇庙后村开馆，琦君的儿媳妇陈丽娜向瓯海区捐献琦君二十多件个人文献。瓯海区文学艺术界联合会主席彭福云代表瓯海区受赠。

8月26日 以“我的星舞台”为主题的瓯海区首届社区达人赛总决赛，在区人民大会堂举行。

8月29日 瓯海区委宣传部、区文学艺术界联合会、区社会科学界联合会等单位，联合评选首批温州市优秀民间文艺人才，瓯海区共十八人推荐上报审批。

8月29日 “幸福温州　欢乐职工”——温州市职工文艺秀瓯海专场文艺晚会，在瓯海区经济开发区安心公寓举行。瓯海区文学艺术界联合会及相关协会组织节目，参加演出。

9月11日 瓯海区文学艺术界联合会派员参加由温州市文学艺术界联合会召开的“温州市基层文艺家生存状态大走

访工作会议”。

9 月 13 日 瓯海区政协文史资料研究会成立，区政协副主席李芍当选会长，区书法家协会史从忠当选副会长。其他理事有王学钊、王大普、冯强生、叶剑平、林长春、林伟昭、周吉敏、徐高发、徐彩琴、徐海曼、黄松光等人。

9 月 20 日至 21 日 2013 年温州市少儿舞蹈大赛总决赛举行。大赛由温州市文学艺术界联合会主办，市舞蹈家协会及各县市区文学艺术界联合会承办。

9 月 26 日 朱艳调任瓯海区文学艺术界联合会工作。

9 月 30 日 郭溪街道九龙灯艺社在岭头堂举行迎国庆九龙灯文化活动。

9 月 陈安生的散文集《乡情乡音》，由瓯海区文学艺术界联合会印行。

9 月 王学钊的散文集《奇石楼文稿》，由香港天马图书有限公司出版。

9 月 林长春把个人多年所藏的两万余册图书，悉数捐赠给瓯海区档案馆，设立林长春藏书专馆，该专馆为浙江省档案系统首家地方文献藏书专馆。

10 月 14 日 瓯海区文学艺术界联合会组织瓯海区泉川艺社、坡度诗社等社团会员，到泽雅中学举办文艺进校园系列活动，并调研纸山文化。

10 月 29 日 瓯海“1+X”职工书屋工程暨图书漂流启动仪式，在娄桥工业园举行。

10 月 彭福云、夏政达主编的《海山之约——益阳赫山温州瓯海青年书法交流展作品集》，由中国当代艺术出版社出版。

11月6日至8日 温州市青年文艺人才高级研修班在厦门大学举办，瓯海区多人参加培训。

11月12日至15日 林长春、潘丁盛、朱建波等人参加中国泰顺第五届廊桥文化节，以及在泰顺县举行的中国（温州）古村落文化遗产学术研讨会。

11月17日 温州市2013年文艺家读书会，在市图书馆举办专题讲座，瓯海区多人参加读书会。

11月 林永良的小说集《田园》，由中国戏剧出版社出版。

12月9日 瓯海区文学艺术界联合会派代表参加温州市文学艺术界联合会文艺项目申报扶助资金评审会。

12月13日到14日 第十四届温州文学周在永嘉县举办，瓯海区多人参加活动。

12月19日 由“国智文创园”携手温州文博城联合打造的温州文博城国智9号文智园启动运营，此文智园为温州市最大的文化综合体建设项目。

12月 瓯海区委宣传部组织编写《文化地标精神家园》，集中展示瓯海区文化礼堂建设成果。

12月 彭福云主编的“瓯海文化丛书”第五辑，由上海印书馆出版。第五辑包括：朱建波的《屿山记忆》，周万兴的鼓词集《高机与吴三春》，缪秀霞的鼓词集《双仙斗》，罗松光的鼓词集《黄三臬与林定郎》。

12月 《兰亭奖——中小学生书法大赛优秀作品集》(2012—2013)，由政协温州市瓯海区委员会印行。

12月 虞文成主编的《我的大学梦》，由上海印书馆出版。

12 月　虞文成的《星之蓝》，由中国文学艺术出版社出版。

12 月　姜善真主编的《瓯海诗词》(2013)，由瓯海区诗词楹联学会印行。

2014 年

1 月 16 日 首届感动瓯海十大人物颁奖典礼，在新瓯海电影院举行，民间藏书家林长春、文化守护者张金成入选。

1 月 17 日 温州市书画院十多位书画家，到瓯海区泽雅镇天源社区文化礼堂，为当地村民书写春联。

1 月 21 日 瓯海区民间文艺家协会组织会员，到苍南县参加温州市民间文艺家迎春联欢会。

1 月 黄松光主编的《瓯海历史名人》，由光明日报出版社出版。

1 月 周笑中的《像有心声》，由中国摄影出版社出版。

1 月 中共温州市委宣传部、温州市文学艺术界联合会举办“寻找温州城市千年记忆”系列文化活动。

2 月 7 日 瓯海区民间文艺家协会潘丁盛，获“2013 年度温州市文学艺术界联合会工作先进个人”称号。

2 月 12 日 周岙十三挑灯民俗文化节在泽雅镇周岙村举行，瓯海区文学艺术界联合会及相关协会多人参加各项文化活动。

2 月 14 日 国家文化部非物质文化遗产副司长屈盛瑞一行，到瓯海区考察泽雅屏纸的保护传承情况。

2 月 14 日 瓯海区泉川艺社特制百鸟灯，参加乐清牛鼻洞民俗文化展示活动。

3月25日 瓯海区文学艺术界联合会、区非物质文化遗产保护中心联合发文，设立温州鼓词社区词场，定期选派词师到社区文化礼堂进行演唱。

3月29日 瓯海区诗词楹联学会在茶山街道召开第四届第一次会议，史从忠当选学会会长，卢彩平、林光荣、林朝恩、徐春银、黄勤荣为副会长，林光荣兼任秘书长。

3月30日 瓯海区曲艺协会召开换届选举会议，郑德平当选主席。

4月 创办温州市塘河文化论坛，创办温州首本水文化杂志《塘河》，周吉敏任主编。

4月4日 瓯海区文学艺术界联合会在南白象农家小院召开2014年度工作会议，各协会及社团交流工作情况。

4月9日 “瓯之韵百水赋”征文活动开启。

4月13日 瓯海区仙岩梅雨潭文艺社成立。

4月18日 瓯海区镜心书画院举办夕阳红书画摄影展，并举行书画摄影集《镜心艺海》首发式。

4月 林长春家庭获首届全国“书香之家”称号。

4月 谢乐燕主编的《瓯海文艺》(总第四期)，由瓯海区文化馆印行。

5月2日 美国民俗学者罗南熙（中文名）及复旦大学教授学者，温州民俗学者杨光辉、黄正仪、潘猛补等人访问考察泽雅纸山文化。

5月13日 温州市书画院郑方扬一行，到瓯海区泽雅镇天源社区文化礼堂，开展“书画进泽雅”主题活动。

5月29日 瓯海区文学艺术界联合会及相关协会多人，参加温州市政协、温州市委宣传部等单位联合主办的《文化强国与公共外交》专题讲座。

5月30日 瓯海区温瑞塘河文化研究会，在南白象街道塘河文化公园举办采风创作活动。

5月 郑金寿新闻图片档案专馆，在瓯海区档案局（馆）挂牌。

5月 《新桐初引——温州市书法家协会诗词委员会作品集》印行，作品集收入瓯海区吴佐仁、史从忠、周建勇、林朝恩、陈胜武、黄周光、黄勤荣、彭福云、叶小文、潘秀益等人的作品。

6月14日 瓯海·台湾周——第四届琦君文化节暨“同游塘河　共建家园”活动开幕，来自海峡两岸的文化界人士参加活动。

6月15日 瓯海区泉川艺社在茶山街道举办书画现场创作活动。

6月17日 由中国国际广播电台与温州市委宣传部联合推出的“美丽之城　逐梦之歌——全景中国·温州周”大型采风活动，首站在瓯海区茶山街道进行。

6月 《瓯海视觉艺术季》由瓯海区文化馆印行。

6月 林长春主编的《大罗山志》（增订本），由中华书局出版。

7月1日 瓯海区图书馆举行开馆仪式，瓯海区文学艺术界联合会及相关协会、学会、社团代表捐赠图书为贺。

7月1日 《瓯海童谣》由瓯海区文明办、瓯海区教育局、瓯海区文学艺术界联合会联合印行。

7月4日 瓯海区政协副主席黄松柳一行，对区档案局地方文献阅览室及各专馆作文化考察。

7月13日 我和我的祖国——2014年温州市群众合唱大赛举行，瓯海区“瓯之韵”合唱团演唱的《怒吼吧黄河》，获大赛第一名。

8月5日 温州市优秀童谣获奖作品揭晓。其中，瓯海区朱茂昌的《早日实现中国梦》、詹凡的《莫负读书好年华》获一等奖，王学钊的《塘河童谣》、朱茂昌的《清廉歌》、鲁建东的《美丽家园》、詹凡的《美化家园靠大家》、徐春银的《文明传承你我他》获二等奖，鲁琼、贾蓓雷、林俊琼、朱茂昌、胡跃、吴献安等人的作品获三等奖。

8月11日 瓯海区文学艺术界联合会及相关协会、学会、社团多人，参加区旅游局举办的瓯海古道旅游文化座谈会。

8月19日 第六届“瓯海文学艺术奖”评选结果揭晓，章忠建获金瓯奖，周吉敏获银瓯奖，陈晓武获铜瓯奖。

8月21日 浙江省书法家协会授予瓯海茶山村“浙江书法村”荣誉称号，并在茶山街道梅泉社区文化礼堂举行挂牌仪式。

8月22日 瓯海区诗词学会在茶山街道宝严寺举办讲座，林光荣主讲“诗词楹联赏析”。

8月25日 瓯海区书法家协会组织会员到泽雅镇天长文化礼堂进行现场创作活动。

9月16日至17日 我和我的祖国——2014年浙江省群

众合唱大赛决赛在杭州大剧院举行，瓯海区“瓯之韵”合唱团获大赛决赛金奖。

9月21日 中共温州市瓯海区委提名季淑忠为瓯海区文学艺术界联合会副主席候选人。

9月26日至27日 《根植乡土　放飞梦想——金华市婺城区温州市瓯海区两区农民书画集》，由金华市婺城区书法家协会农民分会、瓯海区泉川艺社联合印行。

9月 姜善真编著的《水生风华》，由上海印书馆出版。

9月 姜善真主编的《白塔风情》，由南白象街道党工委办事处印行。

9月 彭福云主编的《坡度诗刊》（中国·温州2014金秋诗歌节专刊温州诗歌专号），由瓯海区文学艺术界联合会印行。

10月6日 瓯海区首届“尝新节”在泽雅镇唐宅村举行，多位文艺界人士与八百余游客一起体验传统农耕文化特色魅力。

10月14日 温州弘一书画研究院在茶山街道宝严寺举行成立典礼。

10月18日 温州市音乐家协会第七次代表大会召开，瓯海区苏琼当选副主席。

10月24日 温州市作家协会第七次代表大会召开，瓯海区代表团与会，林长春、翁德汉、傅建国当选理事。

11月2日 浙江省民间档案文献收藏研究会成立大会在浙江省档案局召开，瓯海区代表林长春与会，并成为会员。

11月6日 温州市人民政府公布第八批温州市非物质文

化遗产名录，瓯海区选送的龙舟传说、温州舞龙、花鼓、龙舟制作技艺、锡器制作技艺、泽雅豆腐鲞制作技艺、泽雅手工粉干制作技艺、泽雅乌豆酒酿造技艺、彩泥塑、青石雕刻、温州木雕、八卦掌、南拳双锏、踏高跷、白露节十五个项目上榜。

11 月 21 日 寻源母亲河——瓯海区塘河源揭牌仪式，在瞿溪街道泉东川村举行。

11 月 23 日 温州市曲艺家协会第八次会员代表大会召开，瓯海区郑德平、缪秀霞为理事会主席团成员。

11 月 23 日 2014 年温州市文艺家读书会，在温州市图书馆举办，瓯海区多人参加活动。

11 月 23 日 塘河文化高峰论坛，在温州大学育英图书馆举行。

11 月 24 日至 28 日 2014 年青年文艺人才高级研修班，由温州市文学艺术界联合会和上海交通大学联合举办，瓯海区彭福云等人参加培训学习。

11 月 27 日至 12 月 1 日 瓯海 · 台湾周——第四届琦君文化节暨两岸戏曲艺术交流活动举行。活动内容包括“风雅塘河　美丽瓯海——第四届塘河文化暨琦君文化节文艺演出”、以“我与亲人”为主题的琦君文学奖征文、两岸戏曲学术研讨会等。

11 月 30 日 温州市瓯越传统文化研究会成立，周吉敏当选会长，陈玲为执行会长。

11 月 缪秀霞参加在湖南常德举行的全国鼓书学术邀请赛，并进行温州鼓词演唱表演。

11 月 缘起塘河——瓯海诗词楹联学会塘河文学分会会员作品选，作为《瓯海》2014 年专辑印行。

11 月 周吉敏主编的《塘河》出刊，创刊号由瓯海区温瑞塘河环境文化促进会主办，森马集团有限公司协办。

11 月 泽雅竹纸制作技艺（泽雅屏纸制作技艺），被列为国家级非物质文化遗产代表性项目。林志文被列为第五批国家级非物质文化遗产代表性项目泽雅屏纸制作技艺传承人。

12 月 5 日至 7 日 第十五届温州文学周在苍南县举办，瓯海区多人参加活动。

12 月 10 日 浙江省首部农村公路题材微电影《路缘》，在温州市首映，影片女主角由瓯海区曲艺协会周迎嫦扮演。

12 月 23 日至 25 日 浙江省基层公共文化创新工作推广会在瓯海区召开，会议表彰浙江省民间文艺之乡和三十年基层文化人员代表。

12 月 27 日 首届温州瓯海文化旅游节，在温州市工人文化宫开幕。文化旅游节的内容包括“瓯丰柑韵”书画摄影展，行业专家访谈，瓯柑与瓯瓷、瓯柑与珠宝等传统与时尚元素结合搭配的活动。

12 月 瓯海区民间文艺家协会多人参与编写《百花绽放——1978—2014 年间温州市民间工艺家纪事》。

12 月 根据琦君小说《橘子红了》改编的瓯剧《橘子红了》在温州市瓯剧艺术研究院首演成功。

12 月 孙建丹参加浙江省小城镇文化示范样本温州鼓词演唱，获金奖。

12 月　史从忠主编的《瓯海诗词》（甲午集），由瓯海区诗词楹联学会印行。

12 月　林长春加入浙江省作家协会。

12 月　《兰亭序——2014 中小学生大赛优秀作品集》，由政协温州市瓯海区委员会印行。

2015年

1月13日 瓯海区文学艺术界联合会第四届第七次全委会暨2015年工作会议召开，会议学习传达有关文艺工作指示精神，总结布置工作内容，增补文学艺术界联合会委员和选举文学艺术界联合会副主席。

1月17日 缘起塘河——瓯海塘河文学社记者会，在温州市图书馆举办。

1月28日 瓯海区泉川艺社在茶山街道举办传承侨乡文化活动。

1月30日 温州市民间文艺家协会第七次代表大会召开，瓯海区林长春、潘丁盛当选副主席，朱建波为秘书长，朱建波、周吉敏为主席团成员。

1月31日 温州市舞蹈家协会第七次代表大会召开，瓯海区谢乐燕当选副主席。

1月 马必胜的《南戏乡亲董每戡传》，由岳麓书社出版。

1月 黄松光主编的《正能量最美瓯海人》，由光明日报出版社出版。

1月 《讴歌》由瓯海区文化广电新闻出版局印行。

2月8日 瓯海区镜心书画院组织艺术家，在瓯海市民广场书写对联、创作美术作品，赠送给市民。

2月12日 瓯海区泉川艺社在茶山街道梅泉社区现场创作，向群众赠送春联。

2月28日 瓯海区摄影协会在区广电中心会议室举办摄影“双月会”艺术沙龙活动。

3月3日 泽雅周岙十三挑灯民俗节开幕，瓯海区相关协会、学会、社团多人参加各项文化活动。

3月4日 瓯海区音乐工作者协会、区舞蹈工作者协会组织节目，参加瓯海区庆祝第一百零五个三八国际妇女节文艺活动。

3月 王学钊向瓯海区博物馆捐献精品书画美术作品三百余件。

4月2日 温州市文学艺术界联合会第七届第七次全委扩大会议召开，瓯海区文学艺术界联合会派员参加，并汇报工作情况。

4月17日 温州市书法家协会第七次代表大会召开，瓯海区缪秀霞、陈胜武当选副主席，陈胜武兼任秘书长。

4月24日 瓯海区网络作家协会、小作家协会成立暨瓯海地域文化网、红领巾网络文明小记者网开通仪式，在瓯海区图书馆举行。

4月 谢乐燕主编的《瓯海文艺》(总第五期)，由瓯海区文化馆印行。

4月 刘周晰的诗词集《雪岭涓流》，由线装书局出版。

4月 周荣光的《泽雅纸农乡味——寻找千年泽雅纸山文化实录》，由中华书局出版。

6月19日 中国梦乡村梦——浙江省书法村作品瓯海展，在茶山街道举行。

6月27日 瓯海区泽雅纸农菜文化节开幕暨《泽雅纸农乡味》首发式，在泽雅纸山景区游客中心举行。

6月 《瓯海十四人书法小品集》，由瓯海区文化广电新闻出版局、瓯海区文学艺术界联合会、瓯海区书法家协会联合印行。

7月17日 瓯海区民间文艺家协会组织人员，到泽雅镇桂川村等地调研古村落文化。

7月20日 中共温州市瓯海区委宣传部、温州市瓯海区社会科学界联合会颁发首批社科人才库专家聘书，马海风、王长江、王大普、叶剑平、朱建波、吴狄彪、张金成、林志文、林长春、林伟昭、周万兴、周胜恩、周胜春、郑冠、姜善真、徐高发、章忠建、谢乐燕等人受聘。

7月28日 温州模式与温州传统文化创新研讨会，在瓯海区头陀寺召开。

7月 林光荣的《历代潘桥诗选注》，由上海印书馆出版。

7月 彭福云主编的《最美的承诺——海内外诗词原创作品集》《河埠头》，由瓯海区文学艺术界联合会印行。

7月 瓯海区泉川艺社制作的百鸟灯，被浙江省美术馆选入“艺游乡里”非物质文化遗产传承项目。

8月 陈寿楠编著的《董辛名集》，由温州市瓯海区政协文史资料委员会印行。

9月1日至2日 浙江省民间文艺家协会第八次代表大

会在杭州召开，瓯海区林长春、潘丁盛、朱建波当选理事。

9月15日 瓯海潮踪——档案里的瓯海展暨档案资料集中捐赠仪式，在瓯海区档案馆举行。

9月 温州市第三届视觉艺术作品大赛举行，瓯海区叶将的《东海休渔》、潘秀益的《齐物论节录》、张弛的《陶潜诗》获银奖，叶小文的《宋人梅诗十三首扇面》、史从忠的《原道》、彭福云的《金圣叹快说》、张建敏的《毛泽东诗词》、叶剑平的《禾之重》获铜奖，获奖作品结集由中国文史出版社出版。

10月9日 瓯海区社会科学普及周活动仪式在茶山村举行，瓯海区文学艺术界联合会、区社会科学界联合会及相关协会、学会、社团多人参加各项文化活动。

10月11日 温州市民间文艺家协会及瓯海区民间文艺家协会组织会员，到泽雅镇桂川村开展采风调研活动。

10月13日 2015中国·温州第三届金秋诗歌节，在温州大学人文学院举行。来自全国各地的诗人、诗评家及有关专家学者共赴盛会，分享创作经验。此次诗歌节由温州大学人文学院、瓯海区委宣传部、瓯海区文学艺术界联合会联合主办，坡度诗社、《温州晚报》、温州市图书馆和乐清市现代汉诗学会承办。

10月17日 天心月圆——纪念弘一大师诞辰一百三十五周年书法美术联展，在茶山街道宝严寺举行。同时，黄松柳主编的《天心月圆——纪念弘一大师诞辰一百三十五周年书法美术联展作品集》，由温州市瓯海区弘一大师联谊会、中国美术学院中国画与书法艺术学院、中国美术学院继续教育学院联合印行。

10月30日 温州市文艺志愿者协会成立，瓯海区多人参加各项活动，并成为文艺志愿者。彭福云、朱建波、吴狄彪当选第一届理事会理事。

10月30日至31日 由瓯海区文学艺术界联合会承办的第十六届温州文学周在瓯海区举办。

10月 周吉敏的散文集《斜阳外》，由四川美术出版社出版。

10月 徐彩琴、唐思思的纪实文学《健康战士》，由浙江工商大学出版社出版。

11月9日至13日 温州市青年文艺人才培训班，在复旦大学上海市委宣传部人才培训中心举办，瓯海区代表参加培训学习。

11月14日 瓯海区美术协会、区泉川艺社组织会员，参加泽雅黄山爱心济困助学义卖活动。

11月16日至18日 朱茂昌、林长春参加在浙江省台州市黄岩区举办的中国寓言文学研究会2015年年会及寓言文学研讨活动。

11月 周吉敏主编的《塘河·2015年卷》，由四川美术出版社出版。

11月 姜善真主编的《凤山雅韵》，由南白象街道党工委办事处印行。

11月 姜善真主编的《茶山历代诗词选》，由茶山街道党工委、办事处印行。

12月6日 由温州市委宣传部、市文学艺术界联合会主办，市民间文艺家协会、市文化遗产保护中心承办的“工艺美术的温州现象”论坛，在温州市大学举行，瓯海区多人参加各项活动。

12月28日 翰墨三翁——鹿城、瓯海、龙湾三区文化走亲书画联展在温州市图书馆举行，展出陈步宣、王学钊、李欣荣的书法美术作品百余幅。

12月30日 第二届感动瓯海人物颁奖仪式在区人民大会堂举行，王学钊、周荣光、吴狄彪获“第二届感动瓯海人物”称号。

12月 《万事如意——温州九号文化艺术中心常驻艺术家潘之专集》，由瓯海区委宣传部、区文学艺术界联合会、区文化广电新闻出版局联合印行。

12月 2012年至2015年期间，周吉敏发起田野调查，走访瓯海区境内的古道，推动全市古道资源的保护和利用，开展古道题材的文学创作，先后出版散文集《泽雅古道》《斜阳外》。

2016 年

1 月 8 日 王学钊将一百多幅精品画作，捐献给瓯海区档案局（馆）。

1 月 9 日 温州市民间文艺家协会主席团扩大会议在苍南县召开，瓯海区潘丁盛、朱建波等人与会，交流工作情况。

1 月 13 日 瓯海区民间信仰文化研究会第一届第二次理事扩大会议在郭溪街道岭头堂召开，相关协会、学会、社团多人与会。

1 月 15 日 茶山街道举行汀岙文化礼堂授牌仪式，瓯海区诗词楹联学会、区泉川艺社同期举行《茶山历代诗词选》《霞井小草》赠书仪式。

1 月 18 日 瓯海区音乐工作者协会、区舞蹈工作者协会，在瞿溪街道河头村举办文化下乡文艺演出。

1 月 施成哲主编的《王学钊书画作品集》，由浙江人民美术出版社出版。

1 月 王学钊书画文稿档案专馆，在瓯海区档案局（馆）大厅设立并挂牌。

1 月 林志文、周银钗合著的《瓯海纸屏》，由中国民族摄影艺术出版社出版。此书为温州市瓯海区非物质文化遗产系列丛书之一，对泽雅纸山古法造纸工艺技艺进行了理论概括、系统式和技术指南文化式总结。

1月 万军编著的《温州参龙》，由中国民族摄影艺术出版社出版。此书为温州市瓯海区非物质文化遗产系列丛书之一。

3月4日 瓯海区民间文艺家协会、区民间信仰文化研究会，组织人员到永嘉县开展调研交流活动。

3月9日 瓯海区文学艺术界联合会及相关协会、学会、社团，组织人员参加瞿溪会市文化活动。活动内容有：瓯海区文星木偶艺社搭台表演木偶戏，瓯海石雕彩石镶嵌展示，瓯海区泉川艺社竹丝灯、百鸟灯制作表演，瓯海区古镇保护与发展论坛等。

3月23日 瓯海区文学艺术界联合会第四届第八次全委会暨2016年工作会议召开，新增委员张延云、麻显春、金红，张延云当选副主席。

3月 林长春主编的《馆藏书目》(文学卷)，由瓯海区档案馆印行。

4月13日 瓯海区吴狄彪的家庭获第二届全国“书香之家”称号。

4月21日 瓯海区政协文史资料委员会在潘桥街道横屿头村（董每戡故居）举行董每戡南戏学术座谈会。

4月28日 瓯海区泽雅纸农菜文化发展促进会第一届一次会员大会，在泽雅镇西岸村文化礼堂召开，林长春当选会长，周荣光等人为顾问。

4月 瓯海区摄影协会潘胜波的作品《老宅迎新》，发表于《大众摄影》第四期。

4月 山水含清晖——第四届温州塘河文化论坛暨首届温州诗会在瓯海区举办。

4月 吴狄彪主编的《油画展作品集》，由香港出版社出版。

5月25日 瓯海区文学艺术界联合会及相关协会、学会、社团多人，参加在泽雅镇举办的青少年教育基地授牌仪式暨打造纸山文化品牌座谈会。

5月 谢炳华的《谢炳华彩石镶嵌作品集》，由四川美术出版社出版。

5月 虞文成的散文集《脚步》，由上海印书馆出版。

6月22日 瓯海区文学艺术界联合会及相关协会、学会、社团代表多人，参加在温州大学岩松堂举行的茶山文化保护与发展论坛。

6月23日 浙江省社会科学界联合会第三届学术年会温州分论坛召开，瓯海区多位代表与会。

6月24日至26日 瓯海区民间文艺家协会组织会员，赴福建武夷山采风。

6月 周荣光区域经济研究成果档案专馆（包括文学民间资料手稿），在瓯海区档案局（馆）挂牌建立。

7月16日 泽雅桂川阁结顶落成，温州市诗词楹联学会、温州市民间文艺家协会、温州市委党校图书馆、瓯海区书法家协会、瓯海区民间文艺家协会等单位，参与结顶庆典与采风创作活动。

7月31日（农历七月初七） 瓯海区泉川艺社特制百鸟

灯，亮相雁荡山爱情节。

8月24日 水墨凝乡情——王学钊书画作品展开幕式，在瓯海区博物馆举行，并向瓯海区博物馆捐赠书画作品及文稿三百多件。

9月12日 瓯海区政协纪念弘一大师联谊会组织人员，在茶山街道宝严寺举办弘一大师诗词作品中秋吟诵会。

9月 彭福云主编的《一个坡度》，由中国文史出版社出版。

9月 林长春编著的《寻访对联日记》（三垟专辑），由瓯海区文学艺术界联合会印行。

10月10日 瓯海区民间文艺家协会组织会员，到泽雅镇桂川村、外叶村等地进行民间文化采风。

10月11日 瓯海区在行政中心一号楼举行“琦君散文奖”新闻发布会。瓯海区政府联合《十月》杂志社创立“琦君散文奖”。瓯海被确定为永久颁奖地。

10月17日至21日 中国民间文艺家协会第七期学习习近平总书记文艺工作座谈会重要讲话专题研讨班在绍兴举行，瓯海区民间文艺家协会代表朱茂昌、林长春、潘丁盛、朱建波、周吉敏五人参加学习。

10月28日 永远的匠心——朱子常及传人黄杨木雕精品展，在温州博物馆展出，瓯海区文学艺术界联合会及相关协会、学会、社团多人与会，并参加研讨会。

10月 《罗山一石——奇石楼捐献书画文稿选集》，由温州市瓯海区档案局（馆）印行。

10月 冯强生主编的专题调研报告《随风而去——即将消失的三垟湿地文化》，由温州生态园三垟湿地文化普查组印行。

11月 周吉敏的长篇散文《东瓯三记》刊发在《十月》杂志第六期，这是瓯海区作家首次在国内有影响力的杂志刊发抒写瓯海地域文化题材的文学作品。

11月9日 温州市文学艺术界联合会主办第十七届温州文学周，瓯海区作家协会多人参与各项活动。

11月9日 徐秀莉的散文《我的“赤脚医生”经历》，获温州市龙湾区首届“罗峰奖”全国非虚构散文创作大赛三等奖，并被收入获奖作品集。

11月 浙江省民间文艺“映山红奖”民间灯彩大赛在海宁举行，瓯海区泽雅镇周作平创作的“宫灯”获传统类铜奖，瓯海区泉川艺社王大普的“百鸟竹丝灯”获优秀奖。

11月 周吉敏主编的散文集《塘河》，由四川美术出版社出版。

11月 周崇涨、叶展主编的《纸山论艺——中国水彩画名家书法写生作品集》，由浙江省美术家协会、浙江省水彩画家协会、瓯海区文化广电新闻出版局联合印行。

11月 温州市第四届视觉艺术作品大赛举行，瓯海区潘素敏的《静谧的夜灯》、潘秀益的《楷书归去来兮辞》、林朝恩的《草书自撰联》获银奖，王大普的《农家小院豆荚肥》、张建敏的《篆书毛泽东词》、唐亮的《篆书得山水极天地联句》、卢忠强的《行书陋室铭》、王学钊的《隶书长歌高卧联》、林建炜的《草书潘柽诗出廊》、周笑中的《山水晨曦》、富晓春的《洞头石屋》等参展，这些作品结集由中国国际广播出版社出版。

12 月 6 日 瓯海区泉川艺社在茶山街道汀岙文化礼堂，举办书画现场创作活动。

12 月 9 日 首届“琦君散文奖”颁奖典礼暨“中国楹联文化区”授牌典礼在瓯海区举行，作家鲍尔吉·原野、梁鸿鹰、黄灯的散文作品获奖，周吉敏的散文集《斜阳外》获特别奖。

12 月 21 日 瓯海区泉川艺社建社十周年书画展在温州市展览馆开幕，并举行研讨会。

12 月 29 日 第九届温州市文学艺术创作奖颁奖典礼举行，瓯海区周迎嫦获新秀奖，周笑中获银鹿奖。

12 月 30 日 温州市燎原文化发展促进会成立大会暨纪念燎原社成立六十周年高峰论坛，在瓯海区举办。

12 月 叶展主编的《罗山古韵泉川新风》，由瓯海区泉川艺社、区文化广电新闻出版局印行。

12 月 陈志熙、林伟昭编的《瓯海谱牒文献汇编》，由上海印书馆出版。

12 月 《瓯海区中小学兰亭奖优秀书法作品集》，由政协温州市瓯海区委员会印行。

12 月 冯强生主编的《三垟湿地文化调查资料汇编》，由温州生态园湿地普查组印行。

2017年

1月13日 瓯海区泉川艺社组织艺术家，到泽雅镇西岸村等地举行送书画送春联文化活动。

1月14日 瓯海区民间文艺家协会组织会员，参加温州市民间文艺家迎春联欢会。

1月 周荣光的《中国泽雅纸农菜》，由瓯海区泽雅纸农菜文化发展促进会印行。

1月 周吉敏的长篇散文《瓯海三记》，刊发在《四川文学》2017年第一期。

2月 陈小平编著的《仙岩历代名胜碑志诗文》，由浙江古籍出版社出版。

2月 傅建国的小说集《奶奶的村庄》，由长江文艺出版社出版。

3月6日 瓯海区委宣传部、区文学艺术界联合会、区社会科学界联合会联合发文，表彰2016年度瓯海区市民艺术团志愿服务先进社团和先进个人。繁荣艺社、流行音乐协会、镜心书画院、泉川艺社、曲艺协会、春秋艺社、前花越剧团、彩霞越剧团、荣新艺术团、新明瓯越剧艺社、鑫海京剧团、星之光歌舞团被评为先进社团，谢乐燕等三十九人被评为先进个人。

3月21日 瓯海区文学艺术界联合会在茶山街道东山书院召开文化工作会议，各协会、学会、社团交流工作情况。

3月23日 瓯海区多种非物质文化遗产项目在温州博览会非物质文化遗产展馆展出。

3月 朱建波、林长春的《印象桂川》，由上海印书馆出版。

3月 林长春编著的《寻访对联日记》(泽雅专辑)，由瓯海区文学艺术界联合会印行。

3月 瓯海区文学艺术界联合会筹集地域文化图书三百余册，交由温州市乡村文化研究会，配送给有关文化礼堂图书馆，以助乡村文化建设。

4月3日至4日 瓯海区泉川艺社组织艺术家至绍兴兰亭等地采风。

4月11日 中共温州市瓯海区委宣传部、温州市瓯海区文化广电新闻出版局、温州市瓯海区文学艺术界联合会联合发文《关于开展第七届“瓯海文学艺术奖”评奖工作的通知》。

4月20日 瓯海区文学艺术界联合会筹集各类图书三百册，通过温州市社会研究所和乡村文化建设研究中心，转赠给董每戡南戏文献资料馆。

4月30日 陈晓明的《措桑嘉错札记》首发式在茶山街道宝严寺举行。

4月 张益品主编，王大普、王学钊、姜善真等人参与编辑的《茶山文踪》，由瓯海区茶山街道办事处印行。

4月 周吉敏的散文《千年纸山背后的水土》被《散文

选刊》转载。

5月8日 温州市文学艺术界联合会第八届第二次全委扩大会议召开。瓯海区文学艺术界联合会派员与会，朱艳被评为温州市文学艺术界联合会系统2016年度先进个人。

5月21日 瓯海区文学艺术界联合会举办“文艺志愿服务日”书法名家公益讲座，陈胜武主讲《中国人的姓名和称谓文化》。

5月 周吉敏的长篇散文《南方古道行记》，刊发在《雨花》2017年第五期。

5月 林和国主编的《2017年瓯海区中小学生艺术节获奖作品选》，由瓯海区教育局印行。

5月 彭福云主编的《河埠头》，由瓯海区文学艺术界联合会印行。

6月8日 瓯海区文学艺术界联合会发文任命朱艳为区文学艺术界联合会办公室副主任。

6月14日 第十七届温州市少儿文艺大赛暨第二届瓯海区少儿文艺大赛拉开帷幕。

6月 吴聘真主编的《温州市首届篆隶书作品集》，由温州市瓯海区委宣传部、温州市书法家协会、瓯海区文学艺术界联合会、瓯海区书法家协会联合印行。

7月9日 瓯海区琦君文化研究会成立，周吉敏当选会长。

7月18日 第七届“瓯海文学艺术奖”评审结果揭晓，周吉敏获金瓯奖、林伟昭获银瓯奖、王大普获铜瓯奖，另有二十六人分别获一、二、三等奖。

7 月 周吉敏的散文《桂子天香》《好文字是一种生命体》，发表在《高中生之友》第七期。

7 月 瓯海区委宣传部、区文广新局、区文学艺术界联合会联合举办“爱在科教新区 舞靓山水瓯海”广场舞大赛。

8 月 3 日 瓯海区文学艺术界联合会及相关协会、学会、社团多人参与瓯海区档案文化建设座谈会。

8 月 5 日 国家艺术基金 2017 年度艺术人才培养资助项目——古代戏曲编创人才培养开班典礼暨“纪念王季思、董每戡诞辰 110 周年图片展”，在温州大学城市学院举行。

8 月 15 日 浙江省第五届“群星”视觉艺术大展系列活动之优秀摄影作品展，在温州市文化馆开幕。温州共有 58 件（组）作品入展，入展作品数量居全省第一。

8 月 16 日 瓯海区音乐工作者协会选送节目，参加第十七届温州市少儿文艺大赛，赵昕宇获“小金鹿奖”，李芷菱获“小银鹿奖”。

8 月 25 日 瓯海词师孙建丹在温州文苑剧场，公益演唱温州鼓词《秦琼卖马》。

8 月 30 日 瓯海区“我们的村歌我来唱”合唱大赛举行，来自全区各镇街十三支队伍和区老干部合唱团参加决赛。瞿溪、潘桥、郭溪街道三支合唱队获大赛金奖。

8 月 彭福云的书法作品入选全国第四届隶书书法作品展。

8 月 潘胜波加入中国摄影家协会。

8 月 翁德汉的组诗入选《中国当代诗歌选本》。

8 月 王学钊的《奇石楼文集》，由上海印书馆出版。文集收有“泉山砚语”“梅泉随话”“香山杂语”“奇石楼文稿”“高土话语”“民间故事”六卷。

8月 周荣光的散文集《命与运》，由中国民族摄影艺术出版社出版。

9月10日 瓯海区民间文艺家多人，随团到丽水市、松阳县等地采风。

9月13日 王学钊、王大普、徐高发等人，参加《瓯海地名故事》评审会。

9月20日 温州市社科普及周启动仪式暨瓯海区社科普及周开幕式在瓯海区举行。

9月21日 周吉敏的散文《素面》在《北京晚报》发表。

9月21日 由温州市委宣传部、市文化广电新闻出版局主办，市文化馆承办的“红心向党·喜迎十九大”文艺会演，在瓯海区仙岩街道河口塘文化礼堂上演。

9月 仇雪峰书法文稿档案专馆，在瓯海区档案局（馆）挂牌建立。

9月 吴绍林的散文集《开眼闭眼奇云山》，由中国文学艺术出版社出版。

10月1日 沙开胜等人的摄影作品，参加温州市首届摄影艺术节，并在杨府山公园展出。

10月13日 温州市“喜迎十九大”篆刻大赛，在市文化馆开幕，瓯海区史从忠等人的作品参展。

10月17日 “喜迎十九大·我们的村歌我来唱”——2017温州市村歌合唱展演，在温州大剧院唱响。瓯海区多支合唱队参演，其中潘桥街道方岙村文化礼堂合唱团获最佳表演奖，瓯海区委宣传部获优秀组织奖。

10 月 30 日　2018 温州市老年春晚瓯海海选专场，在瓯海区人民大会堂进行。

10 月　温州市第五届视觉艺术作品大赛举行，潘秀益的《陶潜归去来兮辞并序》、卢忠强的《周敦颐爱莲说》、叶小文的《子虚赋》、彭福云的《定心》、林朝恩的《春风秋水联》、唐亮的《刘禹锡陋室铭》、张建敏的《司空图文》、史从忠的《赵孟頫题跋》、周笑中的《邻里之间》等参展，并结集由中国文史出版社出版。

10 月　王大普主编的《瓯海民间信仰文化》(创刊号)，由瓯海区民间信仰文化研究会印行。

11 月 3 日至 6 日　瓯海区代表朱茂昌、林长春，参加在诸暨召开的中国寓言文学研讨会第八届全国代表大会和寓言理论研讨会交流。

11 月 9 日至 10 日　瓯海区作家协会派代表参加在永嘉县举行的第十八届温州文学周各项活动。

11 月 14 日　“不忘初心、牢记使命”——瓯海区学习贯彻党的十九大精神主题文艺演出，在新桥街道文化广场举行。

11 月 19 日　第四届温州塘河文化论坛启动，李辉、叶匡政、韩浩月、绿茶、潘采夫、武云溥等人前来瓯海区参与各项活动。

11 月 22 日　瓯海地名故事微电影《梅泉诗情》开机仪式在茶山街道举行，冯强生为该微电影的文学剧本编剧。

11 月 26 日　“爱在科教新区　舞靓山水瓯海”——瓯海区地方广场舞大赛暨瓯海区广场文化节闭幕式，在瓯海区行政中心市民广场举行。此次活动由瓯海区委、区政府主办，瓯海区委宣传部、区文化局、区文学艺术界联合会承办。

11月28日 瓯海区塘河管委会在南白象街道白象村文化礼堂，举办“党的十九大精神暨塘河保护宣传”文艺演出。

11月29日 第三届“华龄杯”中老年书画摄影展，在市展览馆开幕，瓯海区多人作品参展。

11月30日 温州市第五届市民文化节暨2017年全国阅读节闭幕式文艺晚会，在温州大剧院上演。

11月30日 周吉敏的散文《摩茶》发表于《北京晚报》。

11月 《议家风家训——温州市工会女职工书法作品集》印行，瓯海区多人的书法作品入选。

11月 琦君文学馆、琦君纪念馆布展升级，重新对外开放。

11月 谢乐燕主编的《瓯海区美术书法作品集》，由瓯海区文化馆印行。

12月1日至3日 由温州市作家协会、瓯海区文学艺术界联合会主办，坡度诗社承办的第五届南方诗歌节在福建厦门举行。

12月2日 周吉敏的散文《梅花织带》发表于《文汇报》。

12月3日 温州市首届篆隶书法作品展，在瓯海区博物馆举行开幕式。该展览由温州市文学艺术界联合会、温州市书法家协会、瓯海区委宣传部、瓯海区文学艺术界联合会联合主办。

12月3日 温州市歌唱家艺术团、温州市民歌友团，在市工人文化宫成立。瓯海区多人参与。

12月6日 萧山·瓯海文化走亲文艺演出，在丽岙街道后中村文化礼堂上演。

12月8日 “第三届最美茶山人”评选结果揭晓，姜善真获得“最美文化人”称号。

12月11日 温州大学首届文学周启动，本届文学周由瓯海区人民政府、《十月》杂志社、温州大学联合主办。

12月12日 《世界华文文学的“温州现象”——从张翎、陈河的创作谈起》主题讲座在温州书城举行。

12月14日 张翎在温州大学人文学院人文楼学术报告厅作《在飞翔和落地之间——我的写作之路》学术报告。

12月14日 周吉敏的散文《留予他年说梦痕 一花一木耐温存——寻访琦君笔下的故乡》，发表于《北京晚报》。

12月15日 第二届“琦君散文奖”颁奖典礼，在瓯海区行政中心四号楼大礼堂举行，海峡两岸有关专家学者与会。

12月15日 两岸散文论坛——文学与乡愁的当代表述，在温州大学任岩松礼堂白鹿厅举行。

12月15日 中英双语诗歌暨2017年度“琦君散文奖”获奖散文朗诵会，在温州大学育英图书馆会议室举行。

12月28日 国家文化部公示第五批国家级非物质文化遗产代表性项目传承人的名单。温州市有十四人入选，瓯海区谢炳华为彩石镶嵌传承人，林志文为泽雅屏纸制作技艺传承人。

12 月 31 日 瓯海区茶山街道办事处、瓯海区泉川艺社联合举办“百名诗人咏茶山”采风活动。瓯海区诗词学会参与协办。

12 月 《瓯海区中小学生兰亭奖优秀书法作品集》，由政协温州市瓯海区委员会印行。

12 月 图册《小镇大梦》，由瓯海区特色小镇规划建设工作领导小组办公室、瓯海区委宣传部、瓯海区信用瓯海建设领导小组办公室、瓯海区文学艺术界联合会联合印行。

2018 年

1 月 2 日 董每戡文献资料馆发起征集董每戡碑廊楹联活动。

1 月 5 日 瓯海区委宣传部、区文化局组织红色文艺轻骑兵，开展“不忘初心、牢记使命——宣传党的十九大精神”活动。

1 月 13 日 《温州日报》公布“我与档案的故事”征文评选结果，冯强生的《民间档案中的温州电厂史》获三等奖。

1 月 19 日至 20 日 瓯海区民间文艺家协会派代表林长春、潘丁盛、朱建波，参加在杭州举行的浙江省民间文艺家迎新团拜会和浙江省民间文艺工作交流会。

1 月 24 日 瓯海区泉川艺社举办新春送春联活动。

1 月 温州“百工百集”第二辑全套二十册，由四川美术出版社出版。

1 月 谢炳华的《谢炳华彩石镶嵌作品集》作为温州“百工百集”之一，由四川美术出版社出版。

1 月 周吉敏主编的《一生爱好是天然——琦君百年纪念集》，由中国文联出版社出版。

1 月 王大普主编的《风雅茶山书画集》，由瓯海区泉川艺社印行。

2 月 1 日　近现代名家楹联展在瓯海区博物馆开幕，瓯海区文学艺术界联合会、区书法家协会组织书法家进行现场创作。

2 月 14 日　首届“瓯海区城中村改造影像记录大赛”评选结果揭晓，产生一等奖一名，二等奖二名，三等奖三名，优秀奖四十名。

2 月　施成哲、施素娇主编的《瓯地藏弥》，由浙江人民美术出版社出版。

3 月　周吉敏的散文《另一张纸》，发表在《十月》杂志 2018 年第二期。

3 月 2 日至 3 日　瓯海区首届百鸟灯艺术节暨“百名诗人咏茶山”活动，在茶山街道举行。活动由瓯海区委宣传部、瓯海区文明办、瓯海区文化广电新闻出版局、瓯海区文学艺术界联合会、瓯海区社会科学界联合会联合主办，茶山街道党工委办事处承办。活动主要内容有开幕式、泉川论坛、灯彩主题展、书画艺术展、民俗文遗展、民俗美食展、京剧表演、水上社戏、灯谜会等。

3 月 5 日　“我眼中的美丽瓯海”——瓯海摄影大赛全年赛启动，比赛历时一年，采取春夏秋冬四季征集的方式，春季 3 月至 5 月，夏季 6 月至 8 月，秋季 9 月至 11 月，冬季 12 月至 2019 年 1 月。

3 月 14 日　浙江省作家协会公布 2017 年度新会员名单，瓯海区章忠建成为浙江省作家协会会员。

3 月 17 日　富晓春的散文《“稻草”也能卖“蟾蜍的钱”》发表于《南方都市报》。

3月17日 琦君文学馆在瞿溪二月初一会市重新开放。瓯海区文学艺术界联合会、区摄影协会等单位共同举办“千年古镇 美丽瞿溪”摄影作品征集赛。

3月27日 万众“艺”心在瓯海——瓯海区第二届广场文化节，在潘桥街道举行开幕式。

3月30日 温州市书法家协会、瓯海区文学艺术界联合会、南白象街道办事处组织文史学者，为先贤姜立纲祭拜扫墓。

3月 “庆祝改革开放四十周年，讲好瓯海故事”活动启动，活动由瓯海区委宣传部、区新闻和网络信息中心、区文学艺术界联合会、区社会科学界联合会联合举办。活动分两个阶段进行，文稿征集阶段为3月至5月，演讲比赛阶段为5月至6月。

3月 周惠津的《琦君笔下的乡土情怀》，由温州市瓯海区政协文史资料委员会印行。

4月2日 陈佐主编的《任道逊书法集》，在丽岙街道任宅举行首发仪式，并举行任道逊纪念馆落成仪式。

4月22日 由瓯海区委宣传部和菩提子影视公司联合出品的电影《醒来》，在瓯海区新桥街道新桥文化广场举行新闻发布会暨开机仪式。

4月22日 瓯海区举办第二届“我们都是朗读者”群诵会暨第十届“瓯韵书香”全民阅读节活动。

4月30日 瓯海区民间文艺家协会组织会员，到泽雅镇坑源村调研纸山文化。

4月 《温州日报》以“悠悠塘河 千年文脉”为题整版

报道了瓯海区温瑞塘河环境与文化促进会取得的成效。

4 月 孙焊生主编的《徐肖冰 侯波在温州》，由浙江摄影出版社出版。

5 月 俞磊执行主编的《瓯海地名故事》（第二辑），由湖南地图出版社出版。

5 月 周荣光的专著《泽雅纸后时代——寻找千年泽雅纸山文化实录》，由浙江工商大学出版社出版。

6 月 1 日 相聚塘河，以诗为名——第五届温州塘河文化论坛暨塘河诗会山水集开幕式，在温州大学举行。本次活动由瓯海区委宣传部、区塘河管理委员会、区文学艺术界联合会、区社会科学界联合会、温州大学人文学院共同承办。

6 月 3 日 《塘河 · 2017 诗歌卷》首发式，在温州大学育英图书馆举行，欧阳江河主讲《当代诗的读写现场：地方性与国际视野》。

6 月 6 日至 7 日 温州市民间文艺家协会七届主席团扩大会议，在瓯海区泽雅镇屿山村召开。

6 月 8 日 琦君纪念馆“同馨书屋”，在瓯海区泽雅镇庙后村揭牌开放。

6 月 8 日 纪念改革开放四十周年暨茶山杨梅节书画创作活动，在瓯海区泉川艺社举行。活动由瓯海区文化局、茶山街道主办，瓯海区泉川艺社、会昌艺社联合承办。

6 月 30 日 瓯海区多位民间文艺家，随团到龙泉市凤阳山、青瓷小镇等地采风。

7 月 13 日 首期桂花雨读书会暨“琦君文化进校园”活动启动仪式在瓯海中学开幕。活动邀请首届“琦君散文奖”

获得者、散文家鲍尔吉·原野作为演讲嘉宾。

8月1日 “寻找最美纸山梯田”摄影大赛拉开帷幕并开始征稿，历时一年。此次大赛由瓯海区委宣传部、瓯海区文学艺术界联合会、瓯海区旅游局、泽雅镇政府联合举办，瓯海区摄影协会和影像传媒网承办。

8月25日 中央电视台主持人白岩松与《人民日报》高级编辑李辉来瓯海开启“琦君文化讲堂”，白岩松在瓯海区人民大会堂作“我的故乡记忆”主题演讲，并与现场观众互动交流。

此次活动由瓯海区委宣传部主办，瓯海区社会科学界联合会承办，瓯海区台湾事务办公室、瓯海区文学艺术界联合会协办，瓯海区琦君文化研究会周吉敏策划并执行举办。至此，琦君文化品牌开始迈上温州人文社科领域的高地，成为瓯海乃至温州对外一个醒目的地域文化标志。

8月29日 景山街道净水社区乡村艺术团成立暨文艺会演，在会昌阁举行。

8月 叶将、潘新新主编的《瓯海参龙词手稿汇编》，由中国民族摄影艺术出版社出版。

8月 罗松光的《黄氏女对经》，由中国民族摄影艺术出版社出版。

8月 《瓯海瓯澜——瓯澜社戊戌书画展瓯海册》，由瓯海区博物馆印行。

8月 傅建国的长篇小说《皮王》，由团结出版社出版。

9月 郑高华摄影图片档案专馆，在瓯海区档案局（馆）挂牌建立。

9月 《浙江省五年文学作品选·温州卷》，由浙江人民出版社出版。瓯海区翁德汉、傅建国等人的作品入选。

10月11日 九山问道——2018年十二同门书法雅展，在瓯海区博物馆开幕。展览由瓯海区委宣传部、区文化局、区文学艺术界联合会主办，瓯海区博物馆、区书法家协会承办。

10月12日 瓯海区镜心书画院书画摄影展，在温州市工人文化宫举行。

10月15日 《海外文摘》执行主编蒋建伟来瓯海啸秋中学，作“散文阅读与写作”主题讲座。

10月18日 瓯海区三垟街道庆祝改革开放四十周年视觉艺术展，在温州文化金融小镇一楼大厅举行。

10月 王大普主编的《瓯海民间信仰文化》，由瓯海区民间信仰文化研究会印行。

11月10日至12日 建设美丽家园 歌唱美好生活——浙江省庆祝改革开放四十周年村歌大赛，在余姚市泗门镇开赛。瓯海区选送的潘桥方岙村歌《青青方岙》，获创作、演唱双银奖；瓯海区委宣传部获优秀组织奖。《青青方岙》由彭福云作词、杨大可作曲、瓯海区文化馆编排演唱。

11月11日 瓯海区摄影协会第六次会员代表大会在瓯海区行政中心召开，选举产生新一届理事会，李鹤当选主席，陈伟标、郑红平、朱盛、陈晓武、林建华当选副主席，郭锋为秘书长。

11月11日至26日 孟庆江纸山民俗连环画展，在瓯海区博物馆举办。画展展出孟庆江特别为泽雅纸山创作的四十幅画作，反映泽雅纸山纸民社会生活民俗风情。

11 月 13 日　主题为“作家潘向黎陪你读古诗”的第四期桂花雨读书会，在瓯海区外国语学校三楼报告厅举行。此次活动由瓯海区社会科学界联合会主办，琦君文化研究会承办，瓯海区外国语学校协办。

11 月 13 日　瓯海·泰顺文化走亲文艺晚会，在泰顺县罗阳镇南院文化礼堂开演。

11 月 15 日　瓯海区民间文艺家协会组织会员，参加在温州大学岩松堂召开的民间工艺、民间文学讨论会。

11 月 20 日　弘一大师研究学者陈星，在瓯海区图书馆举行《弘一大师对中国艺术文化的贡献》主题讲座，并为弘一大师印存园开园揭幕。此次活动由瓯海区政协纪念弘一大师联谊会、瓯海区图书馆主办。

11 月 23 日　温州头陀寺“永嘉大师杯”全国征联大赛颁奖典礼，在瓯海阿外楼度假酒店举行。征联大赛由中国楹联学会、温州市书法家协会、温州市瓯海区文学艺术界联合会、温州市瓯海区佛教协会联合主办。大赛共征集到优秀楹联作品二千二百余副，共评出“永嘉大师奖”八名，优秀奖二十五名，提名奖五十名。获奖作品被收入作品集《莲语·联语》，由中国诗词楹联出版社出版。

11 月 24 日　首届琦君研究高峰论坛开幕。

11 月 30 日　瓯海区合唱团成立仪式，在瓯海区政府三号楼多功能厅举行，黄冠军任团长兼常任指挥，张建群、王佳佳、徐俊武为副团长，金晨诗为秘书长。

12 月 3 日　瓯海区作家协会代表翁德汉、周胜春、富晓春等人参加在苍南县、龙港市举行的温州文学周活动。

12月10日 宁海县诗词楹联学会一行十六人，前来瓯海文化走亲交流，学习“中国楹联文化区”创建经验。

12月17日 丽岙街道在杨宅文化礼堂开展“敬业好故事”鼓词宣讲活动。活动以鼓词演唱的方式，讲述身边爱岗敬业、乐于奉献的故事。

12月21日至23日 2018中国温州绿文化节在仙岩风景区开幕，节日期间举办的活动有仙岩徒步活动探秘大会、“为绿发声”音乐派对、绿色生活市集、去聚餐——冬日美食暨美厨娘秀、散文征文大赛等。

12月22日至24日 第三届“琦君散文奖”暨首届“瓯海杯”中国当代楹联文化奖颁奖典礼，在瓯海区举行。首届“瓯海杯”中国当代楹联文化奖由中国楹联学会、温州市瓯海区委宣传部主办，中国楹联学会对联文化研究院、瓯海区文学艺术界联合会承办。

12月 瓯海区文学艺术界联合会、区泉川艺社组织艺术家到建德采风，参加严州画院书画展及笔会。

12月 王长明、周保罗合著的《温州莲花心抗战史研究》，由社会科学文献出版社出版。

12月 黄松光主编的图册《壮阔瓯海潮》，由温州市瓯海区档案局（馆）印行。

12月 《瓯海曲艺》(2017—2018合辑)，由瓯海区文学艺术界联合会、瓯海区曲艺协会联合印行。

12月 周吉敏主编的《塘河——全国作家塘河采风作品集》，由瓯海区温瑞塘河环境与文化促进会印行。

2019年

1月4日 周吉敏的散文《乡音不改，故乡呼吸之间即可抵达》，发表于《文汇报》。

1月13日 放歌新时代，拥抱2019——温州市新年合唱团音乐会，在瓯海区人民大会堂举行，来自温州市各县市区十六支代表队参加演唱。

1月20日 温州市民间文艺家协会在金银岛大酒店举办2019迎春联欢会，瓯海区民间文艺家协会组织会员参加联欢会，瓯海区泉川艺社组织人员在现场进行书法绘画创作。

1月22日 浙江省作家协会公布2018年度新会员名单，瓯海区林永良、富晓春成为会员。

1月 刘周晰的散文集《时年有序》，由中国诗词楹联出版社出版。

2月2日 瓯海区泉川艺社在茶山举行现场创作送书画送春联活动。

2月9日 瓯海区摄影协会组织十余位摄影师，参加“放歌新时代 文化进万家 温暖全家福”免费摄影活动。

2月14日 瓯海区民间文艺家协会组织人员，参加温州市民间文艺家协会组织的“乡愁乡韵”创作活动，并到泰顺县廊桥文化园采风。

2月19日至22日 瓯海区第二届百鸟灯艺术节，在茶山街道高科路举行。

2月 春节期间，瓯海区委统战部主办、瓯海区诗词楹联学会承办十二场“翰墨迎新春 同馨送祝福”送春联送书画活动。

2月 徐秀莉的散文集《开心就好》，由上海文艺出版社出版。

3月2日 第二期“琦君文化讲堂”在瓯海区人民大会堂举行。原文化部部长王蒙作“我的新疆故事和文学创作”专题讲座，《人民日报》高级编辑、作家李辉参与讲堂讲座。

3月7日至17日 “美哉瞿溪”图片展亮相瞿溪二月初一会市，一百多幅摄影图片集中展现改革开放四十年来瞿溪的经济社会文化发展新面貌。此展由瓯海区文学艺术界联合会、区摄影协会、瞿溪街道办事处、摄影传媒网联合举办。

3月16日 瓯海区作家协会第七届会员代表大会在三垟街道召开，进行换届选举。周胜春当选主席，杜志平、吴才火、潘胜波、王乐天、周建勇当选副主席，潘胜波兼任秘书长，章忠建为副秘书长。

3月29日至31日 瓯海区民间文艺家协会的王大普、林长春、潘丁盛、朱建波随温州代表团赴杭州，成为学习习近平新时期中国特色社会主义思想培训班（第二期）学员。

3月 《河埠头》由瓯海区文学艺术界联合会印行。

3月 虞文成的散文集《烟云》，由上海印书馆出版。

4月2日 二十多位温州书法家及文史同人到瓯海区

郭溪街道宋岙村，集体为马氏家族祭拜扫墓，缅怀先贤。此活动由温州市书法家协会、瓯海区文学艺术界联合会、瓯海区郭溪街道主办，温州市书法家协会文史学术委员会、诗词委员会、瓯海区博物馆、瓯海区诗词楹联学会、瓯海区书法家协会承办。

4月 陈永华主编的《夕阳多彩——瓯海区离退休教育工作者文艺作品汇编》，由瓯海区离退休教育工作者协会印行。

5月19日至24日 第四届“合唱之心”上海国际合唱节暨国际合唱比赛，在上海奉贤党校音乐厅举行，瓯海区合唱团获混声组银奖。

5月21日 “服务两区建设 助力企业发展”——瓯海区文化志愿服务进企业活动启动仪式，在浙江森马服饰股份有限公司举行。此活动由瓯海区委宣传部、区文学艺术界联合会、区社会科学界联合会、区工商联联合主办。

5月21日 瓯海区民间文艺家协会多人随团到鹿城区山福镇采风。

5月24日 “崇德尚艺——做有信仰有情怀有担当的新时代文艺工作者”报告会，在温州市人民大会堂新闻发布厅举行。瓯海区作家协会、区民间文艺家协会派代表参加报告会。

5月25日 瓯海区诗词楹联学会第五届第一次会员大会召开，史从忠当选会长，林光荣为常务副会长，卢彩平、徐春银、叶森海、陈炳通为副会长，卢彩平兼任秘书长，卢忠海、陈海琴为副秘书长。

5 月 26 日　瓯海区美术协会第七届第一次会员大会召开，陈海峰当选主席。

5 月　王大普主编的《瓯海地名故事》（第二辑），由瓯海区民政局印行。

5 月　林伟昭的《前湖史稿》，由四川民族出版社出版。

5 月　陈潇主编的《少儿美术作品展》，由瓯海区文学艺术界联合会、区文化和广电旅游体育局、区妇女联合会联合印行。

5 月　史从忠主编的《瓯海楹联》，由瓯海区诗词楹联学会印行。

6 月 27 日　中央电视台科教频道《探索·发现》栏目摄制组，前来瓯海区泽雅镇拍摄系列纪录片《千城百味·瓯越》。

6 月 28 日　郭溪街道岭头堂举办庆祝中华人民共和国成立七十周年文化演出暨中共郭溪街道岭头九龙灯艺社拓展支部委员会挂牌仪式。

6 月　周吉敏的散文《纸在低处，灯在高处》，发表在《十月》杂志 2019 年第三期。

6 月　林志文、周银钗编著的《泽雅屏纸制作技艺》，由浙江省摄影出版社出版，为浙江省非物质文化遗产代表作品丛书之一。

7 月 13 日　瓯海区民间文艺家协会组织少儿剪纸选手，参加温州市少儿剪纸大赛。

7 月 14 日　瓯海区镜心书画院在景山街道将军村举行红色星期天艺术活动，免费为学生进行书法培训，并向市民赠送现场创作的书画。

7月16日 “追梦之声”——2019年浙江省第二届青少年声乐大赛，在杭州桐乡举行。瓯海区文化馆选送节目参赛，其中赵佳然获得高中组一等奖，并获最佳人气奖。

7月17日 中国民间文艺家协会2019年第一批会员名单公布，温州市民间文艺家协会16人入会，其中瓯海区王大普成为会员。

7月20日 瓯海区作家协会在仙岩举行文艺采风活动。

7月24日 瓯海区举行“宪法十进”暨八一建军节双拥法治文艺演出。

7月31日 瓯海区文学艺术界联合会举办第四届第十次全委扩大会议，周吉敏、周胜春、陈海峰、叶将、李鹤、郭峰、陈笑琴当选委员，周吉敏当选副主席。

7月 浙江省文化和旅游厅公布浙江省民间文化艺术之乡名单，温州八家单位上榜，其中茶山街道的百鸟灯扎制技艺和泽雅镇的周岙正月十三挑灯节入列。

7月 丁盛龙的《诗是生活中开着的一朵小花》，由瓯海区文学艺术界联合会印行。

7月 周万兴的《陆雷大传》，由上海印书馆出版。

8月1日 冯强生、王大普、徐高发等人，参与《瓯海区地名志》审稿评论会。

8月2日 “艺以载善　镜心可鉴——2019镜心书画摄影展”在温州市工人文化宫开幕。

8月15日 瓯海区民间文艺家协会派员参加2019年中国·宁村纪念抗倭民族英雄汤和公诞辰693周年活动，并参加龙湾非物质文化遗产民俗展。

8月17日 塘河文学社成立五周年暨诗歌朗诵会在茶山街道举行，来自温州市各县、市、区文学艺术界联合会会员，以及文化学者共两百余人应邀参加活动。

8月20日 瓯海区镜心书画院到丽水市吴坑乡尚仁村，进行文化交流采风活动。

8月22日 冯强生、徐志文、林伟昭等人，参与瓯海中心区未命名道路拟命名研讨会。

8月27日 第十九届温州市少儿文艺大赛评选结果揭晓，瓯海区选送的若干作品，分别获小金鹿、小银鹿、小铜鹿奖项。

9月15日至17日 中央电视台科教频道《探索·发现》栏目播出“千城百味”专题片。

9月21日 第三期“琦君文化讲堂”活动开启，著名作家赵丽宏做客瓯海，以“隔江相望的乡愁”为主题举行首场讲座。

9月30日至10月20日 “壮丽七十年 瓯越新时代”——温州市庆祝中华人民共和国成立七十周年图片展在温州各地巡展，瓯海区沙开胜、郑金寿、郑高华等人的作品参加展览，并被收入专集印行。

9月26日 “同迎亚运时代 共建美丽瓯海”——庆祝中华人民共和国成立七十周年书法美术作品展，在瓯海区博物馆展出。展览由瓯海区纪委、区委宣传部、区委直属机关工委、区精神文明建设指导中心、区司法局、区文学艺术界联合会主办，瓯海区书法家协会、区美术协会、区诗词楹联学会承办。

9月28日 瓯海区委宣传部在泽雅林岙旅游集散中心举行2019年瓯海纸山文化旅游节开幕式，并开展系列活动。活动包括：泽雅纸农菜示范点授牌、泽雅风光摄影大赛、泽雅溪钓落户林岙授牌、纸农版画纪录片开机仪式、骑行运动、溪钓邀请赛、纸农菜千人宴等。

9月29日 瓯海区曲艺研究会成立，金燕飞当选会长，郑德平当选常务副会长兼任秘书长，孙建丹、周迎嫦、章林、蔡仙云为副会长。

9月29日 瓯海区举行“庆祝人民政协成立七十周年文艺演出”活动。

9月30日 温州市第二届摄影艺术节在温州杨府山公园开幕，瓯海区摄影协会选送五十多幅摄影作品参展。

9月 首届“融创杯五美新瓯海”摄影大赛评选结果揭晓，郑高华的《七年巨变》组照获特等奖，陈伟标的《夜色如此多娇》组照获一等奖。

9月 谢乐燕以茶山百鸟灯为创作素材编导的《百鸟朝凤》，参加浙江省广场舞比赛，获银奖。

9月 周卢琴调任瓯海区文学艺术界联合会主席。

10月2日 温州市首个采用PPP模式开发的“乡村融合”项目——瓯海区山根音乐艺术小村正式迎客，并被授牌温州市非物质文化体验基地创建单位。

10月10日 首届温州市工艺美术双年展，在瓯海区博物馆举行开幕式。展览由浙江省民间文艺家协会、温州市文学艺术界联合会主办，温州市民间文艺家协会、瓯海区文化和广电旅游体育局、瓯海区文学艺术界联合会、瓯海区博物馆承办。

10月12日 “十月作家创作基地”散文改稿会，在大罗山东山书院举行。此次活动由瓯海区文学艺术界联合会主办，瓯海区作家协会承办,《十月》《雨花》《星火》《鸭绿江》《散文百家》等杂志编辑参加此次活动。

10月25日 “华侨城杯”2019年中国温州（瓯海）世界名校龙舟邀请赛在会昌湖上演，来自国内外十六所名校的代表队参加龙舟大赛。

10月25日至28日 鲁迅文学奖获奖作家仙岩采风活动在仙岩一中开幕，叶辛、邵丽、金仁顺、李浩、陆春祥、穆涛、大解、任林举、汤养宗、许晨十位获奖作家，二十余位温州籍作家及各县市区作家协会代表参与活动。

此项活动由瓯海区委、区人民政府主办，浙江省散文学会、瓯海区委宣传部、瓯海区文学艺术界联合会、仙岩街道办事处承办。

10月 由瓯海区委宣传部、区文学艺术界联合会、区旅游局、泽雅镇政府主办，区摄影协会和影像传媒网承办的“寻找最美纸山梯田”摄影大赛评选结果揭晓，梅向东的《仙境泽雅梦幻梯田》获特级收藏奖，杨冰杰的《飞越泽雅醉美梯田》（组照）获金奖，王建成的《春》获银奖。

10月 《少儿美术作品展作品集》，由瓯海区文学艺术界联合会、区文化和广电旅游体育局、区妇女联合会联合印行。

11月2日 坐落在瓯海区仙岩街道穗丰村的伯温楼举

行落成庆典仪式。伯温楼比照黄鹤楼而建，为外五层内九层结构，占地面积 4200 平方米，楼高 58.68 米，楼内各层设有刘基弘道馆、艺术文化馆、民俗展览馆、瓷器陈列馆、村史博物馆、历史文物馆等馆厅，利用历史文献、现存文物、图片影像资料，多角度展示刘基文化和地域文化。

11 月 3 日　瓯海区龙舟文化研究会，在温州将军大酒店召开成立大会，为全国首家区级龙舟文化研究会。赵显品当选会长，金凯、沈鹏飞、李新节为副会长，王勤铄为秘书长。中国龙舟协会副主席、温州市龙舟协会主席王成云到会祝贺。

11 月 6 日　“大爱温州　育英情怀”专题展览开幕仪式，在瓯海区博物馆举行。专题展以文字图片的形式，反映瓯海三垟乡贤望族——以何啸秋、何朝育、何纪豪为代表的何氏家族及其开创的育英慈善文化事业。

11 月 19 日　华裔温州籍作家张翎在瓯海一高，开展以“故乡与他乡”为主题的文学讲座。本次活动由瓯海区文学艺术界联合会、温州大学人文学院、瓯海一高联合举办。

11 月 20 日　瓯海区人大举办“不忘初心、牢记使命”唱红歌文艺活动。

11 月 24 日　温州市首批十六个国际交流示范基地评选结果揭晓，泽雅四连碓传统手工造纸基地和温州肯恩大学榜上有名。

11 月 24 日　“万众‘艺’心在瓯海　文明守礼迎亚运”暨潘桥街道舞动亚运群众广场舞大赛举行，十六支广场舞队伍参加比赛。

11月27日 瓯海区2019年五大书房统一开放仪式暨助力“书香瓯海”捐书活动，在南白象街道城市书房举行，瓯海区有关领导为城市书房及“瓯海读书会联盟”揭幕授牌。

11月27日 温州市农村文化礼堂“我们的村晚”暨乡村艺术团才艺大展演音乐专场，在瓯海区郭溪街道任桥村任氏文化礼堂上演。

11月 王学钊的《奇石楼杂稿》，由瓯海区文学艺术界联合会印行。

12月1日 庆祝中华人民共和国成立七十周年暨“春泥含香”未成年人书画展，在温州大学民俗博物馆举办。此次活动由瓯海区泉川艺社主办。

12月6日 北京作家协会副主席宁肯以“中关村与《中关村笔记》”为主题，为瓯海区高层次人才联谊会会员代表及企业科技人才代表作文化专题讲座。

12月6日 第四届“琦君散文奖”在瓯海区举行颁奖典礼，半夏的《与虫在野》获特别奖。

12月9日 瓯海区视觉艺术展在区行政中心二号楼开幕。本次展览展出美术书法摄影作品九十幅，集中展示瓯海视觉艺术发展的整体水平和创作匠心。活动由瓯海区文化和广电旅游体育局主办，瓯海区文化馆承办，瓯海区美术协会、区书法家协会、区摄影协会协办。

12月10日 郑州市社会科学界联合会主席叶光林一行四人，来瓯海青灯石刻艺术博物馆、温州塘河文化展示馆等处进行观访考察。

12月13日 “传承非遗之美　创新时代活力”——2019

年瓯海非物质文化遗产创意沙龙，在“集创星谷”举行。

12月13日至15日 瓯海区民间文艺家协会多人随温州市民间文艺家协会采风团，赴金华、衢州等地开展民间艺术采风活动。

12月17日 瓯海区泉川艺社社长王大普，入选温州市“最美文化礼堂人”。

12月18日 第四届瓯海“纸山论艺”——探索千年纸山，解码文化基因大赛启动。

12月20日 瓯海区文化馆、区音乐工作者协会、区舞蹈工作者协会组织节目，参演第四届感动瓯海十大人物颁奖典礼。

12月23日 温州市美术家协会第九次会员代表大会召开，进行换届选举，产生新的理事会。瓯海区美术协会的潘新新当选秘书长。

12月23日至24日 瓯海区作家协会派员参加在文成县举办的温州文学周活动。

12月25日 2019年瓯海区文化礼堂“我们的村晚”暨“扫黄打黑”文艺会演，在丽岙街道曹建村文化礼堂上演。

12月25日 第七届浙江省民间文艺“映山红奖”颁奖典礼在杭州举行。温州市民间文艺家协会报送五件作品，分别获得民间文艺表演奖，民间工艺美术作品奖。瓯海区民间文艺家协会派代表参加颁奖仪式。

12月26日 中国楹联学会第八次全国代表大会在三门峡召开，瓯海区代表史从忠与会，并当选理事。

12月26日 瓯海区文化和广电旅游体育局在泽雅镇马

鞍岩红色基地，举办“纸山故事”创作座谈会及采风活动。

12 月 27 日 “千年文脉　书院归来”——2019 年绿文化节开幕式，在仙岩风景区举行。

12 月 30 日 “我们的中国梦　文化进万家”活动在温州大学城举行。活动由浙江省书法家协会、温州市书法家协会、瓯海区文学艺术界联合会、瓯海区书法家协会、瓯海区泉川艺社联合举办。

12 月 31 日 “书画艺术进校园，欢度元旦迎新年”——瓯海区镜心书画院组织会员，到有关学校和社区送春联及书画作品。

12 月 王玮康主编的《河埠头讲故事》，由团结出版社出版。

12 月 林晓微主编的《塘河》，由瓯海区温瑞塘河环境与文化促进会印行。

12 月 王大普主编的《瓯海民间信仰文化》（第三期），由瓯海区民间信仰文化研究会印行。

12 月 陈永华主编的《瓯海红色风云》，由中国文史出版社出版。

2020年

1月4日 瓯海区泉川艺社组织书法艺术家，到三垟五个小区写春联、送书画。

1月5日 温州市民间文艺家协会第八次会员代表大会召开，瓯海区潘丁盛、朱建波当选副主席，张锡林为秘书长，林长春被聘为顾问。

1月9日 第六届“年味温州”非物质文化遗产迎春展，在温州国际会展中心六号展馆开幕。瓯海区文遗传承人选送瓯海永高鱼饼、泽雅乌豆酒、泽雅豆腐鲞、泽雅姜汁膏、茶山黄叶早茶等美食特产参展。

1月10日 《温州鼓词瓯海发展简史》举行首发式，此书为瓯海区非物质文化遗产系列丛书之一。

1月13日 瓯海区社会科学界联合会主持召开“瓯江山水诗之路”电视专题片拍摄座谈会。

1月19日 有华语乐坛“常青树”之称的吴涤清，其旧居被改造成中国流行音乐发展基地·温州流行音乐纪念馆，在潘桥落成并对外开放。该馆为全国首个流行音乐纪念馆。

1月 瓯海区文化和广电旅游体育局、区文学艺术界联合会、区摄影协会组织开展“我们的中国梦　文化进万家”摄影惠民活动。十几名摄影家赴泽雅镇等地，免费为三十多户老人及其家庭拍摄单人照和全家福。

1月 徐高发、林伟昭编著的《上河乡历代诗词汇编》，由上海印书馆出版。

3月21日 陈晓明主办的“岩镌古越墨拓万年”——浙东南古越人岩画拓片展，在温州书画院展览厅举办。

3月 周吉敏的散文《南鹞》发表于《美文》第三期。

3月 富晓春的《赵超构书信往事》，由文汇出版社出版。

4月24日 大型画册《温州江心屿》举行首发式，瓯海区郑高华等人的作品入选该画册。

5月1日 《新民晚报》刊发管朝涛的作品《往事温柔》，随后被《中学生阅读》转载，并入选多省市中考试题。

5月25日 中国楹联学会常务副会长刘太品一行，来瓯海调研楹联文化建设。先后走访茶山街道罗山村、温州大学附属茶山实验小学、区泉川艺社等，对茶山街道罗山村“中国楹联文化镇街”“中国楹联文化村”的创建工作予以肯定并提出建议。

5月30日 首届温州市梦多多学生作文大赛，在梦多多小镇举行。

5月 王大普主编的《茶山历代楹联集》，由茶山街道党工委办事处印行。

6月1日 第二届“瓯海杯”中国当代对联文化奖正式启动。本奖项由中国楹联学会、瓯海区委宣传部主办，中国楹联学会对联文化研究院、瓯海区文学艺术界联合会承办。

6月6日 瓯江山水之路——茶山百鸟征联暨中国楹联文化镇创建采风活动，在茶山街道五美园举行。活动由瓯海区社会科学界联合会、区文学艺术界联合会、区诗词楹联学会、区泉川艺社、茶山街道党工委办事处等单位联合主办。

6月7日 瓯海区民间文艺家协会在郭溪街道任桥村文化礼堂召开第五次会员大会，进行换届选举，朱建波当选主席，凌春和为常务副主席，林伟昭、林爱义、刘春等人为副主席，黄卫东为秘书长，林晓微为副秘书长，聘潘丁盛为名誉主席。

6月19日 2020温州端午传统龙舟文化活动，在瓯海龙舟公园举行，并召开“中国龙舟文化之乡”创建讨论会。

6月 林长春主编的《馆藏书目·艺术卷》，由瓯海区档案馆印行。

6月 王玮康主编的《琦君2018在瓯海》，由文汇出版社出版。

6月 马必胜、周吉敏主编的《永远的南戏乡亲——董每戡纪念文集》，由文汇出版社出版。

6月 由瓯海区文学艺术界联合会主办的《瓯海》，改版为半年刊。

7月3日 瓯海区文学艺术界联合会第四届委员会第十一次全体会议召开，周卢琴当选主席。

7月 第十届琦君文化节系列活动之“陆生看瓯海”举行，活动邀请瓯海籍在台湾就读的大学生，参观琦君纪念馆、琦君文学馆、温州市国家大学科技园等处，并在大罗山盘云谷文化创意村举行联谊活动。

7月 浙江省文化和旅游厅公布首批省级文化和旅游消费试点城市名单，瓯海区入选，成为全省二十三个试点城市之一。

7月 《纸山故事》由瓯海区文化和广电旅游体育局印行。

7月 瓯海区档案馆主编的《董每戡手稿精粹集》，由浙江古籍出版社出版。

7月 周吉敏的散文《荆钗记》，入选《浙江散文精选》，由江苏凤凰文艺出版社出版。

8月8日 2020温州市民全民健身活动暨龙舟竞渡雕塑落成仪式，在瓯海区举行。

8月8日至16日 瓯海区委宣传部、雁荡院线、永嘉县声光文化传播有限公司联合组织，每天在三垟湿地生态园北广场分会场，播放两场露天电影，打造光影与怀旧之梦。

8月11日 瓯海区博物馆暑期面向青少年推出“百工体验营”活动，让青少年亲身体验瓯塑、蓝夹缬、瓯窑、篆刻、仿古钱币、皮纸灯影等各种手工艺。

8月12日 茶山街道文化驿站举办首场活动——书画民乐分享会，以现场书画、京胡伴奏、京剧清唱等形式贯穿整个活动过程。

8月17日 瓯海区委宣传部、区文学艺术界联合会召开浙江文史记忆丛书瓯海卷编写工作座谈会。

8月21日 第二届“瓯海杯”中国当代对联文化奖颁奖仪式，在瓯海区青灯石刻艺术博物馆举行，授予茶山街道“中国楹联文化街”称号，授予茶山村和罗胜村“中国楹联文化村”称号。

8月22日 由瓯海区委宣传部、区文学艺术界联合会、区南白象街道办事处主办，瓯海区塘河环境与文化促进会、瓯海塘河文学社承办的“塘河杯”全国文学类创作大赛启动。

8月 王大普主编的《瓯海地名故事》(第二辑)，由瓯海区民政局印行。

8月 傅建国加入中国作家协会。

8月 刘太品、周卢琴主编的《文兴瓯海 联灿中华——第二届“瓯海杯”当代对联文化奖资料汇编》，由中国诗词楹联出版社出版。

9月5日至6日 中国民间文艺家协会副主席叶舒宪率考核验收组到瓯海区，通过实地观摩、座谈交流、汇报会等形式，对瓯海区创建“中国龙舟文化之乡”进行考核验收。

考核组认为，瓯海区龙舟活动历史悠久、群众基础深厚、民俗特色鲜明，尤其是龙舟文化进校园、打造龙舟主题公园及龙舟文化博物馆等系列举措的实施，为龙舟文化在瓯海区的传承弘扬营造了良好的发展环境。

9月9日 管朝涛的作品《抗战中的刺青部队》刊登于《温州日报》。

9月19日 在“书香温州全民阅读——2020温州市金秋读书季”启动仪式上，中国寓言文学研究会、中共温州市委宣传部、瓯海区人民政府就中国寓言文学馆建设签署合作框架协议(标志着中国寓言文学馆正式落户瓯海区泽雅镇)，并依托中国寓言文学馆打造新的文旅项目——寓言小镇。

9月23日 由瓯海区委宣传部、区融媒体中心、区文学艺术界联合会联合主办的“看瓯海全面小康”——2020年全市摄影比赛启动。

9月24日至28日 作家陆春祥、李皓、王雪瑛、伍斌、向迅及多位瓯海作家，走进瓯海走进仙岩，开展为期三天的“名家与瓯海”采风活动。

9月28日 《瓯海区志》举行首发式，这是一部全面记录千百年来瓯海经济、政治、文化、社会、生态各方面发展情况的地方志书。

9月30日 瓯海区多位民间文艺家参加在温州大学岩松堂召开的《中国民间文学浙江卷》温州编纂工作会议。

9月30日 2020瓯海金秋旅游促消费暨中国·温州绿文化活动启动仪式，在仙岩街道开幕。瓯海区文学艺术界联合会及相关协会、学会、社团人员参加各项文化活动。

9月 管朝涛的作品《另一种四川记忆》，获得由四川省文化和旅游厅、四川日报社联合举办的“安逸四川”征文一等奖。

9月 瓯海区被中国民间文艺家协会命名为“中国龙舟文化之乡”，这是继“中国楹联文化区”之后，瓯海区的又一张文化名片。

10月14日 郭溪街道九龙灯艺社在瞿溪街道皇珍阁举办九龙灯艺社十周年文艺表演活动。

10月15日 瓯海区王大普、李贤忠、陈胜武等人创作的书画作品，参加温州市第五届“华龄杯”中老年书画摄影大赛。

10月17日至18日 2020年中国温州（瓯海）龙舟文化大会，在瓯海区举行开幕式，并举办系列活动。

10月23日 温州市纪念弘一大师诞辰140周年座谈会，在茶山宝严寺弘一大师纪念馆举行，同时举行《温州弘一大师文化研究》《重编醒世诗刊》首发式。本次活动由瓯海区政协、温州大学人文学院主办。

10月 周吉敏编著的《山水清华——当代作家笔下的瓯海》，由瓯海区文学艺术界联合会、瓯海区温瑞塘河环境与文化促进会联合印行。

10月 管朝涛的作品《山河无恙，今团圆——抗日四烈士寻亲纪实》刊登于《温州人》杂志。

10月 王大普主编的《济公在温州的故事》，由瓯海区委统战部印行。

10月 刘周晰的诗文集《跨界微痕》，由中国诗词楹联出版社出版。

10月 翁德汉的诗文集《水的锐角》，由团结出版社出版。

10月 周吉敏的散文《塘河水流长》，发表在2020年10月8日《人民日报》；《无微不至，华美必臻》，发表在2020年10月9日《光明日报》。

11月1日 瓯海区文学艺术界联合会、区作家协会，在仙岩一中举办散文改稿会。

11月6日至7日 瓯海区民间文艺家协会多人，随团到婺源、景德镇等地进行文化采风。

11月8日 “镜心超达杯”温州市第十二届中小学幼儿书画摄影大奖赛颁奖仪式，在温州市工人文化宫举行。

11月8日 2020年温州市119消防宣传月暨消防宣传进文化礼堂活动启动仪式，在瓯海区郭溪街道任氏文化礼堂举行。活动由温州市委宣传部、温州市消防救援支队主办。

活动现场上演小品《防火上门》，温州鼓词《防火线》等与消防安全有关的文艺节目，寓教于乐，让观众了解更多消防知识。

11月14日 浙里棋王——2020浙江省美丽乡村文化礼堂业余棋赛决赛，在丽岙街道杨宅村文化礼堂举行，全省21支队伍、140余名棋手参与角逐。

11月16日 瓯海区民间文艺家协会组织会员，到泽雅纸山进行民俗采风活动。

11月28日 中国寓言文学研究会年会暨寓言文学新发展温州研讨会，在瓯海区举行开幕式，瓯海区外国语学校、瓯海区第六幼儿园被授予“中国寓言文学研究会教育教学实践基地”。

11月29日 第五届“琦君散文奖”颁奖典礼在琦君文学馆举行。李敬泽的《黍离——它的作者，这伟大的正典诗人》、刘大先的《故乡即异邦》、祝勇的《故宫六百年》获作品奖，胡冬林的《山林笔记》获特别奖。

11月 周吉敏主编的《董每戡诗词辑存》，由中国诗词楹联出版社出版。

11月 卓培雷主编的《水乡梧田》，由瓯海区梧田街道印行。

11月 王大普主编的《地名文化遗产名录汇集》，由瓯海区民政局印行。

12月1日 国家公共文化服务体系示范区创建成果展示暨文化礼堂“乡村才艺大展演”舞蹈专场，在瓯海区举行。

12月2日 邂逅草原牧歌，助力山海协作——党的十九届五中全会精神青年宣讲团暨草原文艺轻骑兵，走进冠盛集团，以歌舞形式为企业员工带来独特的草原游牧文化。此次活动由瓯海区委宣传部和永嘉县委宣传部共同主办。

瓯海和永嘉在文化、教育、旅游等领域长期有着密切交流合作。永嘉县对口支援的阿坝红原县“草原之心”艺术团走进冠盛集团，让瓯海的民营企业员工与草原牧歌来了一场美丽的邂逅。

12月3日 徐高发的原创越剧《四连碓》，在温州文苑剧场首次公演。该剧是瓯海区“评估定级”文化社团的首部原创作品，其故事题材、创作编写、演员都是瓯海“本地出产”。

12月6日 瓯海区多位民间文艺家参加在泽雅镇举办的温州民俗文化与旅游经济整合发展论坛。

12月8日至17日 “美意延年　画满乾坤”——中国版本年画展，在瓯海区博物馆开展。

12月12日 瓯海区书法家协会召开第七届第一次会员代表会议，进行换届选举，叶小文当选主席。

12月16日 瓯剧实验剧《那年梅开鹤归来》，在温州市东南剧院上演。此剧由瓯海区委宣传部、瓯海区文学艺术界联合会与温州市戏剧协会合作，根据周吉敏的作品《戏剧家董每戡，心香一瓣鹤归来》改编。

12月24日 董每戡剧社在瓯海中学挂牌成立，并举行《永远的南戏乡亲》《董每戡手稿精粹集》等书籍赠送仪式。

12月27日 弘一大师作品展在温州博物馆开幕，展出有关弘一大师书法、信札、印章、水彩画、古籍、碑帖、民国报刊、文房用品等共计257件。

12月28日 瓯裳花语美好生活暨首届瓯版时尚艺术秀和第四届瓯花艺展，在瓯海区青灯石刻艺术博物馆举办。

12月30日 瓯海民间治水文化馆，在郭溪街道任桥村举行落成仪式。

12月 周吉敏的散文《隐秘的李唐血脉》，发表在《海燕》2020年第十二期。

12月 富晓春的《赵超构书信往事》，被评为文汇出版社“2020年度十大好书”之一。

12月 徐朝进编撰的《知识百草根》，由瓯海区文学艺术界联合会印行。

12月 温州市民政局组织开展2020年度温州市品牌社会组织和社会组织领军人物评选，瓯海区镜心书画院入选，为瓯海区唯一入选的社会组织。

是年，温州国家公共文化服务示范区创建领导小组办公室，主持编写《乡村艺术团》宣传册。其中收入瓯海区瞿溪悦雅乡村艺术团、瓯海区潘桥青年乡村艺术团、瓯海区潘桥中年乡村艺术团、瓯海区丽岙街道丽南乡村团等文化活动典型示范事例。

2021年

1月7日 “廉”花物语瓯塑体验活动，在瓯海区博物馆举行。活动以“清风沐桃李　廉洁润党心”为主题，弘扬传统文化廉洁本色，同时营造崇廉尚廉倡廉守廉的社会风尚。

1月9日 温州市吟诵学会及瓯之声读书会举办“千年吟诵　清音不绝”年会，开展了一场诗词吟诵活动，重温经典诗文。

1月9日 瓯海区镜心书画院在温州市图书馆举办“迎春节送春联”活动。

1月10日 金临轩美术馆在泽雅镇源口街开馆，同时举办陆琦油画作品展。

1月11日 温州美术新锐作品提名展暨百名美术家文化惠民基层行动启动仪式，在温州市文化馆举行，瓯海区美术协会组织艺术家创作作品参展。

1月14日 浙江省社会科学界联合会党组成员、副主席谢利根一行五人，来到温州市社科普及基地——瓯海区青灯石刻艺术博物馆，开展实地调研。温州市社会科学界联合会主席孙祥光、副主席张京等人同时参加调研。

1月19日 大美温州——中外名家书画展，在瓯海区博物馆开幕，《庆祝中国共产党成立一百周年中外名家书画展》

图册同时发行。

1 月 20 日　瓯海区发文公布第八届瓯海文学艺术奖获奖名单，其中综合奖获得者分别为：金瓯奖周吉敏，银瓯奖史从忠，铜瓯奖林伟昭。

1 月 25 日　“碧天芳草——李叔同师友翰墨展”，在衍园美术馆开幕。此展共展出五十余件作品，展示李叔同与温州的情缘。

1 月 31 日　瓯海区书法家协会、区美术协会组织会员，参加温州市书法家协会教育委员会书法篆刻作品展。

1 月　《2019 对联中国年度优秀作品集》，由中国诗词楹联出版社出版。其中收入刘周晰题泽雅清风亭对联，此联获 2019 年度全国楹联优秀奖。

1 月　管朝涛的散文《石陇春》，发表于《福建文学》第一期。

1 月　翁德汉的散文集《青灯有味》，由天津人民出版社出版。

2 月 8 日　瓯海区泉川艺社组织艺术家，到瞿溪街道民族团结服务站开展公益支教活动。

2 月 9 日　东瓯艺韵——温州民间艺术展在市文化馆开幕。瓯海区民间文艺家协会、区文化馆组织作品参展。

2 月 12 日　瓯海区摄影协会举行“留瓯共享幸福年”文艺惠民进企业拍摄活动，免费为相关企业留守职工拍摄全家福。

2 月　春节期间，文化和旅游部公共服务司开展 2021 年全国“村晚”示范展示活动。瓯海区文化馆推送的原创歌曲

《小乡村大舞台》，成功入选全国“村晚”，并正式在国家公共文化云上线播出。

2月 春节期间，瓯海区博物馆推出“文苑春华——近现代名家书画作品展”。

2月 温州市民间文艺家协会2020年度新会员名单公布，瓯海区刘崇坤、林正华、林爱义、林伟昭入会。

3月14日 温州市第四届龙舟文化节在瓯海龙舟基地会昌河畔举行。

3月14日 浙江省民间文艺家协会2020年度第二批新会员名单公布，瓯海区周红燕成为会员。

3月14日 “品音韵 忆悲欣——弘一大师音乐鉴赏会”在衍园美术馆举行。

3月14日 “晒出来——镜头里的‘浙里年’”2021年新春影像作品征集活动结果揭晓，潘胜波的《留厂欢乐过大年》入选。

3月17日 南环瑾先生木雕屏，在南怀瑾书院落成揭幕。整幅作品高2.9米，宽6.3米，重达1.2吨，材质选取进口金丝柚木，由黄杨木雕国家工艺美术大师叶萌春、虞定良和东阳木雕省级大师陈国华三人合作，历时半年雕刻而成。

3月19日 瓯海区政协将收藏的刘旦宅画作《梅竹松岁寒三友图》等十二件文物移交区博物馆，另将137幅书画作品捐赠给区档案馆收藏。

3月26日 温州市举办庆祝中国共产党成立一百周年系列活动，瓯海区文学艺术界联合会派员参加。

3月29日 “百首爱国歌曲我来唱”老年专场活动在瓯

海正式启动。

3月30日 “光影铸魂　红动瓯海”——瓯海区放映千场红色电影庆建党百年活动，在郭溪街道任桥文化礼堂启动。全区集中一百天的时间，放映一千场次红色电影。

3月 中国摄影家协会公布2020年度新会员名单，温州市十六位摄影家加入协会，其中瓯海区胡铸鑫成为会员。

3月 瓯海区民间文艺家协会，获“温州市文化活动2020年度先进集体”称号。

4月7日 党史题材音乐剧《青春指南》创作研讨会，在瓯海区仙岩街道渔潭村举行。

4月8日 瓯海区书法家协会组织会员，到梧田二中现场创作“庆祝建党一百周年”主题作品。

4月16日 浙江省作家协会公布2020年度新会员名单，瓯海区王祝兴、周胜春成为会员。

4月16日 温州市音乐家协会第八届第三次理事扩大会议暨2021年度工作部署会，在温州大学音乐学院天瑞音乐厅召开。

4月18日 古砚收藏家戴云江在三垟湿地公园南怀瑾书院城市书房国学公馆，作“砚田初耕”主题讲座，讲解砚台的历史文化特点等内容。

4月19日 瓯海区召开文艺工作者党史学习教育主题学习会。

4月19日 瓯海区文学艺术界联合会召开第四届第十二次全委扩大会议，会上对第八届文学艺术奖获得者进行颁奖。

4月21日 浙江省版画家协会主席、中国美术学院绘画艺术学院副院长孔国桥教授，赴瓯海指导2021浙江省版画展筹备工作，并为瓯海版画培训班学员授课。

4月21日至25日 温州文旅消费季暨2021年塘河青灯市集全国美学大会，在青灯石刻艺术博物馆举行。

4月22日 瓯海区民间信仰文化研究会、瓯海区民间文艺家协会、瓯海区诗词楹联学会、瓯海区泉川艺社联合举办采风活动，走进泽雅老区，寻找红色印迹，探究纸山文化。

4月23日 瓯海区启动首届中国寓言文学馆“小寓言家”音频征集大赛，面向全国少年儿童征集优秀寓言文学“好声音”。同时启动寓言小镇建设，打造融场景体验、文化研学、儿童娱乐等为一体的主题文旅景区。

4月23日 瓯海区举行第十四届“瓯韵书香”全民阅读节系列活动。作家张之路、慈琪走进瓯海区牛山公立艺术学校及瓯海区外国语学校北校区（瓯海区艺术实验小学），开展阅读分享会。

4月23日至25日 弘一大师驻锡温州一百周年系列纪念活动在瓯海区举行。弘一大师嫡孙女李莉娟，弘一大师故交及后人和来自全国各地的专家学者一百四十余人，一起寻访弘一大师的足迹，追忆缅怀大师的爱国精神。

4月24日 纪念弘一大师驻锡温州一百周年专家学者座谈会，在衍园美术馆举行。

4月24日 温州市民间文艺家协会第八届第三次理事扩大会议暨党史学习教育部署会，在瑞安市平阳坑镇举行。瓯海区民间文艺家协会多人与会，并交流学习经验。

4月26日 由周吉敏作品改编的《那年梅开鹤归来》巡演启动，首场演出在瓯海区电影院举行。梅花奖得主、国家一级演员方汝将携多位演员共同演绎董每戡的戏剧人生。

4月27日 “文房眉寿”砚台文化艺术展，在瓯海区山根音乐艺术小村茶山居开幕，展期至5月16日。

4月28日 瓯海区瓯艺曲艺团艺人瞿春丽，在南白象街道南湖社区“银龄之家”，表演温州鼓词《革命烈士蔡福志》，用唱词形式讲述革命故事。

4月28日 “中国校园文学奖”新闻发布会在瓯海区举行。《中国校园文学》创作基地落户瓯海区，“中国校园文学奖”落户瓯海区，这是继“琦君散文奖”后又一落户瓯海区的重量级文学奖项。该奖项由瓯海区委宣传部、区文学艺术界联合会、区教育局与《中国校园文学》杂志社共同主办。

4月30日 温州弘一音乐研究院成立，挂牌仪式在温州弘一大师纪念堂举行，首任院长为李成桂。

4月30日 泽雅龙溪艺术馆首展开幕。本次展览以纸农精神为脉，以“力透纸背，跃然纸上”为题，挖掘泽雅千载文明流变的传统经验，让更多人追寻泽雅先民朴素却又坚韧的精神足迹，体悟绵延亘古的精神力量。

4月30日 周吉敏的散文《走在唐诗之路上》，发表于《福建文学》第二期。

4月30日 周吉敏的散文《另一张纸》（原载《十月》2018年第二期），获第三届三毛散文奖新锐奖。

4月 王祝兴的长篇小说《回归》，由中国民族文化出版社出版。

5月1日 周吉敏的散文《衢江南来》，发表于《雨花》第三期。

5月13日 浙江省作家协会公布关于浙江省“新荷计划”人才库第九批入库人员名单，瓯海区章忠建上榜。

5月15日至16日 中国诗之岛·江心屿诗歌节暨坡度第八届南方诗歌节，在温州江心屿宋园举行。来自全国各地的作家舒婷、陈仲义、王久辛等和温州本土坡度诗社诗人五十多人齐聚，为中国诗之岛代言。

5月19日 温州市文学艺术界联合会第八届第七次全委会在市人民大会堂召开，会议进行增补改选，瓯海区文学艺术界联合会主席周卢琴当选市文学艺术界联合会副主席。

5月19日 瓯海区社科普及周启动仪式，在温州职业技术学院举行。

5月20日 “红船从‘浙’里起航”——中国共产党在浙江（1921—1949），大型巡展在瓯海区博物馆启幕。

5月22日 瓯海区博物馆文化驿站，开展“红船从‘浙’里起航”雕版印刷体验活动。

5月25日 瓯海区文化馆、瓯海公立艺术学校选送的节目《百鸟朝凤》，参加在湖州市德清县举行的“迎建党百年　享美好生活”浙江省民间音舞大型广场展演。

5月26日 瓯海区宗教界人士“永远跟党走　同心促和谐”书画创作活动，在瓯海区宝严寺弘一书画研究院举办。

5月28日 “百年风华　艺心向党”文艺巡回演出，在瓯海区郭溪街道任氏文化礼堂举行。此演出由温州市委宣传部、市文学艺术界联合会主办。

5 月 31 日 温州市书法家协会第八届理事会第二次会议在瓯海区召开。

6 月 4 日 “百首爱国歌曲我来唱”活动在瓯海区外国语学校、仙岩街道渔潭村、瞿溪街道河善楼等地同期唱响，为建党百年献上真挚祝福。

6 月 5 日 瓯海区泽雅镇举办第三届屿山摄影基地插秧节暨乡村振兴老家同行主题活动。

6 月 5 日 瓯海区召开纪念燎原社改革六十五周年大会，瓯海区文学艺术界联合会及各协会、学会、社团多人与会。

6 月 7 日 2021 浙江省版画展览复评结果揭晓，瓯海区九人的作品入选。高见策、叶将的作品获学术提名，陈福教、陈海峰、杜富贵、董邦新、王增福、尤洁芳、郑海松的作品入选。

6 月 8 日 娄桥街道在瓯海区行政中心市民广场，开展以“全民反诈你我同行”为主题的反诈骗宣传文艺会演。

6 月 12 日 泽雅镇龙溪艺术馆举办人像艺术创作交流活动。

6 月 13 日 百龙庆百年——庆祝建党一百周年暨温州市龙舟文化活动，在温州市龙舟运动基地举行，来自全市的近百支龙舟队，展现百舸争流场景。

6 月 16 日 温州市民间文艺家协会 2021 年上半年新会员名单公布，其中瓯海区胡炎桢、吴沈丹、谢旭、周建国成为会员。

6 月 22 日 瓯海区琦君文化研究会，在瓯海第二小学教育集团召开第二届第一次会员代表大会，选举产生新一届理事会。郑丰当选会长，官正华、王建乐、陈淑、黄小嫘当选副会长，王建乐兼任秘书长。

6月23日 温州市文学艺术界联合会和《温州日报》联合主办的“温州文学记忆有奖征文”评奖结果揭晓，瓯海区翁德汉的作品《二十年前的瑞安儿童文学》获三等奖。

6月28日 瓯海区山根音乐艺术小村举办“庆祝建党百年百人颂歌”快闪活动。

6月29日 东经纸文化艺术馆开馆，同时中国纸文化交流中心落户东经纸文化艺术馆。瓯海区塘河民办博物馆群又添一座民办博物馆。

6月 庆祝中国共产党成立一百周年大型绿雕景观，在瓯海市民广场亮相。塑景长20米，宽9.4米，采用仿真米兰草，呈现出迎风飘扬的党旗造型。

6月 瓯海区原创红色歌曲《浙南火种》被广泛传唱。该歌曲由瓯海区委书记王振勇作词、区委党史研究室主任洪凯作曲，歌曲表达了缅怀革命先烈、传承红色基因、不忘初心砥砺前行的深情。

7月1日 瓯海区文学艺术界联合会、瓯海区教育局联合召开瓯海区校园文学座谈会。

7月8日 庆祝中国共产党成立一百周年暨瓯海区中小学（幼儿园）艺术文艺会演，在瓯海区人民大会堂举行。

7月10日 中国寓言文学馆在瓯海区泽雅镇正式开馆。中国寓言文学馆于2020年9月开始筹建，目前是全国唯一一座具备寓言文学藏品收藏、展览展示、线上宣传教育及线下研学实践功能的文化地标。该馆坐落于泽雅林岙寓言小镇，总占地面积约一万三千平方米，馆内分为“寓见、寓世界、寓中国、寓经典、寓言 +”五大板块，包容全球寓言文学，展示寓言文化。

7 月 16 日 由瓯海区文学艺术界联合会出品的首部原创红色音乐剧《青春指南》，在仙岩街道渔潭村中共浙南一大会址首演。

7 月 16 日 “看瓯海全面小康”2020 全市摄影比赛结果揭晓，九十五件作品进入公示，评出一等奖一件，二等奖五件，三等奖八件，优秀奖七十八件。摄影比赛由瓯海区委宣传部、区融媒体中心、区文学艺术界联合会联合主办，温州市青年摄影家协会、瓯海区摄影协会承办。

7 月 17 日至 18 日 第三届“弘琴杯”古琴艺术展演浙江选区海选赛，在瓯海区山根音乐艺术小村举行。来自省内外的一百多名古琴爱好者参赛。

7 月 20 日 “迎建党百年　享美好生活”——浙江省民间音乐舞蹈大型广场展演活动获奖名单揭晓，瓯海区选送的民间舞蹈《百鸟朝凤》、民间音乐《撞歌》，均获省民间音乐舞蹈新作奖银奖。

7 月 21 日 瓯江口第四届樱花节诗歌大赛结果揭晓，瓯海区周胜春的《东流入海》获二等奖。

7 月 26 日 瓯海区举行庆祝中国共产党成立一百周年暨“党建引领　法治同行”文艺演出。

7 月 26 日 “美特杯”2021 年瓯海区第六届龙舟锦标赛，在瓯海区龙舟公园举行。

7 月 28 日 新阶段新理念新格局——2021 浙江省版画

展览，在瓯海区博物馆开幕。主办单位为浙江省美术家协会、浙江省版画家协会、温州市文学艺术界联合会、温州市瓯海区委宣传部。承办单位为温州市美术家协会、瓯海区文学艺术界联合会、瓯海区文化和广电旅游体育局。协办单位为瓯海区博物馆、瓯海区美术协会。

7 月　周胜春的散文《寻找桃花岛》、管朝涛的散文《阿哆哥》发表于《海燕》第七期；管朝涛的散文《两棵树》发表于《辽河》第七期。

8 月 10 日　苍南瓯海两地文艺交流笔会在瓯海区举办，二十三位与会者参访郭溪街道、泽雅镇等地，并进行现场创作。

8 月 14 日　瓯海区泉川艺社蔡湖涨等人的篆刻作品，入选浙江省第二届新人书法篆刻作品展。

8 月 25 日　浙江电视台“跟着档案去旅行”栏目组走进瓯海区泽雅镇，探寻古法造纸术，揭开古老纸山的神秘面纱，其文学脚本由瓯海区档案馆提供。

8 月 25 日　浙江省文化和旅游厅公布 2021 年浙江省民间文化艺术之乡名单，其中入选的有瓯海鼓词（瓯海区丽岙街道）、周岙正月十三挑灯节（瓯海区泽雅镇）、百鸟灯扎制技艺（瓯海区茶山街道）。

8 月 29 日　管朝涛在《温州日报》刊登非虚构作品《抗战忠魂入翠微》，作品记载了 1942 年 8 月 14 日阵亡于温州东岙底战斗的抗日烈士叶景文入祀翠微山革命烈士公墓的经过。

9 月 1 日　瓯海区文艺人才培养“新峰计划”启动。

9月7日 浙江省文化和旅游厅发布关于公布省级文化示范户乡村文化能人名单的文件，其中瓯海区王大普、潘正道、吴狄彪获“2021年省级乡村文化能人”称号。

9月10日 浙江新闻频道“跟着档案去旅行”栏目播出《千年纸山诗画泽雅》，9月11日浙江电视台教科影视频道重播。

9月12日 瓯海区迎亚运龙舟文化朗诵会，在会昌阁举行。

9月15日 瓯海区民间信仰研究会在郭溪街道曹平村（今贾福村）举办民间文化采风活动。

9月22日 第十四届全运会群众比赛龙舟决赛，在位于瓯海区的温州龙舟运动中心举行。

9月23日 中国温州（瓯海）龙舟文化研讨会在瓯海区龙舟公园召开。

借第十四届全运会龙舟决赛在温州瓯海举办的契机，本次研讨会以“从全运会龙舟至亚运会龙舟，讲好温州（瓯海）故事”为主题，针对温州龙舟民俗文化与体育融合发展等问题展开研讨。

9月 林志文、周银钗的《泽雅屏纸》，列入温州市非物质文化遗产体验手册，由华龄出版社出版。

10月1日 周胜春的散文《荷之光明》发表于《解放日报》。

10月8日 温州市首届“方介堪奖”篆刻作品评审会在温州书画院召开，评出提名奖获奖作品十件，另评出入选作品二十件，入展作品六十七件。瓯海区史从忠的作品获提名奖，张弛的作品入选，周建勇、毛俊杰、蔡湖涨的作品入展。

10月12日　瓯海区书法家协会会员作品大展在温州市文化馆展厅举行开幕式，展出一百二十八幅精品书法作品。

10月22日至24日　中国摄影报社主办的“物探杯”首届“绿水青山看浙江　钟灵毓秀在瓯海”全国摄影训练营，在瓯海区泽雅镇开营。

10月24日　刘旦宅书画展在瓯海区泽雅镇金临轩美术馆开展，并举行刘旦宅书画研讨会。《枫叶红时——刘旦宅书画集》同时印行。

10月　瓯海区文学艺术界联合会以鼓词、快板、三句半等群众喜闻乐见、易于理解的文艺形式创作作品，宣传低碳文明生活理念，让节能低碳意识真正入脑入心、见行见效。

10月　叶小文、云门、张弛、高见策、潘秀益、张海晓、朱海平等人加入中国书法家协会。

10月　王大普主编的《茶山新乡贤风采》，由瓯海区茶山街道新乡贤联谊会印行。

11月10日　“龙跃东瓯”雕塑竖立于温州龙舟运动中心，该雕塑主体为三艘金黄龙舟造型。

11月13日　温州先贤书画展在瓯海区博物馆展出。本次展品由画家石冷提供，涵盖琴棋书画、诗词经文、兵政商农等内容，画幅形式有册页、斗方、巨幅、立轴、条屏、长卷等。

11月16日　浙江省文学艺术界联合会党组书记、副主席陈瑶率队来瓯海区调研。调研组一行分别走访青灯石刻艺术博物馆、温州珐琅彩艺术博物馆、山根音乐艺术小村等地，调研新文艺群体工作。

11 月 16 日 温州市文学艺术界联合会第九次代表大会召开，瓯海区文艺界组成代表团与会，瓯海区周卢琴当选市文学艺术界联合会副主席。

11 月 17 日 瓯海区泉川艺社组织社员走进温州大学附中挥毫泼墨，现场创作，将传统文化经典国粹带进中学校园。

11 月 18 日 瓯海举行“2021 年度瓯海十佳特色文旅商品”评选活动，现场评出瓯塑“泽雅纸山”、八仙糕点系列、乡四季酱油肉等十佳特色文旅商品。

11 月 19 日 瓯海区文化和广电旅游体育局组织文艺家，到乐清市文化走亲，开展文化联谊活动。

11 月 20 日 “文承瓯越　境启湖山”活动在湖山云境展厅及湖山印象展览馆启幕。同时举行《温州戏剧》《温州书画》两本杂志首发仪式。

11 月 26 日 “物探杯”首届“绿水青山看浙江　钟灵毓秀在瓯海”全国摄影作品展拟入选作品公布，瓯海区多位摄影家的摄影作品入选。

11 月 28 日 “合唱惠民行走社会”——平阳·瓯海合唱交流音乐会在平阳县举行。

11 月 29 日 由浙江省文化和旅游厅主办，浙江省文化和旅游宣传推广信息中心、温州市文化广电旅游局、瓯海区人民政府等单位承办的“2021 诗画浙江四条诗路”宣传推广成果发布会，在瓯海区举办。

11 月 30 日 由浙江省版画协会、温州市美术家协会、瓯海区文化和广电旅游体育局主办，温州市版画艺委会、瓯海区文化馆协办，瓯海区非物质文化遗产中心承办的“中国版画名家纸山论艺”活动，在瓯海区泽雅镇举行。

12 月 23 日 瓯海区非物质文化保护协会成立，谢炳华当选会长，王大普、木权通、胡明华、凌华燕当选副会长，王大普兼任秘书长，郑钊为副秘书长。

12 月 24 日 《十月》杂志社、瓯海区委宣传部联合举办“我的乡愁与你不同——新时代乡村振兴的文学表达”主题论坛第一期。温州孟晓晨、孙良好、东君、周吉敏等人参加论坛。

12 月 29 日 “文化同心　翰墨飘香——瓯海鹿城文化走亲”活动，在鹿城区驿头村举行。此次活动由瓯海区泉川艺社与鹿城区西溪艺社共同举办。

12 月 30 日 “文化同心　翰墨飘香——瓯海平阳文化走亲”活动，在平阳县魁峰书院举行。

12 月 30 日 北京外国语大学温州附属学校举行“星耀百年　泽萃汇彩”2022 迎新文艺会演。

12 月 31 日 瓯海区书法家协会组织会员，在线上进行投票，增补理事毛俊杰、张海晓、蔡湖涨、潘锡武。

12 月 31 日 瓯海区温瑞塘河环境与文化促进会、瓯海区文学艺术界联合会联合举办“塘河文化”进驻校园活动。首次捐赠仪式在泽雅中学举行，开启温州地域文化走进学校青少年群体的序幕。

12 月 虞文成的诗歌集《遇见》，由瓯海区文学艺术界联合会印行。

12 月 瓯海区杜志平加入浙江省作家协会。

12 月 周吉敏的长篇童话《小水滴漫游记》，由作家出版社出版。

12 月 卢彩平的《清音阁集》，由吴越电子音像出版社出版。

12 月 王学钊的画集《奇石楼画稿》，由瓯海区博物馆印行。

2022年

1月4日 中央电视台摄制组来温州公园路拍摄温州过年民俗活动，瓯海茶山百鸟灯为主要拍摄内容之一，王大普等人作为特邀人士参加拍摄。

1月11日 “中国纸山文化记忆丛书”发行仪式在瓯海区博物馆举行，丛书包括《许愿三章》《那年纸山行》《纸山文化自然法则》《纸山四宝》《泽雅纸后策划》和《温州屏纸版画研究》。

1月11日 “瓯海十青年书法家作品联展”在山根音乐艺术小村举行。

1月15日 瓯海区书法家协会的潘秀益在温州市图书馆“籀园讲坛”举办书法讲座，讲座主题为“苏东坡与宋代书法”。

1月25日 瓯海区镜心书画院在景山街道繁荣社区现场创作对联书画，拉开春节期间文化服务活动帷幕。

1月26日 瓯海区摄影协会组织会员为瓯海侨胞侨眷拍摄全家福。

1月28日 瓯海区镜心书画院组织书画家到泽雅镇郑家山村送书画送春联。

1月 “中青书榜”读者投票结果揭晓，周吉敏的长篇童话《小水滴漫游记》登上“读者最喜欢读的五本好书”榜。

1月 瓯海区泉川艺社组织社员，到丽岙街道党群服务中心及曹建、茶堂、下呈、后中、茶山、博园等社区村落进行现场创作送春联服务活动。

1月 温州瓯社组织诗人、画家、学者到泽雅镇采风。

2月1日 中央电视台春节戏曲晚会，插播在温州录制的瓯海区泉川艺社特别节目。

2月12日 瓯海区博物馆推出“教你做一本线装书——学会装订古籍线装书”体验活动。

2月15日 瓯海区博物馆推出“油纸伞上绘梅花”体验活动，并为参与活动者普及油纸伞制作工艺的相关知识。

2月19日 瓯海区博物馆召开“王学钊梅花专题书画作品展”新春沙龙讨论会，张成毕、吴佐仁、王玮康、陈仁等专家学者与会讨论。

2月23日 瓯海区镜心书画院在线上开展新春书画展。

2月 瓯海文艺之家在南白象街道白象塔西岸落成。

2月 李芍主编的《温州参龙与老物件的记忆》，由浙江大学出版社出版。

3月 管朝涛的散文《远去的蕈山客》，发表于《长城》第二期。

3月7日 瓯海区镜心书画院组织艺术家到潘桥街道举办“庆三八 献爱心”慈善公益活动。

3月11日 浙江省民间文艺家协会对2021年全省民间文艺家协会工作成绩突出的集体和个人予以表彰。瓯海区朱建波、周金甫获“先进个人”称号，同时公布新会员名单，瓯海区林晓微、周红燕、胡炎桢、吴沈丹、王温洪等人加入浙江省民间文艺家协会。

3月18日 瓯海画家李觉民的国画作品《百花齐放》在《宁波晚报》刊出。

3月22日 周吉敏的散文《一首唐诗三碗茶》《隐蔽的地方李唐的血脉》《衢江南来》，入选《2021中国散文年选》，由花城出版社出版。

3月 周吉敏的散文《造物在野》，入选《2021中国年度儿童文学年选》，由漓江出版社出版。

3月 周吉敏的散文《长江东流去》，发表于《四川文学》第三期。

4月3日 由当代美术家网、北京当代书画院主办的首届“盛世丹青”当代书画年展评选结果揭晓，瓯海区林国良的国画《威震百畜》获金奖。

4月9日 “别是一乾坤——匠心与丹青观照下的女性世界”展览，在瓯海区博物馆开幕。此展由瓯海区文化和广电旅游体育局、瓯海区妇女联合会主办，温州博物馆、瓯海区博物馆、文成博物馆、衍园美术馆承办。

4月14日 “浙江文史记忆丛书”瓯海卷评审座谈会，在瓯海区举行。

4月23日 《温州都市报》整版刊出瓯海区民间文艺家协会林爱义关于纸山文化的探索和实践。

4月30日 “永嘉山水画展”在泽雅镇金临轩美术馆开展。

4月 瓯海区文化和广电旅游体育局、瓯海区融媒中心主办“我们的文化DNA——瓯海区文化基因解码工程短视频大赛”，向全社会启动征集参赛作品。

4 月 “瓯海社科丛书”一套六册，由中国书籍出版社出版。这六册分别为：王学钊的《瓯海民俗趣谈》，王大普的《瓯海灯彩》，陈小平编著的《瓯海历代文献选编》，林光荣编著的《历代潘桥诗选注》，林周强的《闲谈嬉说忆泽雅》，翁德汉的《大瓯小物》。

5 月 7 日 温州市第十届市民文化节暨 2022 温州青年艺术周开幕式，在温州大剧院举行。瓯海区以分会场形式，开展各项文化活动。

5 月 9 日 “宋韵之美——宋代花鸟画作品赏析”在南怀瑾书院举行，瓯海区文艺界人士与会。

5 月 13 日 温州大学创意写作研究中心组织的“特邀作家见面会”在温州大学人文学院举行，慕白、周吉敏、余退、林晓哲四位温州作家应邀参会，分享创作心得。

5 月 17 日 鹿城区文学艺术界联合会组织人员前来瓯海区调研塘河文化建设，瓯海区塘河文化研究会赠送历年出版的有关塘河文化图书杂志。

5 月 18 日 温州石雕博物馆在浙江东方职业技术学院开馆，展出潘雨辰、刘时梁、潘成松、吴旭亮等中国工艺美术大师的作品。

5 月 20 日 瓯海区教工文学院成立。

5 月 21 日 第二届琦君研究高峰论坛，以线上线下相结合的形式在瓯海区举行。来自海峡两岸以及国内外的多位专家学者，分享交流对琦君文化的研究与思考，共同细读、品鉴琦君作品。

论坛由温州市瓯海区委、瓯海区人民政府主办，瓯海区委宣传部、瓯海区社会科学界联合会、瓯海区文学艺术界联合会、温州大学人文学院、《世界华文文学论坛》杂志社等单位联合承办。

5月23日 温州市文艺志愿者走进瓯海区山根音乐艺术小村，进行曲艺专场演出。

5月30日 瓯海区文化基因解码工程短视频大赛获奖名单揭晓，一等奖《龙舟》(温州思本文化传播有限公司李策)、《塘河文化——梧田老街》(浙江东瓯文旅发展有限公司周恩敏)，二等奖《千年纸山诗画泽雅》(潘长霸)。

5月 瓯海区举行首届女子书法公益班。

5月 管朝涛的散文《天涯客栈》，发表于《西湖》第五期。

5月 翁德汉的诗歌《翁德汉的诗》，发表于《五台山》(诗歌专号)。

5月 李觉民的国画《家乡的端午节》，入选第七届海峡两岸书画大展赛，并收入作品集，由华夏文化艺术出版社出版。

5月 王珏玮的诗及摄影作品《春天的舞姿》，在学习强国平台组织的浙江省第三届春拍大赛中获一等奖。

5月 村志平的散文《买房记》，刊发于《散文选刊》(下半月刊)。

5月 周吉敏的散文《去寿宁看冯梦龙》，发表于《福建文学》第五期。

5月 林正华的《手耘笔耕》，由瓯海区文学艺术界联合会印行。

5月 谢灵运纪念馆暨瓯海文艺之家，在南白象街道揭牌。

5月 瓯海区文学艺术界联合会联合区曲艺协会设立“大榕树词场”，并在全区开展巡回演出。

6月1日 郭溪街道九龙灯艺社在贾福村文化礼堂，开展“浓浓端午情，粽香暖人心”慰问环卫工人活动。

6月2日 2022端午龙舟文化活动在温州龙舟公园举行，活动采用线上直播的方式，温州人App客户端、央视频、温州体育视频号同步进行直播。

6月2日 浙江省中华经典诵写讲大赛评选结果揭晓，其中汉字书写社会软笔组，瓯海区蔡湖涨的《明宁王朱宸濠题望湖亭大门》及毛俊杰的《论画绝句》获一等奖，谷震宇的《西江月》获三等奖。

6月3日 “宋韵文遗　千年瓯风——2022年‘文化和自然遗产日’瓯海文遗系列活动”，在山根非物质文化遗产民艺馆举办。

6月6日 2022年瓯海区社会科学普及周启动仪式在瓯海区山根音乐艺术小村民艺馆启幕，活动内容有：“瓯海社科丛书”首发式、市级社科普及基地授牌、“瓯旅红”摄影大赛颁奖、参观瓯海非物质文化遗产展示等。

6月8日 温州市文学艺术界联合会第九届第二次全委会召开，瓯海区文学艺术界联合会的周户琴、周吉敏等人参加会议。

6月9日 瓯海区南仙社区举办百鸟灯公益培训班，特邀百鸟灯制作技艺传承人王大普授课。

6 月 9 日 温州市及瓯海区部分文化界人士，在茶山街道宝严寺举办书画创作活动。

6 月 9 日 “文翁杯”2022 年全国小楷书法作品大赛评审结果揭晓，瓯海区谷震宇获三等奖。

6 月 10 日 “潘天寿杯”浙江省首届青年书法篆刻展评审结果揭晓，瓯海区蔡湖涨的书法作品入展。

6 月 11 日 瓯海区镜心书画院在梧田街道明瓯社区南瓯景园，举办“艺心助力　共创文明”文艺志愿活动。

6 月 12 日 瓯海区镜心书画院在南白象街道上蔡社区“医睦之家”，举办“艺心助力　共创文明”文艺志愿活动。

6 月 12 日 温州市民俗学会在泽雅水碓坑村举办民俗文化研讨会，瓯海区林长春、潘丁盛、林爱义、潘莲燕等人与会交流。

6 月 18 日 瓯海区镜心书画院在潘桥街道田平村、陈岙村举办“艺心助力　共创文明”文艺志愿活动。

6 月 22 日 《重峦叠嶂罗胜村》首发式暨茶山新乡贤联谊会书画展开幕式，在茶山街道罗胜村文化礼堂举行。活动由瓯海区委宣传部、瓯海区市民艺术团主办，瓯海区文化和广电旅游体育局、瓯海区社会科学界联合会、瓯海区文学艺术界联合会、茶山新乡贤联谊会等单位协办。

6 月 23 日 2022 塘河青灯节暨全国美学大会，在瓯海区青灯石刻艺术博物馆开幕。

6 月 24 日 苍南县社会科学界联合会一行来到瓯海区镜心书画院进行文化交流。

6 月 26 日 瓯海区春秋艺社在世纪公园举行十三周年庆

祝活动。

7月2日 温州长青诗社组织社员到瓯海区泽雅镇采风。

7月2日 “三生万物——霜凝的艺术世界”画展，在泽雅镇龙溪艺术馆开展。

7月8日 《瓯海区建县设区40周年口述历史》首发仪式，在温州设计学院六楼会议室举行。

7月10日 温州文化名人张振夔先生陵园（瓯海区文物保护单位）揭牌仪式在瓯海区茶山街道罗胜村举行。张振夔玄孙女、中国科学院院士张淑仪和温州文化界人士、张氏族人参加活动。

7月16日 第四届“纸山论艺——版画、中国画名家写生作品展”在瓯海区博物馆开幕。展览由瓯海区文化和广电旅游体育局、浙江省版画家协会、温州市美术家协会举办，瓯海区非物质文化遗产保护中心承办。

7月16日 由《中国校园文学》杂志社与温州市瓯海区人民政府联合主办的第一届（2021）“中国校园文学奖”颁奖典礼，在瓯海区隆重举行。瓯海区外国语学校及温州市瓯海区教育研究院获得优秀组织奖。

7月 周建勇的文学作品《山居独鸣》获“国都杯”全国诗书画印交流大赛银奖。

8月3日 瓯海区政协书画院举行换届大会，并举办“喜迎二十大　奋进新时代”书画现场创作活动。

8月20日 2022年浙江省文学艺术界联合会直属文艺家协会会员，学习习近平新时代中国特色社会主义思想培训班（第六期），开班式在杭州举行，瓯海区毛俊杰、蔡湖涨参加开班式并全程学习。

8 月 24 日 “李阳冰杯”首届全国书法篆刻大展评选结果揭晓，瓯海区叶小文、蔡湖涨的书法作品入展。

9 月 6 日至 10 月 16 日 “江山为助笔纵横——温州先贤山水画展”，在泽雅镇金临轩美术馆展出。

9 月 8 日 2022 年温州市职工网络文化节“民谣之夜”音乐分享会，在瓯海区山根音乐艺术小村举行。活动由温州市总工会、市文化和广电旅游体育局、瓯海区政府主办。

9 月 11 日 迎中秋非物质文化遗产主题日活动，在南塘白鹿洲公园举行，瓯海白鸟灯以其亮丽的色彩亮相现场。本次活动由温州市非物质文化遗产保护中心主办。

9 月 21 日 温州市维日康博物馆馆藏中外名家版画展开幕，共展出国内外版画精品百余件。

9 月 21 日 瓯海区文化馆举办公益琴课学习班，多位琴手参加学习培训提高琴艺。

9 月 25 日 浙江省第六届“温泉杯”书法大赛评选结果揭晓，瓯海区谷震宇、蔡湖涨、潘秀益的作品入展。

9 月 25 日至 11 月 30 日 “戴学正山水画展”在泽雅镇金临轩美术馆展出，此展由瓯海区文学艺术界联合会主办，金临轩美术馆承办，温州瓯之声读书会、瓯海区诗词楹联学会协办。

9 月 29 日 瓯海画家高见策、叶将、董邦新的版画作品分别入展并获奖。高见策的版画《路在远乡》入选“中国道路　美好生活——全国美术作品展”，《老家印象》入选“百年辉煌　勇开新局——浙江省首届小幅版画双年展”。叶将的版画《闲着》，入选“百年辉煌　勇开新局——浙江省首届小幅版画双年展”，并获学术提名奖。董邦新的版画《日新月异》，入选“喜迎二十大　幸福在温州——2022年温州市第九届群文视觉艺术作品展”。

9月30日至11月15日　“喜迎党的二十大·奋进新百年建功新时代——瓯海区美术书法摄影作品展”顺利举办，展览由瓯海区委宣传部、区文学艺术界联合会、区商务局主办，瓯海区美术协会、区书法家协会、区摄影协会承办。

9月　林志文的散文集《泽山时语》，由瓯海区文学艺术界联合会印行。

9月　周吉敏的作品《董每戡：风雨中的文化精魂》，入选文汇出版社出版的《温州作家记忆》。

9月　“琦君散文奖”获奖作品集《留予他年说梦痕》，由团结出版社出版。

10月11日　周吉敏的散文《时间深处的戏魂》发表于《中国作家》第十期，并入围第四届丰子恺散文奖终评名单。

10月14日　瓯海区教工摄影社成立。陈东升当选社长，周龙云、林小琴、潘胜波为副社长，徐利业、潘志敏、郑淑夏、盖莉莉为理事。

10月25日　温州市第三批乡村博物馆名单公布，瓯海区琦君纪念馆上榜，纪念馆位于泽雅镇庙后村，依托区级文物保护单位庙后小学旧址设立而成。

10月28日　中国摄影家协会2021年度新会员名单公布，瓯海区王珏玮成为会员。

10月　温州市瓯海区“民生实事工程”九家乡村博物馆

全部通过验收并对外开放。包括泽雅传统造纸专馆展示馆、陈傅良与永嘉学派纪念馆、瓯海区民间艺术馆、中共浙南第一次代表大会纪念馆、龙溪艺术馆、琦君文学馆等。

11月7日　吴狄彪的书画作品获“感动中国魅力文阳——首届中国老年书画名家作品北京邀请展大赛”金奖，并入选《感动中国魅力文阳——中国老年书画名家作品典藏》图册。

11月7日　由《海外文摘》杂志社、《散文选刊》杂志社主办的2021中国散文年度奖揭晓，瓯海区翁德汉的散文集《青灯有味》获年度“十佳散文集奖”。

11月8日　温州市第二届书法篆刻作品大赛评审结果揭晓，潘秀益的作品获二等奖。

11月9日　第四届丰子恺散文奖获奖作品名单揭晓，周吉敏的散文《时间深处的戏魂》，获丰子恺散文奖提名奖。

11月15日　管朝涛的散文《人潮汹涌》发表于《辽河》第十二期。

11月15日　温州市民间文艺家协会2022年度新会员名单公布，瓯海区林筱、潘莲燕、郑媚媚成为会员。

11月　周吉敏的散文《时间深处的戏魂》被《散文海外版》转载。

11月　作家出版社出版的童话《小水滴漫游记》，由瓯海区曲艺协会蔡仙云改编为儿童鼓词《小水滴漫游塘河记》。

12月3日　“陈树冈山水画展”在泽雅金临轩艺术空间开展，展期至2023年1月3日。

12月4日　首届长三角书法篆刻大展入展名单公布，瓯海区谷震宇的作品入展。

12 月 8 日 瓯海区郭溪街道文学艺术界联合会第一次代表大会召开，选举产生第一届委员会。黄松芝当选荣誉主席，柯晓策当选主席，张弛、潘胜波、王莉当选副主席，林秀敏为秘书长。委员有黄松光、陈晓修、黄春芬、李春爽、鲁祥义、周雯雯、黄新良、陈文钦、诸葛利跃、潘温强。

12 月 15 日 “文曜门庭楹联书法展”在泽雅镇金临轩美术馆开展，展期至 2023 年 1 月 31 日，同时印行《文曜门庭楹联书法集》。

12 月 潘莲燕主编的《泽雅侨联纪实》，由嘉兴吴越电子音像出版有限公司出版。

12 月 周吉敏的散文《在“中国眼谷”看世界》，发表于《人民文学》第十二期，并入选由中国作家协会创作联络部、中国科学技术协会宣传文化部编辑的《中国一日·科技强国》一书。

2023 年

1 月 10 日 瓯海区茶山街道文学艺术界联合会第一次代表大会召开，选举产生首届领导班子。

1 月 11 日 瓯海区民间文艺家协会的林伟昭当选浙江省人民代表大会代表。

1 月 13 日 瓯海区镜心书画院组织人员到梧田街道明瓯社区现场创作书法美术作品，送春联下基层。

1 月 14 日 上海作家王瑜明在《新民晚报》发表文章《瓯海的一人一桥和一段将军治水的故事》，书写瓯海将军桥历史。

1 月 18 日 瓯海区镜心书画院组织人员到泽雅镇郑家山村送春联赠书画。

1 月 18 日 由省委宣传部、省文化和旅游厅主办的“第三届最美浙江人最美文旅人”发布会在杭州举行。其中，温州市浙江青灯文化发展有限公司董事长、青灯石刻艺术博物馆馆长张金成获“最美文旅人”荣誉称号。

1 月 19 日 瓯海区泉川艺社理事、瓯海区非物质文化遗产保护协会秘书长卢忠强，瓯海区音乐工作者协会谢朝阳，瓯海区文化馆朱瑶获“温州市艺术普及大使”称号。

1 月 30 日 温州市民间文艺家协会、瓯海区民间文艺家协会、瓯海区非物质文化遗产保护协会、瓯海区九龙灯艺社在郭溪街道岭头堂联合举办“2023 年第二届郭溪农耕文化艺术节”。

1 月 瓯海区泉州艺社开展多场“宋韵迎兔年 文化进万家”书画下乡活动。

1 月 瓯海区所有镇及街道全部建立了文学艺术界联合会组织，实现镇街文学艺术界联合会组织全覆盖。

2 月 1 日 中共浙江省老干部局发布《关于 2022 年度省级“银尚达人”“银尚之家”“乐活驿站”的通报》，瓯海区林长春家庭被评为“银尚之家”，林长春、黄松光获个人“银尚达人”称号。

2 月 4 日 温州大学美术与设计学院教师、温州市书法家协会副主席陈胜武在泽雅镇金临轩美术馆举行专题讲座，主讲《对联的文化礼仪规范》。

2 月 5 日 “我们的中国梦 文化进万家——2023 温州非遗元宵”活动在五马街区举办，瓯海区泉川艺社制作“茶山百鸟灯”参加活动。

2 月 5 日 《新民晚报》刊出周吉敏的散文《观联小计》。

2 月 6 日 瓯海区镜心书画院在新桥街道东湖嘉园社区举办文化惠民活动。

2 月 6 日 周吉敏的散文《旋舞飞花》发表于《大连日报》。

2 月 11 日 “唱响新时代，共享邻里情——温州市邻里节暨社区歌唱大赛”启动，首场比赛在瓯海区娄桥街道亚运汽车公园开唱。

2月14日 全国第三届老年书法展开展，瓯海区潘正道的书法作品入展。

2月21日 瓯海区举办2023“迎亚运·共富裕”长三角龙舟文化沙龙活动。

2月21日 2023年温州市第六届龙舟文化会议，在瓯海区会昌湖龙舟基地举行。

2月27日 瓯海区老年大学组织节目，到泽雅镇林岙社区进行学习宣传贯彻党的二十大精神文艺会演，开展瓯海区老干部银色人才“一月一礼堂”志愿服务活动。

2月 周建勇的作品集《一轮秋影》，由经济日报出版社出版。

2月 管朝涛的散文《蝮蛇林》发表于《中国校园文学》第二期。

3月1日 浙江省文化和旅游厅公布《拟认定第六批省级非物质文化遗产代表性项目保护单位名单》，瓯海区民俗“水上划台阁”入列。

3月6日 瓯海区文学艺术界联合会、区作家协会在泽雅镇庙后村琦君故里，开展艺术乡建活动。

3月9日至10日 浙江省民间文艺家协会第九届第三次理事会暨年度工作会议在杭州余杭召开，会上对2022年度省民间文艺家协会工作先进集体和先进个人进行表彰，瓯海区民间文艺家协会获“先进集体”荣誉称号。

3月9日 浙江省社会科学界联合会发文公布社科普及基地评估情况，瓯海区泉川艺社被评为“浙江省优秀社科普及基地”。

3月24日 《温州当代音乐发展》在温州大学继续教育学院报告厅举行首发仪式，瓯海区冯强生为编委之一。

3月25日 纪念戏剧家董辛名诞辰110周年座谈会，在潘桥街道横屿头村董每戡纪念馆召开。

3月27日至30日 2023年浙江省群众精品文艺创作舞蹈题材讨论活动在瓯海区举行，来自全省各地区文化馆的百余名舞蹈编导人士互相交流学习，为在温州市举办的浙江省第三十二届群众舞蹈大赛做准备。

3月 管朝涛的散文《市井有风情》发表于《福建文学》第三期。

3月 作家李宁以瓯海地理、美食、将军桥典故等为素材创作的作品《瓯海之名》，刊登于《海南日报》。